絶妙好詞

【宋】周密　选辑
【清】项絪　笺
【清】查为仁　厉鹗　笺
赵惠俊　整理

上海古籍出版社

图书在版编目(CIP)数据

绝妙好词 /（宋）周密选辑；（清）查为仁，（清）厉鹗笺；赵惠俊整理. —上海：上海古籍出版社，2023.5（2024.6重印）
（国学典藏）
ISBN 978-7-5732-0646-6

Ⅰ.①绝… Ⅱ.①周… ②查… ③厉… ④赵… Ⅲ.①宋词—选集 Ⅳ.①I222.844

中国国家版本馆CIP数据核字(2023)第055031号

本丛书为2021—2035国家古籍工作规划重点出版项目(普及读物类)

国学典藏

绝妙好词

［宋］周　密　选辑
［清］项　絪
［清］查为仁　厉　鹗　笺
赵惠俊　整理

上海古籍出版社出版发行
（上海市闵行区号景路159弄1-5号A座5F　邮政编码201101）
(1) 网址：www.guji.com.cn
(2) E-mail：guji1@guji.com.cn
(3) 易文网网址：www.ewen.co
江阴市机关印刷服务有限公司印刷
开本890×1240　1/32　印张11.25　插页5　字数216,000
2023年5月第1版　2024年6月第2次印刷
印数：3,101—4,400
ISBN 978-7-5732-0646-6
I·3712　定价：52.00元
如有质量问题，请与承印公司联系

前　言

赵惠俊

词发源于唐，兴盛于宋，经历数辈宋代词人百馀年的发展，北宋一代之词逐渐成为继花间、南唐之后，又一个重要的词体写作范式。

南渡之初的词家，即已通过选本的方式总结留存东京乐章，曾慥的《乐府雅词》、鲖阳居士的《复雅歌词》便是其间代表。而就在苏轼及其门下学士执词坛牛耳的元祐时代，词体写作的新变即已悄然孕育于声名未显的周邦彦笔下，到了徽宗在位期间，周邦彦与大晟府词人的创作逐渐蔚然大宗，开启了词之南宋一体的序幕，与北宋主流迥然有别。实际上曾慥《乐府雅词》的选篇便已经透露出新时代来临的消息，而南宋中后期的词家，更在词选中开辟出专属南宋词的空间，凸显着南宋词于数量与体式两个方面相对于北宋的独立性。如赵闻礼编选的《阳春白雪》八卷，便主选南宋词，北宋词则极少入选，且以周邦彦为多。黄昇的《中兴以来绝妙词选》十卷更是首部专选南宋一代之词的词选，书成后他复再甄选唐五代北宋词，成《唐宋诸贤绝妙词选》十卷，显示出时人已经持有明确的词分南北宋的意识。

若说最具代表性且对后世影响最大的南宋人编选的南宋词选，还得推属宋末词人周密在宋亡后编选的《绝妙好词》七卷。尽管《绝妙好词》的选词数量不及《中兴以来绝妙词选》与《阳春白雪》的一半，但书成以来始终获得压倒别家的赞誉。张炎在《词源》卷下即云:“近代词人用功者多,如《阳春白雪集》,如《绝妙词选》,亦自可观,但所取不精一,岂若周草窗所选《绝妙好词》之为精粹。”《四库全书总目提要》则不仅称许其“去取谨严,犹在曾慥《乐府雅词》、黄昇《花庵词选》之上”,还予以“于词选中最为善本”的至高评价。直至今日,若欲概览南宋一代之词的大致发展线索,了解南宋词的基本体式特征,知晓最为雅正典范的南宋词作,周密的这部《绝妙好词》依旧是毋庸置疑的首选。

一

周密(1232—约1298),字公谨,号草窗,又号四水潜夫、弁阳老人、华不注山人、山东伧父、蘋洲等。其先祖世居济南,为山东望族。曾祖周秘仕至御史中丞,靖康之难时扈从高宗南渡,卜居吴兴,遂改籍湖州。其父周晋,字明叔,号啸斋,历官富春令、福建转运司干官、监衢州、汀州知州等,娶参知政事章良能之女。周密少时随侍父亲仕宦闽浙多地,结识了诸多当世名流,获得了丰富的艺文熏陶与博雅知识积累,并受到了中兴名将杨沂中曾孙杨伯嵓的赏识,得娶其女,于父祖富藏图书及外祖章良能多传朝野秘辛的家学渊源之外,又添得南宋军功贵戚群体富贵萧闲的知识结构。正因如此,尽管周密本人科名不显,以祖父恩荫入仕,宦途亦仅历任建康府都钱库、监和剂药局、丰储仓监察、婺州义乌令等低职,但却能够跻身南宋后期两浙文化圈的核心,频繁出入杭州、湖州两地的诗社雅集,在诗酒唱酬与艺文琢磨间奠定了他主导两浙文坛的地位。其间的人际往来与文学活动,在今传周密于宋亡前亲自编订的诗集《草窗韵语》与词集《蘋洲渔笛谱》中有着鲜活的记载与呈现。

宋亡之后,年过不惑的周密义不仕元,依妻族杨氏子弟寓居杭州。杨沂中后裔杨大受昆弟捐杭州癸辛街瞰碧园之馀地,供周密营建别第以居。周密遂于此筑屋造园，依父亲吴兴故居之旧名命藏书之所为志雅堂，又别名一室为浩然斋，贮藏了大量书画古物。他又着手撰写记载故国往事与平生见闻的笔记，据说相关著述多达数十种，流传至今者则有《齐东野语》《癸辛杂识》《武林旧事》《浩然斋雅谈》《志雅堂杂钞》《云烟过眼录》《澄怀录》等。这些笔记材料丰富、雅俗兼济，足补正史之阙，意味着过上遗民生活的周密在宋亡后承担起了整理留存故国文献之责。不仅如此，周密还在宋亡后多次组织故国之思浓郁的文学聚会，继续主盟两浙文坛。他也积极利用这个身份，像留存记录故国文献与往事那样，不断从事着存留南宋文人、作品与文学宗尚于后世的工作，《绝妙好词》的编选便是在这个背景下发生的。

《绝妙好词》所选词人凡一百三十二家，大体依时代先后编次，以张孝祥起首，止于仇远。原本录词三百九十一阕，今传本散佚六阕，残词一阕，惜未能原璧流传。卷六选入张炎《甘州·饯草窗西归》一阕，词中有句云“短梦恍然今昔，故国十年心”，据此可知《绝妙好词》的成书时间至少距宋亡过了十年。此时的周密已是江南士林公认的遗老领袖与文坛盟主，故而《绝妙好词》深受后人称赞的“去取谨严”“典雅精粹”等长处，其实是周密秉持自我词学宗尚与审美趣味，进行针对性选择的结果。

还是与黄昇《中兴以来绝妙词选》相较，黄氏所选的七百六十阕词风格多样，慷慨豪迈与妍雅蕴藉者兼收之，与其在自序中表达的“中兴以来，作者继出，及乎近世，人各有词，词各有体”，“其盛丽如游金张之堂，妖冶如揽嫱施之袪，悲壮如三闾，豪俊如五陵”等观点基本吻合。这说明南宋词虽与北宋词相较可独立成为一体，但其内部依旧有着多样面貌。就是赵闻礼的《阳春白雪》，虽八卷正集主要选录妍雅深厚、含蓄蕴藉之词，但犹附录外集一卷，以存激昂慷慨、大气磅礴之作，亦可印证南宋词坛至少有着豪婉并峙的格局。

然而周密却完全无视这一词坛情状，《绝妙好词》的编选严守清丽典雅之格，世俗淫艳与慷慨激昂之词一律弃去，最典型者莫过于辛弃疾虽入选其间，但只录《摸鱼儿》（更能消几番风雨）、《瑞鹤仙》（雁霜寒透幕）、《祝英台近》（宝钗分）三阕温柔婉转之作，非是世人熟知的龙腾虎掷之篇。而入选词作数量较多的词人，如吴文英（16阕）、姜夔（13阕）、李莱老（13阕）、李彭老（12阕）、施岳（10阕）、卢祖皋（10阕）、史达祖（10阕）、王沂孙（10阕）、高观国（9阕）、陈允平（9阕）等，均专长于清婉雅丽之词，所选篇目也以这些词人最负盛名的清丽典雅之名篇为主，如卢祖皋的《宴清都》（春讯飞琼管）、《贺新凉》（挽住风前柳），姜夔的《暗香》（旧时月色）、《疏影》（苔枝缀玉）、《齐天乐》（庾郎新自吟愁赋）、《点绛唇》（燕雁无心），史达祖的《双双燕》（过春社了）、《绮罗香》（做冷欺花），高观国的《金人捧露盘》（梦湘云），吴文英的《八声甘州》（渺空烟四远）、《高阳台》（宫粉雕痕）、《采桑子慢》（桐敲露井）、《唐多令》（何处合成愁）等。这些词作不仅足以代表诸家高超的填词水准，同时也都是论及南宋雅丽词风时的常用范例。

周密完全集中于清丽典雅、深婉蕴藉之一端的选词标准，也是其留存故国文献心态下的产物。不同于史料笔记需要尽可能多地搜辑秘辛，补史之阙，故国文艺的留存则更多地需要考虑到雅正元素，以求把最优秀的、最能代表故国文教之正的风格体式凸显出来，并流传下去。这对于直面外族入主华夏的南宋遗民来说，显然更为重要。

既然周密在宋亡前是上流文化圈的常客，又在宋亡后成为江南士林的领袖，那么他自然会把见证并参与的临安风华视作故国文学最为典范雅正的代表，从而促成《绝妙好词》谨严精粹的编选特色。

实际上通过《绝妙好词》，不仅能够遍览南宋词清雅一派的典范文本，还可以看到南宋以此为宗尚的历代词人群像。尽管选词数量不过《中兴以来绝妙词选》的一半，但《绝妙好词》的入选词人数量却远多于黄昇所选的八十九家。这并不意味着黄昇漏选了许多南宋词名家，而是缘于周密选取了太多声名寂寞的清雅同道。

周密将张孝祥、范成大、洪迈、陆游、韩元吉、辛弃疾、真德秀、岳珂等南宋重要士大夫词人集中置于《绝妙好词》卷一的前半部分，而在其后的篇幅中除了零星出现的刘克庄、吴潜、蔡松年、赵以夫等词人具有较高政治地位外，其他入选的词人皆宦迹不显。他们之中有徐照、张良臣、张辑、许棐等落落江湖的才士，有张镃、杨缵、张枢这样的富家贵戚子弟，还有赵汝茪、赵希迈、赵崇嶓、赵汝迕等宗室成员。他们虽然看似身份差别较大，但皆与周密本人有着相当多的共通之处：除了同样宦途不显外，他们还都主要活动于两浙江南地区，文学写作以清丽典雅见长，经常出入西湖之畔的各种诗社雅集，其人其诗大多被选入南宋后期由书坊编刻的重要诗歌总集《江湖集》之中，故而皆属于南宋中后期的重要文人群体——两浙江湖文人群体。

因此《绝妙好词》完全可以视作周密对于自我群体的一次集中展示，既勾勒了本群体的词学发展轨迹与代际传承，展示其词学宗尚与代表作品，更将本群体推升至可概南宋一代之词的高度，还为诸多江湖师友提供了流传生命痕迹的宝贵机会。这在上文罗列的入选词作数量较多的词人名单中即已有所体现，姜夔、史达祖、卢祖皋、高观国是活动于光宗、宁宗朝的周密前辈词人，吴文英是比周密年长近二十岁的忘年之交，李莱老、李彭老、施岳、王沂孙、陈允平则是周密的同龄挚友，隐然构成了三代传承的格局。李莱老、李彭老、施岳三人作品若非周密此选，很难再有其他流传后世的机会，此番遭际也同样适用于《绝妙好词》所选的大部分词人，故《四库全书总目提要》有云："宋人词集，今多不传，并作者姓名亦不尽见于世，灵玑碎玉，皆赖此以存。"在这个意义上来说，《绝妙好词》无疑是周密为江湖师友做出的最大贡献。

除了承平岁月的典丽风流之词，成书于宋亡十年后的《绝妙好词》也被周密有意识地用来抒发深重的黍离悲愁。《绝妙好词》卷六与卷七选录的词人全部亲历亡国，多与周密交往甚笃，有李彭老、李莱老、王易简、王沂孙等年少承平时的好友，还有张炎、仇远等较其晚一辈的少年郎，甚至还包括了周密本人。对于选入这两卷中的同人，周密无一例外地选录的是他们亡国之后的词作，特别是自选的二十一阕词皆不见于宋亡前夕手定的词集《蘋洲渔笛谱》，足以证实这番选择倾向的存在。这两卷词作展现了南宋遗民于总体悲凉的词情下的多样抒怀方式，如李彭老《法曲献仙音·官圃赋梅，继草窗韵》《探芳讯·湖上春游，继草窗韵》、张炎《甘州·饯草窗西归》、王沂孙《法曲献仙音·聚景亭梅，次草窗韵》等，是遗民词人旧地重游、重行雅事时的互舐伤痛；李彭老《高阳台·落梅》、周密《水龙吟·白莲》、王沂孙《庆宫春·水仙》等，是常见于南宋遗民笔下的以咏物寄寓亡国哀痛之词；应瀍孙《霓裳中序第一》(愁云翠万叠)、王易简《酹江月》(暗帘吹雨)、周密《探芳信·西泠春感》、王沂孙《醉蓬莱·归故山》、仇远《八犯玉交枝·招宝山观月上》等，是独抒自我沉郁的悲情；张桂《菩萨蛮》(东风忽骤无人见)、董嗣杲《湘月》(莲幽竹邃)、周密《效颦十解》、赵与仁《好事近》(春色醉荼蘼)等，则是将家国哀思包裹在词体传统的男女艳情之中，开启了以男女离合之情抒家国兴亡之恨的先河。

不仅如此，周密还选录了一些感伤靖康之难、凭吊北宋中原的词作，如韩元吉《好事近》(凝碧旧池头)与姜夔《扬州慢》(淮左名都)

这两阕名篇便赫然在列，为南宋遗民惯用的借东京梦华抒临安新恨又新添了一重表现范式。至于那些既非南宋遗民又没有表达过中原遗恨的词人，周密也屡屡选录一些感慨历史沧桑的怀古咏史之词，如李泳的《定风波》（点点行人趁落晖）、吴潜的《满江红·金陵乌衣园》、赵希迈的《八声甘州·竹西怀古》等词即是如此。从而一部《绝妙好词》，其实前后贯穿着本之遗民的零落哀愁，使其并不一昧拘泥于轻倩软媚之间，故而清人宋翔凤会说："南宋词人系情旧京，凡言归路、言家山、言故国、皆恨中原隔绝。此周公谨氏《绝妙好词》所由选也。"不过中原隔绝毕竟只是遮掩海上厓山的幌子，周密通过连绵的幽情以及两卷亡国后的词作，既记录了南宋遗民在入元之后相互勉力扶持的生活样态，还留存下专属他们这一代人独有的心灵历史，不啻为一种"词史"意识的萌芽。

二

由于周密的编选完全基于两浙江湖词人的立场，是以《绝妙好词》其实只是南宋词坛的部分呈现，而两浙江湖词人及其清雅典丽的词作是否可以成为南宋一代之词的代表，也是一个可以商榷的问题。不过在后世的论述里，周密立足门户的一家之见逐渐被接受认可，以至于成为今日研习南宋词的基本共识。

最先发表与《绝妙好词》相同词学思想论述的就是周密的两浙江湖词友，时间上也同样在宋亡之后，只是较晚于《绝妙好词》，代表者莫过于张炎的《词源》与沈义父的《乐府指迷》。《词源》中不仅存在上引对于《绝妙好词》的赞许，还可见到许多与《绝妙好词》选词旨趣相通的论述。如"古之乐章、乐府、乐歌、乐曲，皆出于雅正"，"今老矣，嗟古音之寥寥，虑雅词之落落"等语，即是主动留存南宋一代正声雅音的意识，以及相同的将自我两浙江湖群体之宗尚视作正音雅词的代表。又如论咏物词云:“诗难于咏物,词为尤难。体认稍真,则拘而不畅,模写差远,则晦而不明。要须收纵联密,用事合题,一段意思,全在结句,斯为绝妙。”论节序词云:“昔人咏节序不惟不多,附之歌喉者,类是率俗,不过为应时纳祜之声耳”,“(妙词)不独措辞精粹,又且见时序风物之盛,人家宴乐之同”。完全可以直接移作鉴赏《绝妙好词》所选咏物、节序词的总纲。再如张炎批评辛弃疾、刘过之词为“豪气词,非雅词也。于文章馀暇,戏弄笔墨,为长短句之诗耳”,但又肯定辛弃疾《祝英台近》(宝钗分)一阕云:“景中带情,而存骚雅。”与周密不选辛、刘二人更为传唱的豪放词篇而选入《祝英台近》(宝钗分)的操作完全一致。是以两浙江湖词人在宋亡之后互为声势,为本群体提供了具备词论、选本、创作、宗主、典范的完整词学体系。

随着南宋遗民相继逝去,两浙江湖一派的词学声音逐渐岑寂,无论是元代后期词坛宗尚的苏辛格调,还是在明人推崇《花间集》《草堂诗馀》下产生的俗艳风气,都完全悖于典丽雅正的标准,周密、张炎等人的词学论著也就鲜为人知。其实周密的《绝妙好词》在张炎撰写《词源》的时候便已罕见,张炎在赞其精粹的同时也相当遗憾地提到:“惜此板不存,恐墨本亦有好事者藏之。”可见张炎本人并没有存藏《绝妙好词》,而且也知道是选刻板已毁,只能期待其能获得抄本流传的机会。明代并没有新出的《绝妙好词》刊本或抄本,收藏情况也乏善可陈,只有王道明的《笠泽堂书目》、董其昌的《玄赏斋书目》明确著录了周密的《绝妙好词》。他者如赵用贤、赵琦美父子的《赵定宇书目》与《脉望馆书目》,虽也著录了《绝妙好词》一册,但皆未署编者名姓,亦有可能是流传较广的《中兴以来绝妙词选》。然而无论王道明、董其昌还是赵氏父子,皆是两浙江南人氏,故而《绝妙好词》于元明两代虽受冷落,但还是在南宋两浙江湖词人的活动空间中获得不绝如线的流传，这也为兴发于该地的词坛新变奠定了文献基础。

明清之际，江南词坛针对明词尚俗尚艳的问题逐渐兴起了词体复雅的思潮，其间的一个重要手段便是重新发现并继承身为乡先贤的南宋两浙江湖词人群体的词学遗产，对此贡献最大者莫过于浙西词派的开山宗师朱彝尊。朱彝尊不仅直接高举效法姜夔、张炎的大旗，做出“南宋词极其工极其变”的论断，还积极从事相关文献的发掘、整理与刊行。在他与浙西词友的共同努力下，姜夔、吴文英、周密、张炎、王沂孙等重要词人的词集被重新校订刊刻，《词源》《乐府指迷》等词学论著以及《乐府补题》等宋末元初的词选也重获流传。朱彝尊还与汪森一起编选了以南宋两浙江湖词人作品为主要选目的大型词选《词综》，可谓整体复原了周密、张炎等人在宋亡之后的全部词学工作。浙西词派在清初所做的诸多工作及其持续长久的影响力，正是南宋两浙江湖词人得以成为南宋词之典范代表的最重要环节。只是朱彝尊在编选《词综》的时候虽知晓周密的《绝妙好词》，但却未曾一见，这对于还原宋元之际两浙江湖词学体系的追求来说，终究是存在较大缺憾的。朱彝尊的这番遗憾并未持续太长时间，他很快就获睹了此书。《绝妙好词》在清初尚存抄本，黄虞稷《千顷堂书目》即有著录，只不过卷数被记为八卷，与今传本七卷不同。虞山钱曾另藏有抄本七卷一种，乃钱谦益绛云楼旧物，只是题署为“弁阳老人辑”，使得钱曾并不敢轻断编者。未几钱氏族婿柯煜借得是本，与叔父柯崇朴共同校勘订正，确认即是周密所编选，并于康熙二十四年(1685)镂板刊行，使得《绝妙好词》终于重获流传。朱彝尊即亲见柯氏刻本，并欣然题跋于后，为自家的词学理论补足了最后的缺环。

柯氏刻本的问世极大地推动了《绝妙好词》的流传，在浙西词派盛极一时的康熙、雍正年间，有着极高的阅读需求，故而相继出现了几种以柯氏刻本为基础的翻刻甚至盗印本。浙西词人也越来越关注周密所选的诸多生平未晓的词人，逐渐着手词人生平与词作本事的考订。

雍正初，仪征项䌹在翻阅柯刻本《绝妙好词》的时候发现集中词人名下没有出处里第的条目，这与钱曾在题跋中所记的旧抄本"经前辈细看批阅，下各朱标其出处里第"不符。项䌹认为这是柯煜在刊刻时删落抄本上的朱批所致，遂搜讨旧书，为集中词人逐一撰写小传，除了字号、里第与大致生平，项䌹还抄录他者与入选词人交往酬唱的诗词，这些内容有的直接置于小传中，有的则随意附于该词人名下的词作之末。雍正三年(1725)，项䌹的工作大致完成，遂重新开雕《绝妙好词》，成现存最早的一种笺疏本《绝妙好词》。项䌹的笺疏校刊工作获得了当时诸多江南著名文士的参与，如符曾、陆锺辉、赵昱、陈撰、徐逢吉、厉鹗等。特别是时年三十馀岁的浙西词派中期领袖厉鹗，即在襄助项䌹笺疏《绝妙好词》期间深受启发，遂产生全面检讨宋代诗人与诗作的宏愿，于项刻本问世之年开始《宋诗纪事》以及《诗馀纪事》的编撰工作。厉鹗亦借此广搜文献的契机，也顺带留意抄录与《绝妙好词》相关的材料，为日后重新笺疏《绝妙好词》做好准备。

乾隆十三年(1748)，厉鹗煌煌一百卷的《宋诗纪事》已于前年完成，尚未开始重笺《绝妙好词》的工作，因谒选县令北上入京。当厉鹗途经天津之时，寓居于查为仁的水西庄，发现雅好倚声的查为仁正从事《绝妙好词》的笺疏，且已完成大半，"不独诸人里居出处十得八九，而词中之本事，词外之佚事，以及名篇秀句，零珠碎金，擴拾无遗"。厉鹗虽兴望洋之叹，但也主动出示已得，助查为仁成此雅事。查为仁与厉鹗的工作直到次年夏方告完成，厉鹗甚至为此放弃了入京谒选一事。遗憾的是，书成未久，查为仁即与世长辞，幸其子查善长与查善和于乾隆十五年春将是稿刊行于宛平查氏澹宜书屋，题名《绝妙好词笺》。

查、厉二人所撰的《绝妙好词笺》重在词人生平与词作本事考证，并不揭示词中的语典故实。词人小传在项𬘩所撰小传及《宋诗纪事》诗人小传的基础上增删修改，虽直接沿袭项𬘩者并不鲜见，但大多更为准确简洁，被后世宋词选本、总集的词人小传广泛承继。集中诸词凡有本事可考者，皆抄录相关记载于本词之后，同时于每家最后一阕词末附载词人轶事、散见各种文献中的该词人其他词作的本事以及集外之词，所引材料翔实驳杂，诚如《四库全书总目提要》所云："所笺多泛滥旁涉，不尽切于本词，未免有嗜博之弊。然宋词多不标题，读者每不详其事。如陆淞之《瑞鹤仙》、韩元吉之《水龙吟》、辛弃疾之《祝英台近》、尹焕之《唐多令》、杨恢之《二郎神》，非参以他书，得其源委，有不解为何语者。其疏通证明之功，亦有不可泯者矣。"也正缘此，兼携厉鹗词坛声望之势，《绝妙好词笺》问世后即广为流传，屡获重刊，迅速成为《绝妙好词》的通行之本。

至于《绝妙好词》白文原本与项𬘩刻本则均不复重刻，流传渐稀，世人多不知晓，世人言《绝妙好词》，多实指《绝妙好词笺》。盖笺本既可见南宋雅词之正宗，又得览清代词集笺疏之学的传统及通例，自有其两得之便。故今日若欲研习欣赏《绝妙好词》，亦当取《绝妙好词笺》为本。

三

钱曾所藏旧抄本《绝妙好词》今已不知所踪，幸康熙二十四年(1685)柯煜小幔亭刊本今犹存藏数种，依稀可以想见抄本之貌。康熙三十七年，高士奇于清吟堂重刊《绝妙好词》，据其自序云曾与柯崇朴、柯煜叔侄共同校雠。然事实并非如此，柯氏叔侄的校雠团队里实无高士奇，高氏实际上是获得柯氏小幔亭的藏版，旋将卷首柯煜序文末的“时康熙乙丑”数字挖去，并将卷首的“小幔亭重订”剜改为“清吟堂重订”，再加刻自己新撰序文一道后重新印行。

康熙年间还有小瓶庐刊本一种行世，是本版式与柯氏小幔亭本、高氏清吟堂本完全相同，当是同一副版片的再次重印本。

是以无论清吟堂本还是小瓶庐本，版本意义均远不如雍正三年(1725)项细群玉书堂刻本。项细刻本今亦传有数种，拥有着仪征项氏所刻书一贯的精美质量。

除了上述四种版本之外，今日犹存一种清初抄本《绝妙好词》，乃毛晋汲古阁抄本。是本并非从钱曾藏本抄出，而是另有来源，故文字与小幔亭刊本、《绝妙好词笺》多见相异且略有胜处，颇具校勘价值。汲古阁抄本原件今藏于中国国家图书馆，民国年间朱祖谋曾据之过录副本，并予以校勘，后归平湖葛渭君收藏，今之下落则未详。

《绝妙好词笺》的乾隆十五年(1750)查氏澹宜书屋原刊本今亦存世，其后版本如《四库全书》本、彭祐芳抄本、1933年大众书局铅印本均从澹宜书屋本出。道光年间，仁和余集在翻阅周密笔记时发现其间散见不少未被《绝妙好词》选录的南宋人词作，遂撮录成编，凡三十五阕，并仿效查为仁、厉鹗体例，从宋元说部之书中搜辑本事轶闻，附于词后，题曰《绝妙好词续钞》。

其后同乡徐楙以余集所补犹有未尽，复从周密所撰笔记中辑得南宋人词十三阕与诸多论词条目，成《绝妙好词续钞补录》一卷。道光八年(1828)，徐楙于杭州爱日轩据澹宜书屋本重刊《绝妙好词笺》，并将余集所撰续钞与自己的补录同载于附录。爱日轩本刻成后，迅速获得比查氏原刊本更为广泛的流传，成为《绝妙好词笺》的通行之本，其后同治十一年(1872)章寿康式训堂刊本、光绪间坊刻本、宣统年间多种石印本、世界书局排印本等均据爱日轩本重刊。1984 年，上海古籍出版社将爱日轩本影印出版，更加扩大了该本的流传度。

《绝妙好词》现代点校整理本的数量较为丰富，绝大多数即据爱日轩本《绝妙好词笺》点校整理，有的还附以今译今注今评等内容。惟张丽娟点校本(辽宁教育出版社 2000 年版)与葛渭君点校本(上海古籍出版社 2005 年版)与主流不同，二者皆为《绝妙好词》的原本点校本，张丽娟以柯煜小幔亭刻本为底本，葛渭君则据自藏朱祖谋校抄本点校。

此番重新整理，取复旦大学图书馆藏查氏澹宜书屋刻本《绝妙好词笺》为底本，校以中华再造善本影印国家图书馆藏毛晋汲古阁抄本(简称毛抄本)、上海图书馆藏柯煜小幔亭刻本(简称柯刻本)、南京图书馆藏项䌹群玉书堂刻本(简称项刻本)、文渊阁四库全书本(简称四库本)、上海图书馆藏徐楙爱日轩刻本(简称徐刻本)。对繁体、异体和旧字形一般遵从书体例改为现行规范简化字，有特殊含义的酌情予以保留，如蘋洲之蘋等；通假字则悉尊原貌，如通"暮"之"莫"，不予改动。为方便一般爱好者了解厉鹗、查为仁笺疏的渊源，本次整理尽力完整地呈现项䌹笺疏，相关内容均冠以〔项笺〕，以示区别。项笺词人题名及小传因多为厉、查所采，本次整理使用 * 标示，附于页下以避重复；其它笺疏为厉、查所采者，亦在页下校记中说明；与厉、查不同的笺疏插入相应词作之下。底本不误校本显误者不出校，两可的异文尽量存录，以便读者鉴赏文学文本的优劣。原书目录只列词人姓名，现重新编目，一一罗列词牌及首句。附录一、二据徐刻本录《续钞》《补录》，与余集序文、徐楙跋语；附录三汇编各本题跋、纪事及《四库全书总目・绝妙好词笺提要》，以便读者参考。

目　录

项絪重刻绝妙好词原序

宋人之选宋词，有《乐府雅词》《绝妙词选》《绝妙好词》诸本。而草窗所辑，悉皆南渡以后诸贤，裁鉴尤为精审。近嘉善柯氏尝从虞山钱氏钞得藏本付梓。顾考钱氏述古堂题辞，有云“此本经前辈细看批阅，下各朱标其出处里第”，今嘉善本悉皆无之。长夏掩关无事，因缁绎故书，漫加搜讨，遂已十得八九。至前人评品与夫友朋谈艺，其言有合，及佚事可征者，悉为采录，系于本词前后。惟七卷中山村词无从补缀，犹憾蟾兔之缺尔。因重为开雕而识诸首简。雍正乙巳七月，澹斋项絪书于白沙之怡园。

绝妙好词笺原序

《绝妙好词》七卷，南宋弁阳老人周密公谨所辑。宋人选本朝词，如曾端伯《乐府雅词》、黄叔旸《花庵词选》，皆让其精粹，盖词家之准的也。所采多绍兴迄德祐间人，自二三钜公外，姓字多不著。夫士生隐约，不得树立功业，炳焕天壤，仅以词章垂称后世，而姓字犹在若灭若没间，无人为从故纸堆中抉剔出之，岂非一大恨事耶！津门查君莲坡，研精风雅，耽玩倚声，披阅之暇，随笔札记，辑有《诗馀纪事》如干卷。于是编尤所留意，特为之笺，不独诸人里居出处十得八九，而词中之本事、词外之佚事以及名篇秀句、零珠碎金，攟拾无遗。俾读者展卷时，恍然如聆其笑语而共其游历也。予与莲坡有同好，向尝缀拾一二，每自矜创获，会以衣食奔走，不克卒业。及来津门，见莲坡所辑，颇有望洋之叹，并举以付之，次第增入焉。譬诸掇遗材以裨建章，投片琼以厕悬圃，其为用不已微乎？莲坡通怀集益，犹不忘所自，必欲附贱名于简端，辞不得已，因述其颠末如此云。乾隆戊辰闰七夕前三日，钱唐厉鹗书于津门之古春小茨。

绝妙好词卷一

张孝祥*

张孝祥* 孝祥字安国，号于湖，乌江人。绍兴二十四年廷对第一，授承事郎，签书镇东军判官。累迁中书舍人，直学士院，兼督府参赞军事、领建康留守。寻以荆南湖北路安抚使进显谟阁直学士致仕。有《于湖集》，词一卷。

汤衡序《紫微词》云："于湖平昔为词，未尝著稿，笔酣兴健，顷刻即成，无一字无来处。"

念奴娇

过洞庭

洞庭青草，近中秋，更无一点风色。玉界琼田三万顷，着我扁舟一叶。素月分辉，明河共影，表里俱澄澈。悠然心会，妙处难与君说。　　应念岭表经年，孤光自照，肝胆皆冰雪。短鬓萧疏[①]襟袖冷，稳泛沧溟[②]空阔。尽吸西江，细斟

* 〔项笺〕"于湖张孝祥"小传云："孝祥字安国，历阳乌江人。年十六，冠里选。绍兴二十四年，廷试第一。曹泳请婚，不答。授承事郎，签书镇东军判官。累迁中书舍人，直学士院，兼督府参赞军事、领建康留守，以言改敷文阁待制。复以集贤殿修撰知广南西路经略安抚使，言者劾罢之。又起知荆南湖北路安抚使，有病，请祠，进显谟阁直学士致仕，卒年三十八。孝祥俊逸，文章过人，尤工翰墨，有《于湖集》《紫薇雅词》。汤衡序《紫微词》云：'于湖平昔为词，未尝著稿，笔酣兴健，顷刻即成，无一字无来处。'"

① 短鬓萧疏，毛抄本作"短发萧骚"，柯刻本作"短发萧疏"。

② 沧溟，毛抄本、柯刻本、项刻本作"沧浪"。

北斗，万象为宾客。叩舷独啸，不知今夕何夕。

《四朝闻见录》云："张于湖尝舟过洞庭，月照龙堆，金沙荡射。公得意，命酒，唱歌所作词，呼群吏而酌之，曰：'亦人子也。'其坦率皆类此。"

鹤山魏了翁跋此词真迹云："张于湖有英姿奇气，着之湖湘间，未为不遇。洞庭所赋，在集中最为杰特，方其吸江酌斗，宾客万象时，讵知世间有紫微青琐哉？"①

西江月

丹阳湖

问讯湖边柳色②，重来又是三年。春风③吹我过湖船。杨柳丝丝拂面。　　世路如今已惯，此心到处悠然。寒光亭下④水连天。飞起沙鸥一片。

《舆地纪胜》云："丹阳湖，在当涂县东南六十九里。杜预注云'春秋宣城县西南有桐水，出白石山，西北入丹阳'是也。"

按《景定建康志》载此词云"题溧阳三塔寺"。按《志》："三塔湖一名梁城湖，在溧阳县西七十里。"又云："溧水西承丹阳湖，自东坝成，丹阳湖水不复通本县界。"岳珂《玉楮集》亦云："溧阳三塔寺寒光亭柱上刻张于湖词。"自当以《建康志》为据。

---

① 〔项笺〕同此条。

② 柳色，柯刻本、项刻本、徐刻本作"春色"。

③ 春风，毛抄本、柯刻本、项刻本、徐刻本作"东风"。

④ 亭下，毛抄本作"庭下"。

清平乐

光尘扑扑。宫柳低迷绿。斗鸭阑干春诘曲。帘额微风绣蹙。　　碧云青翼无凭。困来小倚云屏。楚梦不禁春晚，黄鹂犹自声声。

菩萨蛮

东风约略吹罗幕。一帘[①]细雨春阴薄。试把杏花看。湿云[②]娇暮寒。　　佳人双玉枕。烘醉鸳鸯锦。折得最繁枝。暖香生翠帷。

《词旨·警句》:“尽吸西江，细斟北斗，万象为宾客。叩舷独笑，不知今夕何夕。”(《念奴娇》)“寒光亭下水连天。飞起沙鸥一片。”(《西江月》)

《能改斋漫录》:“‘去年今日，从驾游西苑。彩仗压金波，看水戏、鱼龙曼衍。宝津南殿。宴坐近天颜，金杯酒，君王劝。头上宫花颤。　　六军锦绣，万骑穿杨箭。日暮翠华归，拥钧天、笙歌一片。如今关外，千里未归人，前山雨，西楼晚。望断思君眼。’此陈济翁《蓦山溪》也。舍人张孝祥知潭州，因宴客，妓有韵此，至‘金杯酒，君王劝。头上宫花颤’，其首自为之摇动者数四。坐客忍笑，指目者甚众，而张竟不觉也。”

《癸辛杂识》:“张于湖知京口，王宣子代之。多景楼落成，于湖为大书楼扁，公库送银二百两为润笔。于湖却之，但需红罗百匹。于是大宴合乐，

---

① 一帘，毛抄本、柯刻本作“一檐”。

② 湿云，底本、项刻本校记云:“云，一作‘红’。”

酒酣，于湖赋词，命妓合唱，甚欢，遂以红罗百匹犒之。”

《吴礼部别集·诗话》：“于湖玩鞭亭，晋明帝觇王敦营垒处。自温庭筠赋诗后，张文潜又赋《于湖曲》，以正湖阴之误。词皆奇丽警拔，脍炙人口。张安国赋《满江红》云：‘千古凄凉，兴亡事、但悲陈迹。凝望眼、吴波不动，楚山丛碧。巴滇绿骏追风远，武昌云旆连天赤。笑老奸、遗臭到如今，留空壁。　边书静，烽烟息。通轺传，销锋镝。仰太平天子，圣明无敌。蹙踏扬州开帝里，渡江天马龙为匹。看东南、佳气郁匆匆，传千亿。’虽间采温、张语，而词气亦不在其下。尝见安国大书此词，后题云‘乾道元年正月十日’，笔势奇伟可爱。”

于湖词《西江月》：“十里轻红自笑，两山浓翠相呼。意行着脚到精庐。借我绳床小住。　解饮不妨文字，无心更狎鸥鱼。一声长啸暮烟孤。袖手西湖归去。”

范成大[*] 成大字致能，号石湖，吴郡人。绍兴二十四年进士。孝宗时，累官权吏部尚书，拜参知政事，进资政殿学士，提举洞霄宫。卒谥文穆。有《石湖集》，词一卷。

醉落魄

栖乌飞绝。绛河绿雾星明灭。烧香曳簟眠清樾。花影吹笙[①]，满地淡黄月。　　好风碎竹声如雪。昭华三弄临风咽。鬓丝撩乱纶巾折。凉满北窗，休共软红说。

朝中措

长年心事寄林扃。尘鬓已星星。芳意不如水远，归心欲与云平。　　留连一醉，花残日永，雨后山明。从此量船载酒，莫教闲却春情[②]。

眼儿媚

酣酣日脚紫烟浮，妍暖试轻裘。困人天气，醉人花底，

* 〔项笺〕“石湖范成大”小传云：“成大字致能，吴郡人。绍兴二十四年，擢进士第。孝宗时，拜参知政事，进资政殿学士。再领洞霄宫，加大学士，卒谥文穆。所居石湖，在太湖之滨，阜陵宸翰扁之，因号石湖居士。”

① 花影句，柯刻本校记云：“‘笙’字疑当作‘帘’，不然与下昭华句相犯。”项刻本校记云：“‘笙’疑当作‘帘’。”

② 春情，毛抄本、柯刻本、项刻本作“春晴”。

午梦扶头。　　春慵恰似春塘水，一片縠纹愁。溶溶泄泄，东风无力，欲皱还休。

忆秦娥

楼阴缺。阑干影卧东厢月。东厢月。一天风露，杏花如雪。　　隔烟催漏金虬咽。罗帏暗淡灯花结。灯花结。片时春梦，江南天阔。

霜天晓角

晚晴风歇。一夜春威折。脉脉花疏天淡，云来去、数枝雪。　　胜绝愁亦绝。此情谁共说。惟有两行低雁，知人倚、画楼月。

《词旨·警句》："花影吹笙，满地淡黄月。"（《醉落魄》）"灯花结。片时春梦，江南天阔。"（《忆秦娥》）"惟有两行低雁，知人倚、画楼月。"（《霜天晓角》）

刘克庄《后村集·诗话》："范石湖《南柯子》云：'怅望梅花驿，凝情杜若洲。香云低处有高楼。可惜高楼不近、木兰舟。　　缄素双鱼远，题红片叶秋。欲凭江水寄离愁。江已东流那肯、更西流。'"

《澄怀录》："范石湖云：'淳熙己亥重九，与客自阊门泛舟，径横塘。宿雾一白，垂垂欲雨。至彩云桥，氛翳豁然，晴日满空，风景闲美，无不与人意会。四郊刈熟，露积如缭垣。田家妇子着新衣，略有节物。挂帆遡越来溪，潦收渊澄，如行玻瓈地上。菱花虽瘦，尚可采撷。檥櫂石湖，叩柴荆，坐千岩，观下菊丛中，大金钱一种已烂漫秾香，正午熏入酒杯，不待轰饮，已有醉意。其旁丹桂二亩，皆盛开，多栾枝，芳气尤不可耐。携壶渡石梁，登姑苏后台，跻攀勇往，谢去巾舆筇杖，石棱草滑，皆若飞步。山顶正平，有坳堂藓石可列坐，相传为吴故宫闲台别馆所在。其前湖光接松陵，独见孤塔之尖。少北，墨点一螺为昆山。其后西山竞秀，萦青丛碧，与洞庭、林屋相宾。大约目力逾百里，具登高临远之胜。始余使虏，是日过燕山馆，尝赋《水调》，首句云："万里汉家使。"后每自和。《桂林》云："万里汉都护。"《成都》云："万里桥边客。"明年，徘徊药市，颇叹倦游，不复再赋。但有诗云："年来厌把三边酒，此去休哦万里诗。"今年幸甚，获归故园，偕邻曲二三子，酬酢佳节于乡山之上，乃复用旧韵，首句云："万里吴船泊，归访菊篱秋。"'"

石湖词《浪淘沙》："黯淡养花天。小雨能悭。烟轻云薄有无间。官柳丝丝都绿遍，犹有春寒。　　空翠湿征鞍。马首千山。多情若是肯俱还。别有玉杯承露冷，留共君看。（玉杯，官舍中牡丹，绝品也。）"

《菩萨蛮》云："雪林一夜收寒了。东风恰向[1]灯前到。今夕是何年。新春新月圆。　　绮丛香雾隔。犹记疏狂客。留取缕金旛。夜蛾相并看。"

---

① 恰向，四库本作"惬向"。

洪　迈[*] 迈字景卢，号野处，又号容斋，鄱阳人。忠宣公皓子。绍兴十五年登第。兄文惠适、文安遵，皆中博学宏词科，由是"三洪"名满天下。累迁吏、礼二部员外郎，寻进焕章阁学士，知绍兴。告老，以端明殿学士致仕。卒谥文敏。有《容斋五笔》《夷坚志》《万首唐人绝句》《野处类稿》行于世。

踏莎行

院落深沉，池塘寂静。帘钩卷上梨花影。宝筝拈得雁难寻，篆香消尽山空冷。　　钗凤斜欹，鬓蝉不整。残红立褪①慵看镜。杜鹃啼月一声声，等闲又是三春尽。

《夷坚志》："绍兴间，余在临安试词科。三场毕，与五友同过抱剑街孙氏小楼。夜月如昼，正临阑凭几，两烛结花，粲然若连珠。孙倡黠慧，白坐中曰：'今夕桂魄皎洁，烛花呈祥，五君较艺兰省，其高掇不疑，请各赋一词，为他日佳话。'何自明即操笔作《浣溪沙》一阕，云：'草草杯盘访玉人。灯花呈喜坐添春。邀郎觅句要清新。　　黛浅波娇情脉脉，云轻柳弱意真真。从今风月属闲人。'众传观欢赏，独恨其末句失意。余续《临江仙》曰：'绮席流欢欢正洽，高楼佳气重重。钗头小篆烛花红。直须将喜事，来报主人公。

桂月十分春②正半，广寒宫殿匆匆。姮娥相对曲阑东。云梯知不远，平步蹑东风。'孙满酌一觥，相属相劝曰：'学士必高中，此瑞殆为君设也。'已而果奏名赐第，馀皆不偶。"

---

* 〔项笺〕"野处洪迈"小传云："迈字景卢，鄱阳人，号容斋。忠宣公皓子，与兄文惠适、文安遵皆中博学宏词科，由是"三洪"名满天下。累官翰林学士，进焕章阁学士，知绍兴。告老，以端明殿学士致仕。卒年八十，谥文敏。迈以博学受知孝宗，谓其文备众体。著有《容斋五笔》《夷坚志》《万首唐人绝句》《野处类稿》。"

① 立褪，毛抄本作"泣褪"。

② 春，徐刻本作"秋"。

陆　游* 游字务观，山阴人。以荫补登仕郎。隆兴初，赐进士出身。范成大帅蜀，为参议官。以文字交，不拘礼①，士人②讥其颓放，因自号放翁。嘉泰初，诏同修国史，升宝章阁待制。有《剑南集》，词二卷。

刘潜夫云："放翁、稼轩，一扫纤艳，不事穿凿。高则高矣，但时时掉书袋，要是一癖。"

朝中措

梅

幽姿不入少年场。无语只凄凉。一个飘零身世，十分冷淡心肠。　江头月底，新诗旧恨③，孤梦④清香。任是春风⑤不管，也曾先识东皇。

乌夜啼

金鸭馀香尚暖，绿窗斜日偏明。兰膏香染云鬟腻，钗坠

---

* 〔项笺〕"放翁陆游"小传云："游字务观，越州山阴人。年十二，能诗文，以荫补登仕郎，锁厅荐送第一。隆兴初，赐进士出身。范成大帅蜀，为参议官，以文字交，不拘礼法，人讥其颓放，因自号放翁。嘉泰初，诏同修国史，升宝章阁待制。有《剑南集》，词二卷。刘潜夫云：'放翁、稼轩，一扫纤艳，不事斧凿。'"

① 不拘礼，徐刻本作"不拘礼法"。

② 士人，徐刻本作"人"。

③ 旧恨，毛抄本作"旧梦"。

④ 孤梦，毛抄本作"孤恨"。

⑤ 春风，毛抄本作"东风"。

滑无声。　　冷落秋千伴侣，阑珊打马心情。绣屏惊断潇湘梦，花外一声莺。

又

纨扇婵娟素月，纱巾缥缈轻烟。高槐叶长阴初合，清润雨馀天。　　弄笔斜行小草。钩帘浅醉闲眠。更无一点尘埃到，枕上听新蝉。

《鹤林玉露》："陆务观，农师之孙，有诗名。恃酒颓放，因自号放翁。作词云：'桥如虹。水如空。一叶飘然烟雨中。天教称放翁。'晚年为韩平原作《南园记》，除从官。杨诚斋寄诗云：'君居东浙我江西，镜里新添几缕丝。花落六回疏信息，月明千里两相思。不应李杜翻鲸海，更羡夔龙集凤池。道是樊川轻薄杀，犹将万户比千诗。'盖切磋之也。然《南园记》唯勉以忠献之事业，无谀辞。晚年和平粹美，有中原承平时气象。朱文公喜称之。"

《耆旧续闻》："陆放翁官南昌日，代还，有赠别词云：'雨断西山晚照明。悄无人、幽梦自惊。说道去、多时也，到如今、真个成行[①]。　　远山已是无心画，小楼空、斜掩绣屏。你嚎早、收心呵，趁刘郎、双鬓未星。'又闲居三山日，方务德侍郎携妓访之，公有词云：'三山山下闲居士，巾屦萧然。小醉闲眠。风引飞花落钓船。'并不载于集。"

《齐东野语》："放翁在蜀日，有所盼，赋诗云：'碧玉当年未破瓜，学成歌舞入侯家。如今憔悴蓬窗底，飞上青天妒落花。'出蜀后，每怀旧游，多见之赋咏，有云：'金鞭珠弹忆春游，万里桥东罨画楼。梦倩晓风吹不断，书凭春雁寄无由。镜中颜鬓今如此，席上宾朋好在否。箧有吴笺三百个，拟将细

① 成行，"成"字原缺，据四库本补。

字说春愁。'又云:'裘马清狂锦水滨,最繁华地作闲人。金壶投箭消长日,翠袖传杯领好春。幽鸟语随歌处拍,落花铺作舞时茵。悠然自适君知否,身与浮名孰重轻。'又以此诗檃括作《风入松》云:'十年裘马锦江滨。酒隐红尘。黄金选胜莺花海,倚疏狂、驱使青春。弄笛鱼龙尽出[①],题诗风月俱新。　　自怜华发满纱巾。犹是官身。凤楼曾记当时语,问浮名、何似身亲。欲写吴笺说与,这回真个闲人。'前辈风流雅韵,犹可想见也。"

① 尽出,徐刻本作"尽在"。

陆 淞* 淞字子逸，号云溪[①]，山阴人。《耆旧续闻》云："陆辰州子逸，左丞佃之孙。晚以疾废，卜筑于秀野，越之佳山水也。放傲世间，不复有荣念[②]。对客则终日清谈不倦，尤好语前辈事。"

瑞鹤仙[③]

脸霞红印枕。睡觉来、冠儿还是不整。屏间麝煤冷。但眉峰压翠，泪珠弹粉。堂深昼永。燕交飞、风帘露井。恨无人、说与相思，近日带围宽尽。　重省。残灯朱幌，淡月纱窗，那时风景。阳台路迥。云雨梦，便无准。待归来先指，花梢教看，却把心期细问。问因循、过了青春，怎生意稳。

《耆旧续闻》云："南渡初，南班宗子寓居会稽，为近属士，园亭甲于浙东，一时坐客皆骚人墨士，陆子逸尝与焉。士有侍姬盼盼者，色艺殊绝，公每属意焉。一日宴客，偶睡，不预捧觞之列。陆因问之，士即呼至，其枕痕犹在脸。公为赋《瑞鹤仙》，有'脸霞红印枕'之句，一时盛传，逮今为雅唱。后盼盼亦归陆氏。"

张叔夏云："景中带情，屏去浮艳。"

---

* 〔项笺〕"雪溪陆淞"小传云："淞字子逸，山阴人，左丞佃之孙。《耆旧续闻》：'陆辰州子逸，左丞农师之孙，太傅公之玄孙也。晚以疾废，卜筑于秀野，越之佳山水也。放傲世间，不复有营念。对客则终日清谈不倦，尤好语前辈事。'"

① 云溪，项刻本、徐刻本作"雪溪"。

② 荣念，四库本作"营念"。

③ 瑞鹤仙，柯刻本校记云："《草堂》误作永叔词。"

韩元吉* 元吉字无咎，号南涧，许昌人。门下侍郎维四世孙，东莱先生吕伯恭之外舅也。官至吏部尚书。有《焦尾集》，词一卷。子淲仲止，有诗名。

水龙吟

书英华事

雨馀叠巘浮空，望中秀色仙都是。洞天未锁，人间春老，玉妃曾坠。锦瑟繁弦，凤箫清响，九霄歌吹。问分香旧事，刘郎去后，知谁伴、风前醉。　回首暝烟千里，但纷纷、落红如洗。多情易老，青鸾何许，诗成谁寄。斗转参横，半帘花影，一溪寒水。怅飞凫路杳，行云梦远①，有三峰翠。

《耆旧续闻》云："元丰中，缙云令开封李长卿女，慧性过人，姿度不凡，染疾逝，殡于邑之仙岩寺三峰阁。李公罢，因舁归。宣和庚子，青溪寇起，焚燎无遗，惟三峰阁独存，主簿以为廨舍。济南王傅庆及内表曹颖偕来，馆曹于厅治之东。一夕，有女子打扃而至，与语，皆出尘气，诘其姓氏，曰：'开封李长卿女，季莩其名，英华其字，辟谷有年，身轻于羽，知子鳏居，故来相慰。'唱和殆无虚日。曹有亲陈观察，挽之从军，将就道，英华与诀曰：'妾与君之缘断矣。子宿缘寡浅，尘业未偿，他日当有兵难。敬授灵香一瓣，有急，请爇以告，当阴有所护，不然，亦无如之何也。'曹公勇为朔方之行，不意

---

* 〔项笺〕"南涧韩元吉"小传云："元吉字无咎，许昌人。为江淮转运使，官至吏部尚书。有《焦尾集》，词一卷。子淲仲止，有诗名。"

① 梦远，毛抄本、柯刻本、项刻本作"梦断"。

获谴麾下，追惟英华之言，欲取所遗香爇之，军行无宿火，卒正法。英华诗有云：‘醒酒清风摇竹去，催诗小雨过山来。’非诗人所易到也。”

《文献通考》云：“《英华集》三卷，李季萼为鬼仙，缙云人传其诗，亦怪矣。”

《墨庄漫录》云：“处州缙云簿厅，为武尉司。顷有一妇人，常现形，与人接，妍丽闲婉，有殊色。其来也，异香芬馥，非世间之香。自称曰英华，或曰绿华。前后官此者多为所惑。永嘉蒋辉远为邑簿，祠以香火，其怪遂绝。”

好事近

汴京赐宴

凝碧旧池头，一听管弦凄切。多少梨园声在，总不堪华发。　杏花无处避春愁，也傍野花发。惟有御沟声断，似知人呜咽。

《金史·交聘表》云：“大定十三年三月癸巳朔，宋遣试礼部尚书韩元吉、利州观察使郑兴裔等贺万春节。”按宋孝宗乾道九年为金世宗大定十三年，南涧汴京赐宴之词，当是此时作。

姚　宽[*]　宽字令威，号西溪。《会稽续志》："姚宽，嵊人，以父舜明任补官，权尚书户部员外郎、枢密院编修官。词章之外，颇工篆隶及工伎之事。请用韩世忠旧法，以意增损，为三弓合弹弩，诏许之。既成，矢激二里，所中皆没羽。又尝论大驾卤簿指南车，得古不传之法。所著有《西溪集》十卷、《注司马迁史记》一百三十卷、《西溪丛语》一卷、《玉玺书》一卷。"叶水心《跋西溪集》云："公著书二百卷，古今同异无不概括。""惜其盛年不预采录，晚始召对殿中，忽感风眩而死。"

菩萨蛮

斜阳山下明金碧。画楼返照融春色。睡起揭帘旌。玉人蝉鬓轻。　　无言空伫立。花落东风急。燕子引愁来。眉愁那得开。

生查子

郎如陌上尘，妾似堤边树[①]。相见两悠扬，踪迹无寻处。　　酒面扑春风，泪眼零秋雨。过了别离时，还解相思否。

---

* 〔项笺〕"西溪姚宽"小传云："宽字令威，嵊人，以父舜明任补官，权尚书户部员外郎、枢密院编修官。词章之外，颇工篆隶及工伎之事。请用韩世忠旧法，以意增损，为三弓合蝉弩，诏许之。既成，矢激二里，所中皆没羽。又尝论大驾卤簿指南车，得古不传之法。所著有《西溪集》十卷、《注司马迁史记》一百三十卷、《补注战国策》三十一卷、《五行秘记》一卷、《西溪丛语》一卷、《玉玺书》一卷。叶水心《跋西溪丛语》：'公著书二百卷，古今同异无不概括。''惜其盛年不预采录，晚始召对殿中，忽感风眩而死。'"

① 底本校："一作絮。"

吴　琚* 琚字居父，号云壑，汴人。宪圣太后之侄，太宁郡王益之子。历尚书郎、部使者、直学士。庆元间，以镇安节度使留守建康，迁少保。卒谥忠惠。有《云壑集》。

柳梢青

元日立春

彩仗鞭春。椒盘迎旦，斗柄回寅。拂面东风，虽然料峭，终是寒轻。　带花折柳心情。怎捱得、元宵放灯。不是东园，有些残雪，先去踏青。

浪淘沙

云叶弄轻阴。屋角鸠鸣。青梅着子欲生仁。冷落江天寒食雨，花事关情。　池馆昼盈盈。人耐寒轻。一川芳草只销凝。时有入帘新燕子，明日清明。

---

* 〔项笺〕“云壑吴琚”小传云：“琚字居父，汴人。宪圣之侄，大宁郡王益之子。庆元间，以镇安节度使留守建康，迁少师。卒谥忠惠。琚与弟环俱博学，工诗画，有《云壑集》。”

又

岸柳可藏鸦。路转溪斜。忘机鸥鹭立汀沙。咫尺锺山迷望眼，一半云遮。　　临水整乌纱。两鬓苍华。故乡心事在天涯。几日不来春便老，开尽桃花。

《景定建康志》引此词，题云“游青溪，呈马野亭”。野亭跋其后云：“秦淮海之词，独擅一时，字未闻；米宝晋善诗，然终不及字。若公，可谓兼之矣。辛酉季春，承议郎充江南东路转运司主管文字马之纯谨书。”

《武林旧事》：“淳熙九年八月十八日，驾诣德寿宫，奉迎上皇观潮。百戏撮弄，各呈技艺。上皇喜曰：‘钱唐形胜，天下所无。’上起奏曰：‘江潮亦天下所独。’宣谕侍臣各赋《酹江月》一阕，至晚呈，上以吴琚为第一，其词曰：‘玉虹遥挂，望青山隐隐，恍如一抹。忽觉天风吹海立，好似春霆初发。白马凌空，琼鳌驾水，日夜朝天阙。飞龙舞凤，郁葱环拱吴越。　　此景天下应无，东南形胜，伟观真奇绝。好是吴儿飞彩帜，蹴起一江秋雪。黄屋天临，水犀云拥，看击中流楫。晚来波静，海门飞上明月。’两宫赏赐无限，至月上始还。”

辛弃疾* 弃疾字幼安，号稼轩，历城人。耿京聚兵山东，节制忠义军马，留掌书记。奉表来归，高宗召见，授承务郎，差签判江阴，累官浙东安抚，加龙图阁待制、枢密院都承旨。德祐初，以谢枋得请，赠少师，谥忠敏。有《稼轩长短句》十二卷。

刘后村云："公所作大声镗鞳，小声铿鍧，横绝六合，扫空万古。其秾丽绵密者，亦不在小晏、秦郎之下。"

摸鱼儿

更能消、几番风雨。匆匆春又归去。惜春长怕花开早，何况落红无数。春且住。见说道、天涯芳草无归路。怨春不语。算只有殷勤，画檐蛛网，尽日惹[①]飞絮。　长门事，准拟佳期又误。蛾眉曾有人妒。千金纵买相如赋[②]。脉脉此情谁诉。君莫舞。君不见、玉环飞燕皆尘土。闲愁最苦。休去倚危栏，斜阳正在，烟柳断肠处。

《鹤林玉露》云："辛幼安《晚春》[摸鱼儿]，词意殊怨，'斜阳''烟柳'之

---

* 〔项笺〕"稼轩辛弃疾"小传云："弃疾字幼安，历城人。初从耿京，奉表来归，高宗召见，授承务郎，差签判江阴。累官试兵部侍郎、枢密院都承旨。弃疾性豪爽，尚气节，识拔英俊，所交多海内名士。自以稼名轩，谓人生在勤，当以力田为先。北方养生之具不求于人，是以无甚富甚贫之家。南方多末作以病农，而兼并之患兴，贫富斯不谋矣。绍定六年，赠光禄大夫。咸淳间，加赠少师，谥忠敏。有《稼轩长短句》十二卷。刘后村云：'公所作大声镗鞳，小声铿鍧，横绝六合，扫空万古。其秾丽绵密者，亦不在小晏、秦郎之下。'"

① 惹，毛抄本作"萦"。

② 相如赋，毛抄本作"长门赋"。

句，比之‘未须愁日暮，天际是轻阴’者异矣。使在汉唐时，宁不贾‘种豆’‘种桃’之祸哉！愚闻寿皇见此词颇不悦，然终不加罪，可谓盛德也已。”

瑞鹤仙

梅

雁霜寒透幕。正护月云轻，嫩冰犹薄。溪奁照梳掠。想含香弄粉，靓妆难学。玉肌瘦弱。更重重、龙绡衬着。倚东风、一笑嫣然，转盼[①]万花羞落。　　寂寞。家山何在，雪后园林，水边楼阁。瑶池旧约，鳞鸿更仗谁托。粉蝶儿、只解寻花觅柳，开遍南枝未觉。但伤心、冷淡黄昏，数声画角。

祝英台近

宝钗分，桃叶渡。烟柳暗南浦。怕上层楼，十日九风雨。断肠点点飞红，都无人管，倩谁劝、啼莺声住。　　鬓边觑。应把花卜归期，才簪又重数。罗帐灯昏，哽咽梦中语。是他春带愁来，春归何处，却不解、将愁归去[②]。

《贵耳集》云：“吕婆，吕正己之妻，正己为京畿漕，有女事辛幼安，因以微事触其怒，竟逐之。今稼轩‘桃叶渡’词因此而作。”

① 转盼，毛抄本作“转眄”。
② 将愁归去，徐刻本、四库本作“带将愁去”。

《词旨·警句》:“应把花卜归期,才簪又重数。”(《祝台英近》)“是他春带愁来,春归何处。却不解、带将愁去。”(同上)

《归潜志》:“党怀英、辛弃疾少同舍。属金国初乱,辛率数千骑南渡,显于宋;党在北,擢第,入翰林。二公皆有荣宠。后辛退闲,有《鹧鸪天》云:‘壮岁旌旗拥万夫。锦韉突骑渡江初。燕兵夜捉银胡录,汉箭朝飞金仆姑。

思往事,叹今吾。春风不染白髭须。都将万字平戎策,换得东郊种树书。’”

《清波别志》:“稼轩在上饶,属其室病,呼医对脉。吹笛婢名整整者侍侧,乃指以谓医曰:‘老妻病安,以此人为赠。’不数日,果勿药,乃践前约。整整去,因口占《好事近》云:‘医者索酬劳,那得许多钱帛。只有一个整整,也合盘盛得。　下官歌舞转凄凉,剩得几枝笛。觑着者般火色,告妈妈将息。’一时戏谑,风调不群。”

《太平清话》:“铅山县南二里许,有稼轩书院。分水岭下,厥墓在焉。张埜《古山乐府·水龙吟·酹辛稼轩墓》云:‘岭头一片青山,可能埋没凌云气。遐方异域,当年滴尽,英雄清泪。星斗撑肠,云烟盈纸,纵横游戏。谩人间留得,阳春白雪,千载下、无人继。　不见戟门华第。见萧萧、竹枯松悴。问谁料理,带湖烟景,瓢泉风味。万里中原,不堪回首,人生如寄。且临风高唱,逍遥旧曲,为先生醉。’”

刘　过* 过字改之,号龙洲道人,太和人。有《龙洲集》,词一卷。

黄叔旸云:"改之,稼轩之客。词多壮语,盖学稼轩者也。"

陶九成云:"改之造词赡逸有思致。"

贺新郎

老去相如倦。向文君、说似而今,怎生消遣。衣袂京尘曾染处,空有香红尚软。料彼此、魂销肠断。一枕新凉眠客舍,听梧桐疏雨秋声颤。灯晕冷,记初见。　楼低不放珠帘卷。晚妆残、翠钿狼藉,泪痕凝脸。人道愁来须殢酒,无奈愁多酒浅。但托意、焦琴纨扇。莫鼓琵琶江上曲,怕荻花枫叶俱凄怨。云万叠,寸心远。

《龙洲词》题云:"去年秋,余试牒四明,赋赠老娼,至今天下与禁中皆歌之。江西人来,以为邓南秀词,非也。"

唐多令

芦叶满汀洲。寒沙带浅流。二十年、重到南楼。柳下

---

* 〔项笺〕"龙洲刘过"小传云:"过字改之,又号龙洲道人,吉州人,以诗游江湖。淳熙甲午,预秋荐,擢第。"

系船[1]犹未稳，能几日、又中秋。　　黄鹤断矶头。故人今在否。旧江山、总是新愁。欲买桂花重载酒，终不似、少年游。

《龙洲词》题云："安远楼小集，侑觞歌板之姬黄其姓者，乞词于龙洲道人，为赋此《唐多令》，同柳阜之、刘去非、石民瞻、周嘉仲、陈孟参、孟容，时八月五日也。"

《花庵词选》题云："重过武昌。"

醉太平

情高意真。眉长鬓青。小楼明月调筝。写春风数声。　　思君忆君。魂牵梦萦。翠销香暖云屏。更那堪酒醒。

《词旨·警句》："翠销香暖云屏。更那堪酒醒。"（《醉太平》）

《吹剑录》："稼轩帅越，招刘改之，不去。乃寄情《沁园春》曰：'斗酒彘肩，风雨渡江，岂不快哉。被香山居士，约林和靖，与东坡老，驾勒吾回。坡谓西湖，正如西子，浓抹淡妆临照台。二人者，俱掉头不顾，只管传杯。

白云天竺去来。看金碧峥嵘图画开。更纵横一涧，东西水绕，两山南北，高下云堆。逋曰不然，暗香疏影，何似孤山先探梅。须晴去，访稼轩未晚，且此徘徊。'此词虽粗而局段高，与三贤游，固可睨视稼轩。视林、白之清致，则东坡所谓'淡妆浓抹'已不足道，稼轩富贵，焉能浼我哉！"

《江湖纪闻》："刘改之性疏豪好施，辛稼轩客之。稼轩帅淮时，改之以

---

[1] 船，毛抄本作"舟"。

母病告归，囊橐萧然。是夕，稼轩与改之微服登倡楼，适一都吏命乐饮酒，不知为稼轩也，命左右逐之，二公大笑而归。即以为有机密文书唤某都吏，其夜不至，稼轩欲籍其产而流之，言者数十，皆不能解。遂以五千缗为改之母寿，请言于稼轩。稼轩曰：'未也。'令倍之。都吏如数增作万缗。稼轩为买舟于岸，举万缗于舟中，曰：'可即行，无如常日轻用也。'改之作《念奴娇》为别云：'知音者少，算乾坤许大，着身何处。直待功成方肯退，何日可寻归路。多景楼前，垂虹亭下，一枕眠秋雨。虚名相误。十年枉费辛苦。
不是奏赋明光，上书北阙，无惊人之语。我自匆忙天不肯，赢得衣裾尘土。白璧堆前，黄金买笑，付与君为主。莼鲈江上，浩然明月归去。'"

《游宦纪闻》："予于菊涧高九万处，见苏绍叟手书《忆刘改之》[摸鱼儿]一阕，云：'望关河、试穷遥眼，新愁似丝千缕。刘郎豪气今何在，应是九疑三楚。堪恨处。便拚得、一生寂寞长羁旅。无人寄语。但吊麦伤桃，边松倚竹，空忆旧诗句。　　文章事，到底将身自误。功名难料迟暮。鹑衣箪食年年瘦，受侮世间儿女。君信否，尽县簿高门，岁晚谁青顾。何如引去。任槎上张骞，山中李广，商略尽风度。'绍叟有《泠然诗集》十卷行于世。"

谢　懋* 懋字勉仲，有《静寄居士乐章》二卷。

黄叔旸云："居士乐章，吴坦伯明为序，称其'片言只字，戛玉敲金，蕴藉风流，为世所赏'"

蓦山溪

厌厌睡起，无限春情绪。柳色借轻烟，尚瘦怯、东风倦舞。海棠红皱，不奈晚来寒。帘半卷，日西沉，寂寞闲庭户。　　飞云无据。化作溟濛雨。愁里见春来，又只恐、愁催春去。惜花人老，芳草梦凄迷。题欲遍，琐[①]窗纱，总是伤春句。

风入松

老年[②]常忆少年狂。宿粉栖香。自怜独得东君意，有三年、窥宋东墙。笑舞落花红影，醉眠芳草斜阳。　　事随春梦去悠扬。休去[③]思量。近来眼底无姚魏，有谁更、管领年芳。换得河阳衰鬓，一帘烟雨梅黄。

---

* 〔项笺〕"静寄谢懋"小传云："懋字勉仲，有《静寄居士乐章》二卷，吴坦伯明为序，称其'片言只字，敲金铿玉，蕴藉风流'。"

① 琐，毛抄本作"锁"。

② 老年，毛抄本、柯刻本作"老来"。

③ 休去，毛抄本作"休费"。

浪淘沙

黄道雨初干。霁霭空蟠。东风杨柳碧毵毵。燕子不归花有恨，小院春寒。　　倦客亦何堪。尘满征衫。明朝野水几重山。归梦已随芳草绿，先到江南。

霜天晓角

桂　花[①]

绿云剪叶。低护黄金屑。占断花中声誉，香和韵、两清洁。　　胜绝君听说。当时来处别。试看仙衣犹带，金庭露、玉阶月。

《词旨·警句》："燕子不归花有恨，小院春寒。"（《浪淘沙》）

① 桂花，柯刻本作"桂"。

章良能* 良能字达之,丽水人。淳熙五年进士。除著作佐郎。嘉泰元年,为起居舍人。宁宗朝,居两制,登政地。谥文庄。有《嘉林集》百卷。

小重山

柳暗花明春事深。小阑红芍药、已抽簪。雨馀风软碎鸣禽。迟迟日、犹带一分阴。　往事莫沉吟。身闲时序好、且登临。旧游无处不堪寻。无寻处、惟有少年心。

〔项笺〕文庄《吴兴玲珑山》诗:“短锸长镵出万峰,凿开混沌作玲珑。市朝为是无巇崄,更向山林巧用工。”

《齐东野语》:“外大父文庄章公,自少好雅洁,性滑稽。居一室必汛扫圬饰,陈列琴书,亲朋或讥其龌龊无远志。一日,大书素屏云:‘陈蕃不事一室,而欲扫除天下,吾知其无能为矣!’识者知其不凡。间作小词,极有思致,先妣能口诵数首。《小重山》云云。”

---

* 〔项笺〕“嘉林章良能”小传云:“良能字达之,吴兴人。宁宗朝居两制,登政地。谥文庄,有《嘉林集》百卷。即公谨之外大父也。”

陈　亮[*] 亮字同甫，号龙川，永康人。隆兴初，以解头荐，上《中兴五论》，不报。居太学上舍。绍熙四年，光宗亲策进士，擢为第一，授建康军签判。未至官，病，一夕而卒。端平初，谥文毅。有《龙川集》，词二卷。

叶水心云："同甫长短句四卷。每一章成，辄自叹曰：'平生经济之怀，略已陈矣。'予所谓微言，多此类也。"

水龙吟

闹花深处层楼，画帘半卷东风软。春归翠陌，平莎[①]茸嫩，垂杨金浅。迟日催花，淡云阁雨，轻寒轻暖。恨芳菲世界，游人未赏，都付与、莺和燕。　　寂寞凭高念远。向南楼、一声归雁。金钗斗草，青丝勒马，风流云散。罗绶分香，翠绡封泪，几多幽怨。正销魂，又是疏烟淡月，子规声断。

《词旨·属对》："罗绶分香，翠绡封泪。"

《龙川词·好事近·咏梅》云："的皪三两枝，点破暮烟苍碧。好在屋檐斜处，傍玉奴吹笛。　　月华如水过林塘，花影弄苔石。欲向梦中飞蝶，恐幽香难觅。"

---

* 〔项笺〕"龙川陈亮"小传云："亮字同甫，婺州武康人。隆兴初，以解领荐，上《中兴五论》，不报。居太学，睨场屋士馀十万，用文墨少异，雄其间，非人杰也，弃去之，更名同复。上书至再，以执政不乐，不报。又十年，复上书，终不报。光宗策进士，擢第一，既知为同甫，则大喜曰：'朕亲览，果不谬。'授建康军签判。未至官，病，一夕卒。端平初，谥文毅。有《龙川集》。叶水心曰：'同甫长短句四卷。每一章成，辄自叹曰："平生经济之怀，略已陈矣。"予所谓微言，多此类也。'"

① 平莎，毛抄本作"平沙"。

真德秀* 德秀字希元，浦城人。庆元五年进士，授南剑州判官。继试中博学宏词科，为太学正。绍定中，召为礼部侍郎，拜参知政事，进资政殿直学士，提举万寿观。卒谥文忠。学者称西山先生。有《真文忠公集》五十四卷。

蝶恋花

红　梅

两岸月桥花半吐。红透肌香，暗把游人误。尽道武陵溪上路。不知迷入江南去。　　先自冰霜真态度。何事枝头，点点胭脂污。莫是东君嫌淡素。问花花又娇无语。

---

* 〔项笺〕“西山真德秀”小传云：“德秀字景元，后更景希，浦城人。庆元五年进士，授南剑州判官。继试中博学宏词科，为太学正。绍定中，召为礼部侍郎，拜参知政事，进资政殿直学士，提举万寿观。卒谥文忠。学者称曰西山先生。有《读书记》《西山甲乙稿》《对越甲乙集》诸书。”

刘光祖* 光祖字德修,号后溪,简池人。登进士第。庆元初,官侍御史,改司农少卿,迁起居郎。终显谟阁直学士,提举嵩山崇福宫,卒。有《鹤林词》一卷。

洞仙歌

败　荷①

晚风收暑,小池塘荷静。独倚胡床酒初醒。起徘徊、时有香气吹来,云藻乱、叶底游鱼动影。　　空擎承露盖,不见冰容,惆怅明妆晓鸾镜。后夜月凉时,月淡花低,幽梦觉、欲凭谁省。也应记、临流凭阑干,便遥想、江南红酣千顷。

《鹤林词·踏莎行》:“扫径花零,闭门春晚。恨长无奈东风短。起来消息探荼蘼,雪条玉蕊都开遍。　　晚月魂清,夕阳香远。故山别后谁拘管。多情于此更情多,一枝嗅罢还重捻。”

魏了翁《鹤山集》:“刘左史光祖之生正月十日,李夫人之生以十九日,赋《浪淘沙》寄之:‘鹤外倚楼看。云飐晴天。天高鸡犬碍云关。掉臂双仙留不彻,还住人间。　　客佩振珊珊。来贺平安。年年直待卷灯还。似是天公偏着意,占破春闲。’”

---

* 〔项笺〕“后溪刘光祖”小传云:“光祖字德修,简州人。登进士第。庆元初,官侍御史,改司农少卿,迁起居郎。终显谟阁直学士,谥文节。有《鹤林词》一卷。”

① 败荷,毛抄本题作“咏败荷”。

蔡　枏[*] 枏字坚老，南城人，宣和以前人，没于乾道庚寅，曾公卷、吕居仁辈皆与之倡和。有《云壑隐居集》三卷，词有《浩歌集》一卷。赵希弁《读书附志》云："尝为宜春别驾。"

鹧鸪天

病酒厌厌与睡宜。珠帘罗幕卷银泥。风来绿树花含笑，恨入西楼月敛眉。　　惊瘦尽，怨归迟。休将桐叶更题诗。不知桥下无情水，流到天涯是几时。

---

* 〔项笺〕"云壑蔡枏"小传云："枏字坚老，南城人，有《云壑隐居集》三卷。陈氏《书录解题》：'宣和以前人，没于乾道庚寅。曾公卷、吕居仁辈皆与之倡和。'词有《浩歌集》一卷。"

洪咨夔* 咨夔字舜俞，号平斋，於潜人。嘉定二年进士。累官刑部尚书、翰林学士知制诰，加端明殿学士，提举万寿观。端平三年卒，谥忠文。有《平斋集》，词一卷。

眼儿媚

平沙芳草渡头村。绿遍去年痕。游丝上下，流莺来往，无限销魂。　　绮窗深静人归晚，金鸭水沉温。海棠影下，子规声里，立尽黄昏。

《词旨·警句》："海棠影下，子规声里，立尽黄昏。"（《眼儿媚》）

《平斋词·南乡子·德清舟中和韵》云："霜月冷娉婷。夹岸芦花雪点成。短艇水晶宫里系，闲情。谁道芙蓉更有城。　　阿鹊数归程。人倚低窗小画屏。莫恨年华飞上鬓，堪凭。一度春风一度莺。"

* 〔项笺〕"平斋洪咨夔"小传云："咨夔字舜俞，於潜人。嘉定二年进士，除如皋簿、饶州教授，改南外宗学教授。应博学宏词科，辟崔与之淮东幕府。累官刑部尚书、翰林学士知制诰。求去，加端明殿学士，提举万寿观兼侍读。端平三年卒，谥忠文。有《平斋集》及《两汉诏令览抄》《春秋说》《外内制》《奏议》等书。"

岳　珂* 珂字肃之，号亦斋，亦号倦翁，相台人。忠武王孙，敷文阁待制霖子。管内劝农使，知嘉兴。历官户部侍郎、淮东总领兼制置使。有《玉楮集》《媿郯录》《读史备忘》《东垂事略》《程史》《吁天辨诬录》《金陀粹编》行世。

满江红

小院深深，悄镇日、阴晴无据。春未足，闺愁难寄，琴心谁与。曲径穿花寻蛱蝶，虚阑傍日教鹦鹉。笑十三杨柳女儿腰，东风舞。　云外月，风前絮。情与恨，长如许。想绮窗今夜，与谁凝伫。洛浦梦回留佩客，秦楼声断吹箫侣。正黄昏时候杏花寒，廉纤雨。

生查子

芙蓉清夜游，杨柳黄昏约。小院碧苔深，润透双鸳薄。　暖玉惯春娇，簌簌花钿落。缺月故窥人，影转阑干角。

《京口三山志》："岳珂[登多景楼]《祝英台近》云：'瓮城高，盘径近。十里笋舆稳。欲驾还休，风雨苦无准。古来多少英雄，平沙遗恨。又总被、长江流尽。　倩谁问。因甚衣带中分，吾家自畦畛。落日潮头，慢写属镂愤。断肠烟树扬州，兴亡休论。正愁尽、河山双鬓。'"

---

* 〔项笺〕"倦翁岳珂"小传云："珂字肃之，号亦斋，亦号倦翁。忠武王孙，敷文阁待制霖子。管内劝农使，知嘉兴。历官户部侍郎、淮东总领兼制置使。著有《玉楮集》及《读史备忘》《吁天辨诬录》《天定录》《程史》《金陀粹编》诸书。"

张　镃* 镃字功甫，号约斋，西秦人，循王诸孙。居临安，官奉议郎。有《玉照堂词》一卷。

念奴娇

宜雨亭[①]咏千叶海棠

绿云影里，把明霞织就，千里[②]文绣。紫腻红娇扶不起，好是未开时候。半怯春寒，半便晴色，养得胭脂透。小亭人静，嫩莺啼破春昼。　　犹记携手芳阴，一枝斜戴，娇艳波双秀。小语轻怜花总见，争得似花长久。醉浅休归，夜深同睡，明日还相守。免教春去，断肠空叹诗瘦。

《武林旧事》云："张约斋桂隐百课[③]，在南湖。有玉照堂，梅花四百株；苍寒堂，青柏二百株；艳香馆，杂春花百馀椮；碧宇，修竹十亩；蕊珠洞，荼蘼二十五株；绿画轩，木犀临砌；书叶轩，柿二十株；餐霞轩，樱桃三十馀株；宜雨亭，海棠二十株，夹流水；满霜亭，橘五十馀株。"

---

* 〔项笺〕"约斋张镃"小传云："镃字功甫，号约斋，循王诸孙。居临安，官奉议郎。杨诚斋《功甫像赞》云：'香火斋祓，伊蒲文物，一何佛也！襟带诗书，步武琼琚，一何儒也！门有朱履，坐有桃李，一何佳公子也！冰茹雪食，凋碎月魄，又何穷诗客也！'其为名人倾倒如此。有《玉照堂词》一卷。"

① 宜雨亭，柯刻本、项刻本作"宜雨庭"。

② 千里，毛抄本、柯刻本作"千重"。

③ 桂隐百课，诸本皆作"桂隐百果"，据《武林旧事》卷十"约斋桂隐百课"条改。

昭君怨

园池夜泛

月在碧虚中住。人向乱荷中去。花气杂风凉。满船香。　　云被歌声摇动。酒被诗情掇送。醉里卧花心。拥红衾。

〔项笺〕《洞霄志》载功甫诗："凉蝉乱叫朝暮雨，独鹤不迷前后山。芎叶煮汤胜茗椀，栗花然火照松关。"《游九锁诗》："九锁非凡境，烟云路不分。山寒长带雨，洞古不收云。夜宿听林鹤，晨炊摘野芹。黄冠皆好事，添炷石炉熏。"

《玉照堂词》[咏菱]《鹊桥仙》云："连汀接溆，萦蒲带藻，万叶香浮光满。湿烟吹霁木兰轻，照波底、红娇翠婉。　　玉纤采来，银笼携去，一曲山长水远。彩鸳双惯贴人飞，恨南浦、离多梦短。"

卢祖皋[*] 祖皋字申之，号蒲江，永嘉人。庆元中登进士第，为军器少监。嘉定十四年，权直学士院。有《蒲江词》一卷。

黄叔旸云："蒲江，楼攻媿之甥，赵紫芝、翁灵舒之诗友。乐章甚工，字字可入律吕。"

《东嘉姓谱》："卢申之，嘉定中以军器少监直北门属。时庆泽孔殷，纶言沓布，皋抒思泉涌，号为称职。俄卒于官。工乐府，江浙间多歌之。"

宴清都

初　春

春讯飞琼管，风日薄，度墙啼鸟声乱。江城次第，笙歌翠合，绮罗香暖。溶溶涧绿冰泮，醉梦里、年华暗换。料黛眉重锁隋堤，芳心暗动梁苑。　　新来雁阔云音，鸾分镜影，无计重见。啼春细雨，笼愁淡月，恁时庭院。离肠未语先断，算犹有、凭高望眼。更那堪芳草连天，飞梅弄晚。

江城子

画楼帘幕卷新晴。掩银屏。晓寒轻。坠粉飘香，日日

---

* 〔项笺〕"蒲江卢祖皋"小传云："祖皋字申之，永嘉人。庆元中登进士第，为军器少监。《齐东野语》：'卢祖皋，嘉定十四年权直学士院。'有《蒲江词》一卷。黄玉林云：'蒲江，楼攻媿之甥，赵紫芝、翁灵舒之诗友。乐章甚工，字字可入律吕。'"

唤愁生。暗数十年湖上路，能几度，着娉婷。　　年华空自感飘零。拥春酲。对谁醒。天阔云闲，无处觅箫声。载酒买花年少事，浑不似，旧心情。

贺新凉

彭传师于吴江三高堂之前作钓雪亭，盖擅渔人之窟宅以供诗境也。子野[①]命予赋之。

挽住风前柳。问鸱夷、当日扁舟，近曾来否。月落潮生无限事，零乱茶烟未久。漫留得、莼鲈依旧。可是从来功名误，抚荒祠、谁继风流后。今古恨，一搔首。　　江涵雁影梅花瘦。四无尘、雪飞风起，夜窗如昼。万里乾坤清绝处，付与渔翁钓叟。又恰是、题诗时候。猛拍阑干呼鸥鹭，道他年、我亦垂纶手。飞过我，共樽酒。

《程史》云："彭传师，名法，以恩科得官，依钱东岩之门。督府尝欲举以使金，不克遣，终老于选调云。"

《中吴纪闻》云："越上将军范蠡、江东步兵张翰、赠右补阙陆龟蒙，各有画像在吴江鲈乡亭旁。东坡尝有《吴江三贤画像》诗。后易其名曰'三高'，且更为塑像。臞庵主人王文孺献其地雪滩，因迁之。今在长桥之北，与垂虹亭相望，石湖居士为之记。"

《吴郡志》云："三高祠，在吴江县垂虹桥北，即王氏臞庵之雪滩也。昔堂在垂虹南地，极偏仄。乾道三年，县令赵伯虡徙之雪滩。"又云："臞庵，在

---

① 子野，毛抄本作"赵子野"。

松江之滨。邑人王份，有超俗趣，营此以居，围江湖以入圃，故多柳塘花屿，景物秀野，名闻一时。名胜喜游之，皆为题诗。圃中有与闲、平远、种德及烟雨观、横秋阁、凌风台、郁峨城、钓雪滩、琉璃沼、臞翁涧、竹厅、龟巢、云关、缬林、枫林等处，而浮天阁为第一，总谓之臞庵。份，字文孺，以特恩补官，尝为大冶令，归老焉。”

《嘉靖吴江县志》：“钓雪亭在雪滩，宋嘉泰二年，县尉彭法建，华亭林至记。”

倦寻芳

春　思

香泥垒燕[①]，密叶巢莺，春晴[②]寒浅。花径风柔，着地舞茵红软。斗草烟欺罗袂薄，秋千影落春游倦。醉归来，记宝帐歌慵，锦屏春暖。　　别来怅、光阴容易，还又荼蘼，牡丹开遍。妒恨疏狂，那更柳花盈面。鸿羽难凭芳信短，长安犹近归期远。倚危楼，但镇日、绣帘高卷。

清平乐

锦屏开晓。寒入宫罗峭。脉脉不知春又老。帘外舞红多少。　　旧时驻马香阶。如今细雨苍苔。残梦不成重理，一双蝴蝶飞来。

---

① 垒燕，毛抄本作“叠燕”。

② 春晴，毛抄本、柯刻本、项刻本作“春暗”。

又[①]

柳边深院。燕语明如剪。消息无凭听又懒。隔断画屏双扇。　　宝杯金缕红牙。醉魂几度儿家。何处一春游荡，梦中犹恨杨花。

谒金门

香漠漠。低卷水风池阁。玉腕笼纱金半约。睡浓团扇落。　　雨过凉生云薄。女伴棹歌声乐。采得双莲迎笑剥。柳阴多处泊。

又

风不定。移去移来帘影。一雨池塘新绿净[②]。杏梁归燕并。　　翠袖玉屏金镜。薄日绮疏人静。心事一春疑酒病。鸟啼花满径。

---

① 毛抄本题作“春恨”。

② 净，毛抄本作“静”。

乌夜啼

几曲微风按柳，生香暖日蒸花。鸳鸯睡足方塘晚，新绿小窗纱。　　尺素难将情绪，嫩罗还试年华。凭高无处寻残梦，春思入琵琶。

又

西　湖

漾暖纹波飐飐，吹晴丝雨濛濛。轻衫短帽西湖路，花气扑青骢。　　斗草褰衣湿翠，秋千瞥眼飞红。日长不放春醪困，立尽海棠风。

〔项笺〕《贵耳集·蒲江舟中独酌》句："山川似旧客怀老，天地无言春事深。"

张履信[*] 履信字思顺，号游初，鄱阳人。侍郎南仲之孙。尝监江口镇，官至连江守。

柳梢青

雨歇桃繁。风微柳静，日淡湖湾。寒食清明，虽然过了，未觉春闲。　　行云掩映春山。真水墨、山阴道间。燕语侵愁，花飞撩恨，人在江南。

谒金门

春睡起。小阁明窗儿底。帘外雨声花积水。薄寒犹在里。　　欲起还慵未起。好是孤眠滋味。一曲广陵应忘记。起来调绿绮。

〔项笺〕《樊榭诗话》："张思顺《飞来峰》诗：'飞来何处峰，木杪夜千尺。愁猿唤不应，月色同一白。'《冷泉亭》：'水石一阑干，僧归四山静。携琴谱涧泉，月浸夜深冷。'《翠微亭》：'朝朝乌北出，夜夜乌南归。所谋在一食，所息在一枝。人生竟何得，与乌同此机。身世忽过虑，泉石良自怡。月上飞来峰，更谁登翠微。'右诗俱见潜说友《咸淳临安志》，因思宋人诸诗不传于世者何限。"

---

* 〔项笺〕"游初张履信"小传云："履信字思顺，鄱阳人。侍郎南仲之孙。尝监江口镇，官至连江守。"

周文璞* 文璞字晋仙，号方泉，又号野斋，又号山楹，阳谷人。有《方泉先生集》二卷。子伯弜，能诗。

一剪梅

风韵萧疏玉一团。更着梅花，轻袅云鬟。这回不是恋江南。只为温柔，天上人间。　赋罢闲情共倚阑。江月庭芜，总是销魂。流苏斜掩烛花寒。一样眉尖，两处关山。

张伯雨《贞居词》云："周晋仙《浪淘沙》云：'还了酒家钱。便好安眠。大槐宫里着貂蝉。行到江南知是梦，雪压渔船。　盘礴古梅边。也是前缘。鹅黄雪白又醒然。一事最奇君听取，明日新年。'晋仙，宋南渡来名士，一号方泉老人。此词鲜于困学每爱书之。百年后，方外士张伯雨追和一章，以为笑乐，惜困学公不能为我赏音：挑下杖头钱。取次高眠。玉梅金缕孟家蝉。说着钱塘都是梦，懒问游船。　谁信酒垆边。别有仙缘。自家天地一陶然。醉写桃符都不记，明日新年。"

---

* 〔项笺〕"山楹周文璞"小传云："文璞字晋仙，号方泉，一号野斋，阳谷人。唐栖释永颐《题周山楹》诗：'不剪亦不斲，山楹在尘表。石泉声淙淙，秀谷自围绕。道中玄览人，未见今日了。君固自无心，世亦不易晓。梦奠何可扳，颓然泰山小。当时岩壑人，百世何矫矫。清吟振霞缨，日翳群阴悄。'刘后村《哭晋仙》诗有：'死定无高冢，生惟有破琴。'盖亦高逸之流欤？有《方泉先生集》。"

徐　照[*] 照字道辉，又字灵晖，号山民，永嘉人。与徐玑、翁卷、赵师秀，号永嘉四灵，诗皆工晚唐体。有《山民集》。

南歌子

帘影筵金线，炉烟袅翠丝。菰芽新出满盆池。唤取玉瓶添水、买鱼儿。　　意取钗重碧，慵梳髻翅垂。相思无处说相思。笑把画罗小扇、觅春词。

清平乐

绿围红绕。一枕屏山晓。怪得今朝偏起早。笑道牡丹开了。　　迎人卷上珠帘。小螺未拂眉尖。贪教玉笼鹦鹉，杨花飞满妆奁。

阮郎归

绿杨庭户静沉沉。杨花吹满襟。晚来[①]闲向水边寻。惊飞双浴禽。　　分别后，重登临。暮寒天气阴。妾心移

---

* 〔项笺〕“山民徐照”小传云：“照字道辉，永嘉人。与徐玑、翁卷、赵师秀，号永嘉四灵，皆工晚唐体。叶水心志其墓。”

① 晚来，毛抄本、柯刻本作“晚西”。

得在君心。方知人恨深。

《词旨·警句》:“相思无处说相思。笑把画罗小扇觅春词。”(《南歌子》)“妾心移得在君心。方知人恨深。”(《阮郎归》)

俞 灏* 灏字商卿，世居杭，绍兴四年进士。开禧议开边，政府密引灏画计。灏言轻脱寡谋之人不可信，赵良嗣、张觉往辙可鉴。历秉麾节，皆有声。宝庆二年致仕。筑室九里松，自号青松居士。有《青松居士集》。

点绛唇

欲问东君，为谁重到江头路。断桥薄暮。香透溪云渡。　　细草平沙，愁入凌波步。今何许。怨春无语。片片随流水①。

* 〔项笺〕“青松俞灏”小传云：“灏字商卿，钱唐人。登进士第，丘密令其佐。毕，再遇，救山阳，料北人必窥采石，请回军石梁河以遏其锋。再遇，知扬州，荡平江湖，多灏计。再遇，欲诛胁从者，救活甚众。开禧议开边，政府密引灏画计。灏言轻脱寡谋之人不可信，赵良嗣、张觉往辙可鉴。历秉麾节，皆有声。宝庆初致仕，筑室九里松，买舟西湖，会意处竟日忘返。以诗词自适，自号青松居士，有《青松居士集》。俞桂希鄀有《看先祖青松居士仓使诗》。”

① 随流水，毛抄本作“随流去”。

潘　　牥* 牥字庭坚，号紫岩，闽人。端平二年进士，廷对第三人。历太学正，通判潭州。有《紫岩集》。

南乡子

生怕倚阑干。阁下溪声阁外山。空有旧时山共水，依然。暮雨朝云去不还。　　想见蹑飞鸾。月下时时认佩环。月又渐低霜又下，更阑。折得梅花独自看。

《刘后村诗话》题云："镡津怀旧。"

《花庵绝妙词选》题云："题南剑州妓馆。"

《刘后村诗话》："延平乐籍中，有能墨竹草圣者。潘廷坚为赋《念奴娇》，美其书画，末云：'玉带悬鱼，黄金铸印，侯封万户。待从头，缴纳君王，觅取爱卿归去。'余罢袁守，归途赴郡集，席间借观。今不复有此隽人矣。"

《吴中旧事》："潘庭坚《羽仙歌》云：'雕檐绮户，倚晴空如画。曾是吴王旧台榭。自浣纱去后、落日平芜，行云断、几见花开花谢。　　凄凉阑干外，一簇江山，多少图王共争霸。莫闲愁、金杯潋滟，对酒当歌，欢娱地、梦中兴亡休话。渐倚遍西风、晚潮生，明月里、鹭鸶背人飞下。'"

---

* 〔项笺〕"紫岩潘牥"小传云："牥字庭坚，富沙人，初名公筠。殿试第三人。跌荡不羁，为福建帅司机宜文字，醉骑黄犊，歌《离骚》于市，人以为仙。才高气劲，读书五行俱下，终身不忘。文未尝起草，尤长于古乐府。慨慕先隐，集老子以下讫于宣靖，各位小传，名曰'幽人景范'，其雅尚复如此。馀具刘克庄所作墓志。"

刘　翰[*] 翰字武子，长沙人。吴云壑居父之客。有《小山集》一卷。

好事近

花底一声莺，花上半钩斜月。月落乌啼何处，点飞英如雪。　东风吹尽去年愁，解放丁香结。惊动小亭红雨，舞双双金蝶。

蝶恋花

团扇题诗春又晚。小梦惊残，碧草池塘满。一曲银钩帘半卷。绿窗睡足莺声软。　瘦损衣围罗带减。前度风流，陡觉心情懒。谁品新腔拈翠管。画楼吹彻江南怨。

清平乐

凄凄[①]芳草。怨得王孙老。瘦损腰围罗带小。长是锦书来少。　玉箫吹落梅花。晓烟[②]犹透轻纱。惊起半帘

---

* 〔项笺〕“小山刘翰”小传云：“翰字武子，长沙人。程珌《洺水集》有《谢刘小山频寄所作之词》。”

① 凄凄，毛抄本作“萋萋”。

② 晓烟，毛抄本作“晓寒”。

幽梦，小窗淡月啼鸦。

《词旨·警句》:“惊起半帘幽梦，小窗淡月啼鸦。”(《清平乐》)

刘子寰[*] 子寰字圻父，号篁嵘。建阳人，居麻沙。早登朱子之门，刘后村序其诗行世。

霜天晓角

横阴漠漠。似觉罗衣薄。正是海棠时候，纱窗外、东风恶。　　惜春春寂寞。寻花花冷落。不会这些情味，元不是、念离索。

《古今词话》："圻父咏山泉词云：'静坐时看松鼠饮，醉眠不碍山禽浴。'是真得山泉之趣者。"①

---

* 〔项笺〕"篁嵘刘子寰"小传云："子寰字圻父，建阳人，居麻河。早登朱子之门，刘后村序其诗行世。戴复古有《题篁嵘隐居图》诗。"

① 〔项笺〕同此条。

张良臣[*①] 良臣字武子，号雪窗，大梁人。避地来鄞，因家焉。隆兴元年，试南省，魏文节公杞时为参详官，携其三策见知举张焘，曰："此文拙古，必故人张武子所为。"及撤棘，果良臣也。官止监左藏库。有集十卷，刻于广信郡。

西江月

四壁空围恨玉，十香浅捻啼绡。殷云度雨井桐凋。雁雁无书又到。　　别后钗分燕尾，病馀镜减鸾腰。蛮江豆蔻影连梢。不道参横易晓。

楼钥《攻媿集·书张武子诗后》云："与武子评诗，谓当有悟入处，非积学所能到也。君读之，以为得我意。又尝自哦其诗曰：'客向愁中都老尽，只留平楚伴销凝。'又哦其词云：'昨日豆花篱下过，忽然迎面好风吹。独自立多时。'其大约可见矣。闭门读书，室中无一物。性嗜诗，未尝强作，或终岁无一语。故所作必绝人。妻孥至不免饥寒，或谓：'君不为岁晚计?'君曰：'水禽有名信天公者，食鱼而不能捕，凝立沙上，俟它禽过，偶坠鱼于前，乃拾之。然未闻有饿死者。'其夷澹类此。"

---

* 〔项笺〕"雪窗张景臣"小传云："景臣字武子，一本作良臣，大梁人，避地来鄞，因家焉。隆兴元年，试南省，魏文节公杞时为参详官，携其三策见知举张焘，曰：'此文拙古，必故人张武子所为。'及撤棘，果良臣也。官止监左藏库。有集十卷，刻于广信郡。子时，有文名。"

① 底本校记云："俗本作景臣，误。"

绝妙好词卷二

姜　夔[*] 夔字尧章，鄱阳人。萧东夫爱其词，妻以兄子。因寓居吴兴之武康，与白石洞天为邻，自号白石道人，又号石帚。庆元中，曾上书乞正太常雅乐，得免解，讫不第。有《白石诗》一卷、词五卷，又有《绛帖平》《续书谱》《大乐议》《张循王遗事》《集古印谱》。

黄叔旸云："白石词极精妙，不减清真，其高处有美成所不能及。"

沈伯时云："姜白石清劲知音，未免有生硬处。"

张叔夏云："词要清空，不要质实。""姜白石如野云孤飞，去留无迹。"

暗　香[①]

旧时月色。算几番照我，梅边吹笛。唤起玉人，不管清寒与攀摘。何逊而今渐老，都忘却、春风词笔。但怪得、竹

---

* 〔项笺〕"白石姜夔"小传云："夔字尧章，鄱阳人，居吴兴苕溪上，与白石洞天为邻，自号白石道人，又号石帚。曾以上乐章得免解恩。萧东夫爱其词，妻以兄子。陈藏一郁谓：'尧章气貌若不胜衣，而笔力足以扛百斛之鼎。家无立锥，而一饭未尝无食客。图史翰墨之藏，汗牛充栋。襟期洒落，如晋宋间人。意到语工，不期于高远而自高远。'杨伯子长孺谓：'先君在朝列时，薄海英才，云次鳞集，亦不少矣。而布衣中得一人焉，曰姜尧章。呜呼！尧章亦布衣耳，乃得盛名于天壤间若此，则轩冕钟鼎，直可敝屣矣。'黄白石景况谓：'造物者不欲以富贵浼尧章，使之声名焜耀于无穷，此意甚厚。'《癸辛杂志》(按当为《齐东野语》)载其自述一书，其受知于名公巨儒者，尤为详备。有《白石诗集》《白石词集》《绛帖平》《续书谱》《大乐议》《琴瑟考》《铙歌》数种。张叔夏曰：'词要清空，不要质实。清空则古雅峭拔，质实则凝涩晦昧。惟白石如野云孤飞，去留无迹。'沈伯时曰：'白石词清劲知音。'黄叔旸曰：'白石词极精妙，不减清真，其高处美成所不能及。'"

① 毛抄本、柯刻本题云"梅"。

外疏花，香[①]冷入瑶席。　　江国。正寂寂。叹寄与路遥，夜雪初积。翠樽易竭[②]。红萼无言耿相忆。长记曾携手处，千树压、西湖寒碧。又片片、吹尽也，几时见得。

《砚北杂志》：“小红，范成大青衣也，有色艺。成大请老，姜夔诣之。一日，授简征新声，夔制《暗香》《疏影》两曲，成大使二妓习之，音节清婉。成大寻以小红赠之。其夕大雪，过垂虹，赋诗曰：‘自喜新词韵最娇，小红低唱我吹箫。曲终过尽松陵路，回首烟波十四桥。’”

疏影 仲吕宫

苔枝缀玉。有翠禽小小，枝上同宿。客里相逢，篱角黄昏，无言自倚修竹。昭君不惯胡[③]沙远，但暗忆、江南江北。想佩环、月下[④]归来，化作此花幽独。　　犹记深宫旧事，那人正睡里，飞近蛾绿。莫似春风，不管盈盈，蚤与安排金屋。还教一片随波去，又却怨、玉龙哀曲。等恁时、重觅幽香，已入小窗横幅。

《白石道人歌曲》题云：“辛亥之冬，予载雪诣石湖。止既月，授简索句，且征新声。作此两曲，石湖把玩不已。使妓肄习之，音节谐婉，乃命之曰《暗香》《疏影》。”

---

① 柯刻本校记云：“《全芳备祖》‘香’上有‘暗’字。”

② 竭，毛抄本、柯刻本作“泣”，柯刻本有校记云：“泣当作竭。”

③ 胡，底本原作“吴”，据毛抄本、柯刻本、徐刻本改。

④ 月下，毛抄本作“月夜”。

张叔夏云："白石《暗香》《疏影》二曲，前无古人，后无来者，自立新意，真为绝唱。《疏影》前段用少陵诗，后段用寿阳事，此皆用事不为事使。"[①]

杨廉夫《东维子集》云："元松陵陆子敬，居分湖之北，垒石为山，树梅成林，取姜白石词语，名其轩曰'旧时月色'。"

扬州慢 仲吕宫

淮左名都，竹西佳处，解鞍少驻初程。过春风十里，尽荠麦青青。自胡马[②]窥江去后，废池乔木[③]，犹厌言兵。渐黄昏，清角吹寒，都在空城。　　杜郎俊赏，算而今、重到须惊。纵豆蔻词工，青楼梦好，难赋深情。二十四桥仍在，波心荡、冷月无声。念桥边红药，年年知为谁生。

《白石道人歌曲》题云："淳熙丙申至日，予过维扬。夜雪初霁，荠麦弥望。入其城，则四顾萧条，寒水自碧。暮色渐起，戍角悲吟，予怀怆然。感慨今昔，因自度此曲。千岩老人以为有黍离之感也。"

玲珑四犯 黄钟商

叠鼓夜寒，垂灯春浅，匆匆时事如许。倦游欢意少，俯仰悲今古。江淹又吟《恨赋》。记当时、送君南浦。万里乾

① 〔项笺〕同此条。

② 胡马，项刻本作"戎马"。

③ 乔木，毛抄本作"高木"。

坤，百年身世，惟有此情苦。　　扬州柳、垂官路，有轻盈换马[①]，端正窥户。酒醒明月下，梦逐潮声去。文章信美知何用，漫赢得、天涯羁旅。教说与。春来要、寻花伴侣。

《白石道人歌曲》题云："越中闻箫鼓感怀。"

琵琶仙

吴兴春游

双桨来时，有人似，旧曲桃根桃叶。歌扇轻约飞花，蛾眉正奇绝。春渐远、汀洲自绿，更添了、几声啼鴂。十里扬州，三生杜牧，前事休说。　　又还是、宫烛分烟[②]，奈愁里、匆匆换时节。却把一襟芳思，与空阶榆荚。千万缕、藏鸦细柳，为玉樽、起舞回雪。想见西出阳关，故人初别。

《白石道人歌曲》题云："《吴都赋》：'户藏烟浦，家具画船。'惟吴兴为然。春游之盛，西湖未能过也。己酉岁，予与萧时甫载酒南游，因遇成歌。"[③]

张叔夏云："情景交炼，得言外意。"又云："白石《疏影》《暗香》《扬州慢》《一萼红》《琵琶仙》《淡黄柳》等曲，不惟清虚，且又骚雅，读之使人神观飞越。"

---

① 换马，毛抄本作"唤马"。

② 分烟，柯刻本、项刻本作"生烟"。

③ 项刻本无"吴兴春游"四字。

法曲献仙音

张彦功官舍

虚阁笼寒，小帘通月，暮色偏怜高处。树隔离宫，水平驰道，湖山尽入尊俎。奈楚客、淹留久，砧声带愁去。
屡回顾。过秋风、未成归计，谁念我、重见冷枫红舞。唤起淡妆人，问逋仙、今在何许[1]。象笔鸾笺，甚如今、不道秀句。怕平生幽恨，化作沙边烟雨。

《白石道人歌曲》题云："张彦功官舍在铁冶岭上，即昔之教坊使宅。高斋下瞰湖山，光景奇绝。予数过之，为赋此。"

念奴娇

吴兴荷花

闹红一舸，记来时、长与鸳鸯为侣。三十六陂人未到，水佩风裳无数。翠叶吹凉，玉容消酒，更洒菰蒲雨。嫣然摇动，冷香飞上诗句。　　日暮。青盖亭亭，情人不见，争忍凌波去。只恐舞衣寒易落，愁入西风南浦。高柳垂阴，老鱼吹浪，留我花间住。田田多少，几回沙际归路。

---

① 何许，毛抄本作"何处"。

《白石道人歌曲》题云:“予客武陵,湖北宪治在焉。古城野水,乔木参天,予与二三友日荡舟其间,意象幽闲,不类人境。秋水且涸,荷叶出地寻丈,因列坐其下,上不见日,清风徐来,绿云自动,间于疏处窥见游人画船,亦一乐也。朅来吴兴,数得相羊荷花中。又夜泛西湖,光影奇绝,故以此句写之。”

一萼红

人日登定王台

古城阴。有官梅几许,红萼未宜簪。池面冰胶,墙腰[①]雪老,云意还又沉沉。翠藤共、闲穿径竹,渐笑语、惊起卧沙禽。野老林泉,故王台榭,呼唤登临。　　南去北来何事,荡湘云楚水,极目伤心。朱户黏鸡,金盘簇燕,空叹时序侵寻。记曾共、西楼[②]雅集,想垂柳、还袅万丝金。待得归鞭[③]到时,只怕春深。

《白石道人歌曲》题云:“丙午人日,余客长沙别驾之观政堂。堂下曲沼,西负古垣,有卢橘幽篁,一径深曲,穿径而南,官梅数十株,如椒如菽,或红破白露,枝影扶疏。着屐苍苔细石间,野兴横生。亟命驾登定王台,乱湘流入麓山,湘云低昂,湘波容与。兴尽悲来,醉吟成调。”

《方舆胜览》云:“定王台在潭州,俗传汉长沙定王载米博长安土,筑台于此,以望其母唐姬。张安国名曰‘定王台’,自为书扁。”

---

① 墙腰,毛抄本、项刻本、柯刻本作“墙阴”,项刻本校记云:“阴,当作腰。”

② 西楼,毛抄本作“西园”。

③ 归鞭,毛抄本作“归鞍”。

齐天乐

蟋　蟀

庾郎先自吟愁赋。凄凄更闻私语。露湿铜铺，苔侵石井，都是曾听伊处。哀音似诉。正思妇无眠，起寻机杼。曲曲屏山，夜凉独自甚情绪。　　西窗又吹暗雨。为谁频断续。相和砧杵。候馆迎秋[①]，离宫吊月，别有伤心无数。豳诗[②]漫与。笑篱落呼灯，世间儿女。写入琴丝，一声声更苦。

〔项笺〕张玉田《乐府指迷》："全章精粹，所咏了然在目，且不留滞于物。"又云："作慢词最是过变，不要断了曲意，须要承上接下，如白石'曲曲屏山，夜凉独自甚情绪'，于过变则云'西窗又吹暗雨'，此则曲之意不断矣。"[③]

《白石道人歌曲》题云："丙辰岁，与张功父会饮张达可之堂，闻屋壁间蟋蟀有声，功父约予同赋，以授歌者。功父先成，词甚美。予裴回末利花间，仰见秋月，顿起幽思，寻亦得此。蟋蟀，中都呼为促织，善斗，好事者或以二三十万钱致一枚，镂象齿为楼观以贮之。"又自注云："宣政间，有士大夫制《蟋蟀吟》。"

张叔夏云："全章皆精粹，所咏了然在目，且不留滞于物。"

---

① 迎秋，毛抄本作"吟秋"。

② 豳诗，毛抄本作"幽诗"。

③ 按《乐府指迷》当即《词源》之误。

淡黄柳

客合肥

空城晓角。吹入垂杨陌。马上单衣寒恻恻。看尽鹅黄嫩绿。都是江南旧相识。　　正岑寂。明朝又寒食。强携酒、小桥宅。怕梨花落尽成秋色[①]。燕燕飞来，问春何在，惟有池塘自碧。

小重山

湘　梅

人绕湘皋月坠时。斜横花自小[②]、浸愁漪。一春幽事有谁知。东风冷、香远茜裙归。　　鸥去昔游非。遥怜花可可、梦依依。九疑云杳断魂啼。相思血、都沁绿筠枝。

楼钥《攻媿集》云："潘端叔惠红梅一本，全体皆江梅也，香亦如之，但色红尔。来自湖湘，非他种比，自此当称为红江梅以别之。王文公、苏文忠、石曼卿诸公有红梅诗，意其皆未见此种也。"

---

① 秋色，毛抄本、柯刻本、徐刻本作"秋苑"。

② 花自小，毛抄本作"花树小"。

点绛唇

松　江[1]

燕雁无心，太湖西畔随云去。数峰清苦。商略黄昏雨。　　第四桥边，拟共天随住。今何许。凭阑怀古。残柳参差舞。

《白石道人歌曲》题云："丁未冬过吴江作。"

《吴郡志》云："松江，在郡南四十五里，《禹贡》三江之一也。南与太湖接，吴江县在江渍，垂虹跨其上，天下绝景也。"

惜红衣 无射宫

吴兴荷花

枕簟邀凉，琴书换日，睡馀无力。细洒冰泉，并刀破甘碧。墙头唤酒，谁问讯、城南诗客。岑寂。高柳晚蝉，说[2]西风消息。　　虹梁水陌，鱼浪吹香，红衣半狼藉。维舟试望[3]故国[4]。渺天北。可惜柳边沙外，不共美人游历。问甚时同赋，三十六陂秋色。

---

① 松江，毛抄本题作"过松江"。

② 说，毛抄本作"报"。

③ 试望，毛抄本作"四望"。

④ 故国，毛抄本、柯刻本作"故园"。

《白石道人歌曲》题云:"吴兴号水晶宫,荷花盛丽。陈简斋云:'今年何以报君恩。一路荷花相送到青墩。'亦可见矣。丁未之夏,余游千岩,数往来红香中,自度此曲,以无射宫歌之。"

《词旨·属对》:"虚阁笼寒,小帘通月。""池面冰胶,墙腰雪老。""翠叶吹凉,玉容销酒。"《警句》:"千树压、西湖寒碧。"(《暗香》)"波心荡、冷月无声。"(《扬州慢》)"墙头唤酒,谁问讯、城南诗客。岑寂。高柳晚蝉,说西风消息。"(《惜红衣》)"问甚时重赋,三十六陂秋色。"(《念奴娇》)

〔项笺〕《玉几山房听雨录》:"南宋词人,浙东西特甚,而审音之精要,以白石为诣极。先生事事精习,率妙绝无品。虽终身草莱,而风流气韵足以标映后世。当乾淳间,俗学充斥,献文湮替,乃能雅尚如此,洵称豪杰之士矣。"

《刘后村诗话》:"姜尧章有平声《满江红》,自叙云:'《满江红》旧词用仄韵,多不协律,如"无心扑",歌者将"心"字融入去声,方谐音律。予欲以平韵为之,久不能成,因泛巢湖,祝曰:"得一夕风,当以平韵《满江红》为神姥寿。"言讫,风与帆俱驶,顷刻而成,末句"闻珮环",则协律矣。'其词云:'仙姥来时,正一望、千顷翠澜。旌旗与、乱云俱下,依约前山。命驾群龙金作轭,相从诸娣玉为冠。(庙中列坐如夫人者十五人。)向夜深、风定悄无人,闻珮环。　神奇处,君试看。奠淮右,阻江南。遣六丁雷电,别守东关。应笑英雄无好手,一篙春水走曹瞒。又怎知、人在小红楼,帘影间。'此阕甚佳,惜无人能歌之者。"

《澄怀录》云:"姜尧章云:'余别石湖,归吴兴。雪后过垂虹,赋诗云:"笠泽茫茫雁影微,玉峰重叠护云衣。长桥寂寞春寒夜,只有诗人一舸归。"后五年冬,复与俞商卿、张平甫、铦朴翁自封禺同载,诣梁溪。道经吴淞,山寒天迥,云浪四合,中夕相呼步垂虹,星斗下垂,错杂渔火,朔风凛凛,卮酒不能支。朴翁以衾自缠,犹相与行吟。因赋《庆宫春》云:"双桨莼波,一蓑松雨,暮愁渐满空阔。呼我盟鸥,翩翩欲下,背人还过木末。那回归去,荡云雪、孤舟夜发。伤心重见,依约眉山,黛痕低压。　采香径里春寒,老子婆娑，自歌谁答。垂虹西望，飘然引去，此兴平生难遏。酒醒波远，正凝想、明珰素袜。如今安在，唯有阑干，伴人一霎。"'"

《耆旧续闻》："姜尧章尝寓吴兴张仲远家。仲远屡出外，其室人知书，宾客通问，必先窥来札。性颇妒。尧章戏作《百宜娇》以遗仲远云：'看垂杨连苑，杜若吹沙[①]，愁损未归眼。信马青楼去，重帘下，娉婷人妙飞燕。翠尊共款。听艳歌、郎意先感。便携手，月地云阶里，爱良夜微暖。　无限。风流疏散。有暗藏弓履，偷寄香翰。明日闻津鼓，湘江上，催人还解春缆。乱红万点。怅断魂、烟水遥远。又争似相携，乘一舸、镇长见。'仲远归，竟莫能辨，则受其指爪损面，至不能出外云。"

《开庆四明续志》："吴潜《暗香》《疏影》二词序云：'犹记己卯、庚辰之间，初识尧章于维扬。至己丑嘉兴再会，自此契阔。闻尧章死西湖，尝助诸丈为殡之，今又不知几年矣。自昭忽录示尧章《暗香》《疏影》二词，因信手酬酢，并赓潘德久之诗云。''雪来比色。对淡然一笑，休喧笙笛。莫怪广平，铁石心肠为伊折。偏是三花两蕊，消万古、才人骚笔。尚记得、醉卧东园，天幕地为席。　回首，往事寂。正雨暗雾昏，万种愁积。锦江路悄，媒聘音沉两空忆。终是茅檐竹户，难指望、凌烟金碧。憔悴了、羌管里，怨谁始得。'(右《暗香》)'佳人步玉。待月来弄影，天挂参宿。冷透屏帏，清入肌肤，风敲又听檐竹。前村不管深雪闭，犹自绕、枝南枝北。算平生、此段幽奇，占压百花曾独。　闲想罗浮旧恨，有人正醉里，姝翠蛾绿。梦断魂惊，几许凄凉，却是千林梅屋。鸡声野渡溪桥滑，又角引、戍楼悲曲。怎得知、清足亭边，自在杖藜巾幅。'自注云：'梅圣俞诗云："十分清意足。"余别墅有梅亭，扁曰清足。'(右《疏影》)"

---

① 吹沙，徐刻本作"侵沙"。

刘仙伦* 仙伦一名儗，字叔拟，号招山，庐陵人。有《招山小集》一卷。

江神子

东风吹梦落巫山。整云鬟。却霜纨。雪貌冰肤，曾共控双鸾。吹罢玉箫香雾湿，残月坠[2]，乱峰寒。 解珰回首忆前欢。见无缘。恨无端。憔悴萧郎，赢得带围宽。红叶不传天上信，空流水，到人间。

菩萨蛮

效唐人闺怨

吹箫人去行云杳。香篝绣被都闲了。叠损缕金衣。伊家浑不知。 冷烟寒食夜。淡月梨花下。犹有[3]软心肠。为他烧夜香。

---

* 〔项笺〕"招山刘仙伦"小传云："仙伦字叔拟，庐陵人，有《招山小稿》。"

② 坠，毛抄本作"堕"。

③ 犹有，毛抄本作"犹自"。

蝶恋花

小立东风谁共语。碧尽行云，依约兰皋暮。谁问离怀知几许。一溪流水和烟雨。　　媚荡杨花无着处。才伴春来，忙底随春去。只恐游蜂粘得住。斜阳芳草江头路。

一剪梅

唱到阳关第四声。香带轻分。罗带轻分。杏花时节雨纷纷。山绕孤村。水绕孤村。　　更没心情共酒樽。春衫[1]香满，空有啼痕。一般离思两销魂。马上黄昏。楼上黄昏。

霜天晓角

蛾眉亭

倚空绝壁。直下江千尺。天际两蛾凝黛，愁与恨、几时极。　　暮潮风正急。酒醒闻塞笛。试问谪仙何处，青山外、远烟碧[2]。

---

① 春衫，柯刻本作“春山”。

② 柯刻本、项刻本校记云：“《词综》作韩元吉。”

《方舆胜览》云:“天门山,在当涂县西南三十里,又名蛾眉山,夹大江,东曰博望,西曰梁山。”“蛾眉亭在采石山上,望见天门山。”“壁间有诗曰:‘中分黛色三千尺,不着人间一点愁。’”

《词旨·警句》:“一般离思两销魂。马上黄昏。楼上黄昏。”(《一剪梅》)

孙惟信* 惟信字季蕃，号花翁，开封人。在江湖颇有标致，多见前辈，多闻旧事，善雅谈，长短句尤工。尝有官，弃去不仕。有《花翁集》一卷。

沈伯时云："孙花翁有好词，亦善运意，但雅正中时有一二市井语。"

昼锦堂

薄袖禁寒，轻妆媚晚，落梅庭院春妍。映户盈盈回倩，笑整花钿。柳裁云剪腰支小，凤盘鸦耸髻鬟偏。东风里，香步翠摇，蓝桥那日因缘。　　婵娟。流慧眄，浑当了，匆匆密爱深怜。梦过阑干犹认，冷月秋千。杏梢空闹相思眼，燕翎难系断肠笺。银屏下，争信有人真个，病也天天。

夜合花

风叶敲窗，露蛩吟甃，谢娘庭院秋宵。凤屏半掩，钗花映烛红摇。润玉暖，腻云娇。染芳情、香透鲛绡。断魂留梦，烟迷楚驿，月冷蓝桥。　　谁念卖药文箫。望仙城路杳，莺燕迢迢。罗衫暗摺，兰痕粉迹都销。流水远，乱花飘。

* 〔项笺〕"花翁孙惟信"小传云："惟信字季蕃。刘克庄《孙花翁墓志》：'季蕃贯开封，曾祖昇，祖可，父颁，武爵。季蕃少受泽，调监当，不乐，弃去。始婚于婺，后居钱唐，一榻之外无长物，躬爨而食。书无乞米之帖，文无逐贫之赋，终其身如此。长身缊袍，意度疏旷云云。'安抚赵与□葬之宝积山，近水仙王庙。沈伯时云：'孙花翁有好词，亦善运意，但雅正中时有一二市井语。'"

苦相思、宽尽香腰。几时重恁，玉骢过处，小袖轻招。

烛影摇红

牡　丹

一朵鞓红，宝钗压鬓东风溜。年时也是牡丹时，相见花边酒。初试夹纱半袖。与花枝、盈盈斗秀。对花临景，为景牵情，因花感旧。　　题叶无凭，曲沟流水空回首。梦云不到小山屏，真个欢难偶。别后知他安否。软红街、清明还又。絮飞春尽，天远书沉，日长人瘦。

醉思凡

吹箫跨鸾。香销夜阑。杏花楼上春残。绣罗衾半闲。　　衣宽带宽。千山万山。断肠十二阑干。更斜阳暮寒。

南乡子

璧月小红楼。听得吹箫忆旧游。霜冷阑干天似水，扬州。薄幸声名总是愁。　　尘暗鹔鹴裘。裁剪曾劳玉指柔。一梦觉来三十载，风流。空对梅花白了头。

〔项笺〕《文献通考》:"季蕃多见前辈,多闻旧事,善雅谈,尤工长短句。"汶阳周弜《端平集·过季蕃故居诗》:"笑语失诙谐,人谁不怆怀。梦残秋雨寺,魂散夕阳街。缺灶粘煎药,干芦积燎柴。风流何必葬,便拥菊花埋。"《玉几山房听雨录》:"季蕃葬宝积山,近水仙王庙,仇山村诗所云'水仙分地葬诗人'是也。康熙初,前辈沈涧房集同人读书葛岭蕉浪轩,召乩,忽大书:'予呼天先生孙季蕃也。'其诗云:'虽名曰呼天,而未尝一呼。试向山空无人一呼者,远近响答何其多。'如此类数十首。尝大雪登庐山绝顶,著有《庐山纪游》《南渡小史》。"

《词旨·属对》:"薄袖禁寒,轻妆媚晚。"《警句》:"絮飞春尽,天远书沉,日长人瘦。"(《烛影摇红》)

刘后村《孙花翁墓志》:"季蕃贯开封,曾祖昇,祖可,父赘,武爵。季蕃少受祖泽,调监当,不乐,弃去。始婚于婺,后去婺游,留苏杭最久。一榻之外无长物,躬爨而食。书无《乞米》之帖,文无《逐贫》之赋,终其身如此。名重江浙,公卿间闻花翁至,争倒屣。所谈非山水风月,一不挂口。长身缊袍,意度疏旷,见者疑为侠客异人。其倚声度曲,公瑾之妙;散发横笛,野王之逸;奋袖起舞,越石之壮也。"

史达祖* 达祖字邦卿，号梅溪，汴人。有《梅溪词》一卷。《四朝闻见录》："韩侂胄为平章，专倚省吏史达祖奉行文字，拟帖拟旨，俱出其手，侍从柬札，至用申呈。韩败，遂黥焉。"

姜尧章云："奇秀清逸，有李长吉之韵。盖能融情景于一家，会句意于两得。"

张功甫云："史生之作，情词俱到，织绡泉底，去尘眼中。""有瑰奇警迈、清新闲婉之长，而无訑荡污淫之失。端可分镳清真，平睨方回。"

绮罗香

春 雨

做冷欺花，将烟困柳，千里偷催春暮。尽日冥迷，愁里欲飞还住。惊粉重、蝶宿西园，喜泥润、燕归南浦。最妨他、佳约风流，钿车不到杜陵路。 沉沉江上望极，还被春潮晚急[①]，难寻官渡。隐约遥峰，和泪谢娘眉妩[②]。临断岸、新绿生时，是落红、带愁流去[③]。记当日，门掩梨花，剪灯深

---

* 〔项笺〕"梅溪史达祖"小传云："达祖字邦卿。《四朝闻见录》：'韩侂胄为平章，专倚省吏史达祖奉行文字，拟帖拟旨，俱出其手，韩败，遂黥焉。'有《梅溪词》，姜尧章序称其词'奇秀清逸，有李长吉之韵。盖能融情景于一家，会句意于两得。'张功甫曰：'史生之作，情词俱到，织绡泉底，去尘眼中。''有环奇惊迈、清新闲婉之长，而无訑荡污淫之失。'"

① 春潮晚急，柯刻本、项刻本作"春潮急"。

② 眉妩，毛抄本作"媚妩"。

③ 流去，毛抄本、徐刻本作"流处"。

夜[①]语。

〔项笺〕《词洁》本云："无一字不与题相依，如意宝珠，玩弄难于释手。"

双双燕

过春社了，度帘幕中间，去年尘冷。差池欲往[②]，试入旧巢相并。还相[③]雕梁藻井。又软语、商量不定。飘然快拂花梢，翠尾分开红影。　　芳径。芹泥雨润。爱贴地争飞，竞夸轻俊。红楼归晚，看足柳昏花暝。应自栖香正稳。便忘了、天涯芳信。愁损玉人，日日画栏独凭。

黄叔旸云："形容尽矣。"又云："姜尧章最赏[④]其'柳昏花暝'之句。"

夜行船

不剪春衫愁意态。过[⑤]收灯、有些寒在。小雨空帘，无人深巷，已早杏花先卖。　　白发潘郎宽沈带。怕看山、忆他眉黛。草色拖裙，烟光惹鬓，常记故园挑菜。

① 夜，四库本作"燕"。

② 往，毛抄本、四库本作"住"。

③ 相，毛抄本作"想"。

④ 赏，四库本作"贵"。

⑤ 过，毛抄本作"遍"。

东风第一枝

春　雪

巧剪兰心，偷粘草甲，东风欲障新暖。谩疑碧瓦难留，信知暮寒较浅。行天入镜，做弄出、轻松纤软。料故园、不卷重帘，误了乍来双燕。　　青未了、柳回白眼。红不断、杏开素面。旧游忆着山阴，厚盟遂妨上苑。寒炉重暖，且慢放[①]、春衫针线。恐凤靴、挑菜归来，万一灞桥相见。

黄叔旸云："结句尤为姜尧章拈出。"

又

灯　夕

酒馆歌云，灯街舞绣，笑声喧似箫鼓。太平京国多欢，大酺绮罗几处。东风不动，照花影、一天春聚。耀翠光，金缕相交，苒苒细吹香雾。　　嗟醉玉、少年丰度。怀艳雪、旧家伴侣。闭门明月关心，倚窗小梅索句。吟情欲断，念娇俊、知人无据。想袖寒、珠络藏香，夜久带愁归去。

---

① 慢放，毛抄本作"放慢"。

黄钟喜迁莺

元　宵

月波凝滴。望玉壶天近，了无尘隔。翠眼圈花，冰丝织练，黄道宝光相直。自怜诗酒瘦，难应接、许多春色。最无赖，是随香趁烛，曾伴狂客。　　踪迹。漫记忆。老了杜郎，忍听东风笛。柳院灯疏，梅厅雪在，谁与细倾春碧。旧情拘未定，犹自学、当年游历。怕万一，误玉人、夜寒帘隙。

张叔夏云："不独措词精粹，又且见时节风物之感。"

清商怨

春愁远。春梦乱。凤钗一股轻尘满。江烟白。江波碧。柳户清明，燕帘寒食。忆忆。　　莺声晚。箫声短。落花不许春拘管。新相识。休相失。翠陌吹衣，画桥横笛。得得。

蝶恋花

二月东风吹客袂。苏小门前，杨柳如腰细。蝴蝶识人游冶地。旧曾来处花开未。　　几夜湖山生梦寐。评泊寻芳，只怕春寒里。今岁清明逢上巳[1]。相思先到溅裙水。

玉楼春

社前一日

游人等得春晴也。处处旗亭闲[2]系马。雨前红杏尚娉婷[3],风里残梅无顾藉。　　忌拈[4]针指还逢社。斗草赢多裙欲卸。明朝新燕定归来,叮嘱重帘休放下。

青玉案

蕙花老尽离骚句。绿染遍、江头树。日暝酒消听骤雨。青榆钱小,碧苔钱古。难买东君住。　　官河不碍遗鞭路。被芳草、将愁去。多定红楼帘影暮。兰灯初上,夜香初炷。犹自听鹦鹉。

《词旨·属对》:“断浦沉云,空山挂雨。”“画里移舟,诗边就梦。”“做冷欺花,将烟困柳。”“巧剪兰心,偷黏草甲。”《警句》:“临断岸、新绿生时,是落红、带愁流去。记当日,门掩梨花,剪灯深夜语。”(《绮罗香》)“愁损玉人,日日画阑独凭。”(《双双燕》)“恐凤靴、挑菜归来,万一灞桥相见。”(《东风第一

---

① 逢,底本校:“一作连。”

② 闲,毛抄本、柯刻本、项刻本作“咸”。

③ 红杏,毛抄本、柯刻本作“秾杏”。娉婷,毛抄本、柯刻本作“秤停”。

④ 拈,柯刻本作“粘”。

枝》）“自怜诗酒瘦，难应接、许多春色。”（《喜迁莺》）《词眼》：“柳昏花暝。”

《梅溪词·水龙吟·陪节欲行留别社友》云：“道人越布单衣，兴高爱学苏门啸。有时也伴，四佳公子，五陵年少。歌里眠香，酒酣喝月，壮怀无挠。楚江南，每为神州未复，阑干静、慵登眺。　　今日征夫在道。敢辞劳、风沙短帽。休吟稷穗，休寻乔木，独怜遗老。同社诗囊，小窗针线，断肠秋早。看归来、几许吴霜染鬓，验愁多少。”（按：梅溪曾陪使臣至金，故有此词。）

高观国《竹屋痴语·齐天乐·中秋夜怀梅溪》云：“晚云知有关山念，澄霄卷开清霁。素景中分，冰盘正溢，何啻婵娟千里。危阑静倚。正玉管吹凉，翠觞留醉。记约清吟，锦袍初唤醉魂起。　　孤光天地共影，浩歌谁与舞，凄凉风味。古驿烟寒，幽垣梦冷，应念秦楼十二。归心对此。想斗插天南，雁横辽水。试问姮娥，有愁能为寄。”

高观国[*] 观国字宾王，山阴人。有《竹屋痴语》一卷。

陈唐卿云：“竹屋、梅溪词要是不经人道语，其妙处少游、美成不及也。”

张叔夏云：“竹屋、白石、梦窗、梅溪，俱能特立清新之意，删削靡曼之词，自成一家。”

齐天乐

碧云缺处无多雨，愁与去帆俱远。倒苇沙闲，枯兰溆冷，寥落寒江秋晚。楼阴纵览。正魂怯清吟，病多依黯。怕挹[①]西风，袖罗香自去年减。　风流江左久客，旧游得意处，珠帘曾卷。载酒春情，吹箫夜约，犹忆玉娇春怨[②]。尘栖故苑。叹璧月[③]空檐，梦云飞观。送绝征鸿，楚峰烟数点。

玉楼春

宫　词

几双海燕来金屋。春满离宫三十六。春风剪草碧纤

* 〔项笺〕“竹屋高观国”小传云：“观国字宾王，越州山阴人，《竹屋痴语》一卷。陈唐卿曰：‘竹屋、梅溪词要是不经人道语，其妙处少游、美成不及也。’张玉田曰：‘竹屋、白石、梦窗、梅溪，俱能特立清新之意，删削靡曼之词，自成一家。’”

① 挹，毛抄本、柯刻本作“揖”。

② 春怨，毛抄本、柯刻本作“香怨”。

③ 璧月，毛抄本、柯刻本、项刻本作“碧月”。

纤,春雨浥花红扑扑。　　卫姬郑女腰如束。齐唱阳关新制曲。曲终移宴起笙箫,花下晚寒生翠縠。

金人捧露盘

水　仙

梦湘云。吟湘月,吊湘灵。有谁见、罗袜尘生。凌波步弱,背人羞整六铢轻。娉娉袅袅,晕娇黄、玉色轻明。
香心静,波心冷,琴心怨,客心惊。怕佩解、却返瑶京。杯擎清露,醉春兰友与梅兄。暮烟万顷,断肠是、雪冷江清。

又

梅

念瑶姬。翻瑶佩,下瑶池。冷香梦、吹上[①]南枝。罗浮路杳,忆曾清晚见仙姿。天寒翠袖,可怜是、倚竹依依。
溪痕浅,雪[②]痕冻,月痕淡,粉痕微。江楼[③]怨、一笛休吹。芳香待寄,玉堂烟驿雨凄迷。新愁万斛,为春瘦、却怕春知。

① 吹上,毛抄本、柯刻本作"吟上"。
② 雪,毛抄本、柯刻本、徐刻本作"云"。
③ 江楼,毛抄本、柯刻本作"江头"。

祝英台近

一窗寒，孤烬冷，独自个春睡。绣被熏香，不是[①]旧风味。静听滴滴檐声，惊愁搅梦，更不管、庾郎心碎[②]。　念芳意。一并十日春风，梅花瞰憔悴。懒做新词，春在可怜里。几时挑菜踏青，云沉雨断，尽分付、楚天之外。

思佳客

剪翠衫儿稳四停。最怜一曲凤箫吟。同心罗帕轻藏素，合字香囊半影金。　春思悄，昼窗[③]深。谁能拘束少年心。莺来惊碎风流胆，踏动樱桃叶底铃。

霜天晓角

春云粉色。春水和云湿。试问西湖杨柳，东风外、几丝碧。　望极。连翠陌。兰桡双桨急。欲访莫愁何处，旗亭在、画桥侧。

---

① 不是，毛抄本作“不似”。
② 心碎，毛抄本作“心醉”。
③ 昼窗，柯刻本作“画窗”。

风入松

卷帘日日恨春阴。寒食新晴。马蹄只向南山去，长桥爱、花柳多情。红外风娇日暖，翠边水秀山明。　杜郎歌酒过平生。到处蓬瀛。醉魂不入重城晚，秾欢寄、桃叶桃根。绣被嫩寒清晓，莺啼[1]唤起春酲。

谒金门

烟墅暝，隔断仙源芳径。雨歇花梢魂未醒。湿红如有恨。　别后香车谁整。怪得画桥春静。碧涨平湖三十顷。归云何处问。

《词旨·属对》："倒苇沙间，枯兰溆冷。"《警句》："新愁万斛，为春瘦、却怕春知。"（《金人捧露盘》）"惊愁搅梦，更不管、庾郎心碎。"（《祝英台近》）《词眼》："玉娇香怨。"

① 莺啼，毛抄本、柯刻本作"莺声"。

刘　镇* 镇字叔安，南海人。嘉泰二年进士。学者称为随如先生。有《随如百咏》。

刘潜夫云："丽不至亵，新不犯陈，周、柳、辛、陆之能，庶乎兼之。"

玉楼春

东山探梅

泠泠水向桥东去。漠漠云归溪上住。疏风淡月有来时，流水行云无觅处。　　佳人独立相思苦。薄袖欺寒修竹暮。白头空负雪边春，着意问春春不语。

〔项笺〕《樊榭词话》："随如词'黄昏人静，暖香吹月一帘花碎。芳意婆娑，绿阴风雨，画桥烟水'，写景皆妙。"

《随如百咏·丙戌清明，和章质夫韵〈水龙吟〉》云："弄晴台馆收烟候，时有燕泥香坠。宿酲未解，单衣初试，腾腾春思。前度桃花，去年人面，重门深闭。记彩鸾别后，青骢归去，长亭路、芳尘起。　　十二屏山遍倚。任苍苔、点红如缀。黄昏人静，暖香吹月，一帘花碎。芳意婆娑，绿阴风雨，画桥烟水。笑多情司马，留春无计，湿青衫泪。"

---

* 〔项笺〕"随如刘镇"小传云："镇字叔安，南海人，嘉泰二年进士，有《随如百咏》。戴复古《送叔安入京》诗序云：'谪居三山二十馀年，真西山奏，令自便。赵用父使君为唱饯其行，坐客二十八人，分韵赋诗。'刘克庄跋其感秋八词云：'以骚人墨士之豪，寓放臣逐子之意，周、柳、辛、陆，庶乎能兼之矣。'"

张　辑* 辑字宗瑞，号东泽，鄱阳人。连江太守思顺之子。有《东泽绮语债》二卷。

朱湛卢公："东泽得诗法于姜尧章，世所传《欸乃集》，皆以为月下谪仙复作，不知其又能词也。其词皆以篇末之语立新名云。"

疏帘淡月①

梧桐雨细。渐滴作秋声，被风惊碎。润逼衣篝，线袅蕙炉沉水。悠悠岁月天涯醉。一分秋、一分憔悴。紫箫吹断，素笺恨切，夜寒鸿起。　　又何苦、凄凉客里。负草堂春绿，竹溪空翠。落叶西风，吹老几番尘世。从前谙尽江湖味。听商歌、归兴千里。露侵宿酒，疏帘淡月，照人无寐。

山渐青②

山无情。水无情。杨柳飞花春雨晴。征衫长短亭。　　拟行行。重行行。吟到江南第几程。江南山渐青。

---

* 〔项笺〕"东泽张辑"小传云："辑字宗瑞，鄱阳人，连江太守思顺子。诗有《欸乃集》，词有《东泽绮语债》。朱湛卢曰：'张得词法于姜尧章，世谓谪仙复作。'"

① 毛抄本调名作"桂枝香"。

② 毛抄本调名作"长相思"。

谒金门

花半湿。睡起一帘晴色。千里江南真咫尺。醉中归梦直。　　前度兰舟送客。双鲤沉沉消息。楼外垂杨如此碧。问春来几日。

念奴娇

嫩凉生晓，怪得今朝，湖上秋风无迹。古寺桂香山色外，肠断幽丛金碧。骤雨俄来，苍烟不见，苔径孤吟屐。系船高柳，晚蝉嘶破愁寂。　　且约携酒高歌，与鸥相好，分坐渔矶石。算只藕花知我意，犹把红芳留客。楼阁空濛，管弦清润，一水盈盈隔。不如休去，月悬良夜千尺。

祝英台近

竹间棋，池上字。风日共清美。谁道春深，湘绿涨沙嘴。更添杨柳无情，恨烟颦雨，却不把、扁舟偷系。　　去千里。明日知几重山，后朝几重水。对酒相思，争似且留醉。奈何琴剑匆匆，而今心事，在月夜、杜鹃声里。

〔项笺〕严粲《华谷集·寄张辑》诗："不见吾张辑，新诗何处吟？身留江介远，秋入夜凉深。灯影还家梦，蛩声倦客心。归来及佳节，细把菊花斟。"

《词旨·警句》:“悠悠岁月天涯醉。一分秋、一分憔悴。”(《疏帘淡月》)“落叶西风,吹老几番尘世。”(同上)“露侵宿酒,疏帘淡月,照人无寐。”(同上)“算只藕花知我意,犹把红芳留客。”(《念奴娇》)《词眼》:“恨烟颦雨。”

《东泽绮语债·冯可迁号予为东仙,故赋东仙寓〈沁园春〉》云:“东泽先生,谁说能诗,兴到偶然。但平生心事,落花啼鸟,多年盟好,白石清泉。家近宫亭,眼中庐阜,九叠屏开云锦边。出门去,且掀髯大笑,有钓鱼船。

一丝风里婵娟。爱月在、沧浪上下天。更丛书观遍,笔床静昼,篷窗睡起,茶灶疏烟。黄鹤来迟,丹砂成未,何日风流葛稚川。人间世,听江湖诗友,号我东仙。”

李　石[*] 石字知几，号方舟，资阳人。乾道中进士，以荐任太学博士，出为成都倅，仕至都官员外郎。有《方舟集》。

木兰花令

辘轳轭轭门前井。不道隔窗人睡醒。柔丝无力玉琴寒，残麝彻心金鸭冷。　　一莺啼破帘栊静。红日渐高花转影。起来情绪寄游丝，飞绊翠翘风不定。

《花草粹编》李知几《临江仙》云："烟柳疏疏人悄悄，画楼风外吹笙。倚阑闻唤小红声。熏香临欲睡，玉漏已三更。　　坐待不来来又去，一方明月中庭。粉墙东畔小桥横。起来花影下，扇子扑流萤。"

---

* 〔项笺〕"方舟李石"小传云："石字知几，资阳人。乾道中进士第，以赵葵荐任太学博士。出主石室，就学者如云，蜀学之盛，古今罕俪。官止成都倅，有《方舟古今词话》，著《续博物志》，亦风致可喜。《文献通考》：'绍兴末，为学官。乾道中，为郎。历麾节，以论罢。赵丞相雄，其乡人也，素不善石，石是以晚益困。其自序云："宋魋鲁仓，今犹古也。"'"

李　泳* 泳字子永，号兰泽，庐陵人。尝为溧水令。与兄洪子大、漳子清，弟浙子秀、淦子召著《李氏华萼集》五卷，任伦为序。

定风波

点点行人趁落晖。摇摇烟艇出渔扉。一路水香流不断。零乱。春潮绿浸野蔷薇。　南去北来愁几许。登临怀古欲沾衣。试问越王歌舞地。佳丽。只今惟有鹧鸪啼。

清平乐

乱云将雨。飞过鸳鸯浦。人在小楼空翠处。分得一襟离绪。　片帆隐隐归舟。天边雪卷云游。今夜梦魂何处，青山不隔人愁。

《夷坚志》："大江富池县，有甘宁将军庙，殿宇雄伟。行舟过之者，必具牲醴祇谒。李子永尝自西下，舟次散花洲，有神鸦飞立樯竿，久之东去，即遇便风。晡时抵岸步，青蛇激箭而来，至舟尾不见。是夕舣泊。明日赛神，其前大楼七间，尤壮伟。郡守周少隐采东坡祠语，扁为'卷雪'。子永作诗曰：'卷雪楼前万里江，乱峰卓立森旗枪。上有甘公古祠宇，节制洪流掌风雨。甘公一去逾千年，至今忠气犹凛然。我来再拜揽陈迹，斜阳白鸟横苍

---

* 〔项笺〕"兰泽李泳"小传云："泳字子永，庐陵人。与兄洪子大、漳子清，弟浙子秀、淦子召著《李氏华萼集》五卷，任伦为序。《夷坚志》：'淳熙六年，永为坑冶司干官。'"

烟。’初题梁间时，本云‘英威凛然’，如有人掣其肘，乃改为‘忠气’。又赋《望月》[水调歌头]云：‘危楼云雨上，其下水扶天。群山四合飞动，寒翠落檐前。尽是秋清阑槛，一笑波翻涛怒，雪阵卷苍烟。炎暑去无迹，清驶久翩翩。　　夜将阑，人欲静，月初圆。素娥弄影光射，空际绿婵娟。不用濯缨垂钓，唤取龙公仙驾，耕此万琼田。横笛望中起，吾意已超然。’及旦移舟，神鸦青蛇送至长风沙而止。”

郑　域*① 域字中卿，号松窗，三山人。庆元丙辰，随张贵谟使金。有《燕谷剽闻》二卷，记北庭事甚详。

昭君怨

梅

道是花来春未。道是雪来香异。水外一枝斜。野人家。　冷落②竹篱茅舍。富贵玉堂琼榭。两地不同栽。一般开。

---

* 〔项笺〕"松窗陆域"小传云："域字中卿，三山人。庆元丙辰，随张贵谟使金。有《燕谷剽闻》二卷，记北庭事甚详。世本作郑域。淳熙初，有郑域为仁和令。"

① 郑域，毛抄本、柯刻本作"陆域"，柯刻本校记云："世本作郑域。"底本校记云："俗本作陆域，误。"

② 冷落，毛抄本作"冷淡"。

王　嵎[*] 嵎字季夷，号贵英。陈氏《书录解题》："季夷，北海人，绍淳间名士，寓居吴兴，陆务观与之厚善。三子甲、田、申，皆登科。"有《北海集》。

祝英台近

柳烟浓，花露重，合是醉时候。楼倚花梢，长记小垂手。谁教钗燕轻分，镜鸾慵舞，是孤负、几番晴昼。　　自别后。闻道花底花前，多是两眉皱。又说新来，比似旧时瘦。须知两意常存，相逢终有。莫谩被、春光僝僽。

夜行船

曲水溅裙三月二。马如龙、钿车如水。风飏游丝，日烘晴昼，人共海棠俱醉。　　客里光阴难可意。扫芳尘、旧游谁记[①]。午梦醒来，不觉小窗人静，春在卖花声里。

《词旨·警句》："春在卖花声里。"（《夜行船》）

---

* 〔项笺〕"贵英王嵎"小传云："嵎字季夷，北海人，有《北海集》。陈氏《书录解题》：'绍淳间名士，寓居吴兴，陆务观与之厚善。三子甲、田、申，皆登科。'"

① 记，项刻本、四库本作"寄"。

蔡松年* 松年字伯坚,从父靖除真定府判官,遂为真定人。仕金,官至尚书右丞相,封卫国公。自号萧闲老人。卒谥文简。工乐府,与吴彦高齐名,号吴蔡体。有《萧闲公集》六卷。

鹧鸪天

赏 荷

秀樾横塘十里香。水光晚色静年芳。燕支肤瘦[①]薰沉水,翡翠盘高走夜光。　　山黛远,月波长。暮云秋影照潇湘。醉魂应逐凌波梦,分付西风此夜凉。

王若虚《滹南集·诗话》云:"萧闲乐善堂赏荷词:'胭脂肤瘦薰沉水,翡翠盘高走夜光。'世多称之。此句诚佳,然莲体实肥,不宜言瘦。予友彭子升尝易'腻'字,此似差胜。"

尉迟杯

紫云暖。恨翠雏、珠树双栖晚。小花静院逢迎,的的风流心眼。红潮照玉碗。午香重、草绿宫罗淡。喜银屏、小语

* 〔项笺〕"萧闲蔡松年"小传云:"松年字伯坚,父靖,守燕山,仕金为翰林学士。伯坚行台尚书省令史出身,官至尚书右丞相。镇阳别业有萧闲堂,自号萧闲老人。卒谥文简。工乐府,与吴彦高激齐名,号吴蔡体。"

① 肤瘦,毛抄本、柯刻本、项刻本作"雪瘦"。

私分，麝月春心一点。　　华年共有好愿。何时定妆鬟，莫雨零乱。梦似花飞，人归月冷，一夜晓山新怨。刘郎兴、寻常不浅。况不似、桃花春溪远。觉情随、晓马东风，病酒馀香相半。

《归潜志》云："蔡丞相伯坚，尝奉使高丽，为馆妓赋《石州慢》云：'云海蓬莱，风雾鬓鬟，不假梳掠。仙衣卷尽霓裳，方见宫腰纤弱。心期得处，世间言语非真，海犀一点通寥廓。无物比情浓，与无情相博。　　离索。晓来一枕馀香，酒病赖花医却。潋滟金尊，收拾新愁重酌。半帆云影，载得无限关山，梦魂应被梅花觉。梅子雨丝丝，满江千楼阁。'高丽故事，上国使来，馆中有侍妓，蔡之'仙衣卷尽霓裳，方见宫腰纤弱'，不免为人疵议之矣。

《滹南诗话》："萧闲云：'风头梦雨吹无迹。'盖雨之至细者，若有若无，谓之'梦'，田夫野妇皆道之。贺方回有'风头梦雨吹成雪'之句。"又云："萧闲《忆恒阳家山》云：'好在斜川三尺玉。'公宅前有池可三亩，号小斜川。"又："《自镇阳还兵府赠离筵乞言者》云：'待人间、觅个无情心绪，着多情换。'此篇有恨别之意，故以情为苦，而还羡无情。终章言之，宜矣。"

《中州乐府》蔡松年《声声慢・凉陉寄内》云："青芜平野，小雨千峰，还成暮陉寒色。裁剪芸窗，忆得伴人良夕。遥怜几重眉黛，恨相逢、少于行役。梨花泪，正宫衣春瘦，晓红无力。　　应怪浮云夫婿，不解趁新醅，醉眠凉月。怨入关山，西去又传消息。谁知倦游心事，向年来、苦思泉石。人未老，约间峰、多占秀碧。"

韩　瞟[*] 瞟字子耕，号萧闲。《文献通考》："韩瞟有《萧闲词》一卷。"

高阳台

除　夕

频听银签，重燃绛蜡，年华衮衮惊心。饯旧迎新。能消几刻光阴。老来可惯通宵饮，待不眠、还怕寒侵。掩清尊。多谢梅花，伴我微吟。　　邻娃已试春妆了，更蜂枝簇翠，燕股横金。勾引春风[①]，也知芳意难禁。朱颜那有年年好，逞艳游、赢取如今。恣登临。残雪楼台，迟日园林。

浪淘沙

莫上玉楼看。花雨斑斑。四垂罗幕护朝寒。燕子不知春去也，飞认栏杆。　　回首几关山。后会应难。相逢只有梦魂间。可奈梦随春漏短，不到江南。

---

* 〔项笺〕"萧闲韩瞟"小传云："瞟字子耕，爵里未详。《文献通考》：'韩瞟有《萧闲词》一卷。'"

① 春风，毛抄本、柯刻本作"东风"。

又

丰乐楼

裙色草初青。鸭鸭波轻。试花霏雨湿春晴。三十六梯人不到，独唤瑶筝。　　艇子忆逢迎。依旧多情。朱门只合锁娉婷。却逐彩鸾归去路，香陌春城。

《武林旧事》云："丰乐楼，在涌金门外，旧为众乐亭，又改耸翠楼，政和中改今名。淳祐间，赵京尹与筹重建，宏丽为湖山冠。又甃月池，立秋千、梭门，植花木，构数亭，春时游人繁盛。旧为酒肆，后以学馆致争，但为朝绅同年会、拜乡会之地。""吴梦窗尝大书所作《莺啼序》于壁，一时为人传诵。"

《词旨·警句》："试花霏雨湿春晴。"(《浪淘沙》)

绝妙好词卷三

刘克庄* 克庄字潜夫，号后村，莆田人。以荫仕。淳祐中，赐同进士出身，官至龙图阁直学士。有《后村别调》一卷。

摸鱼儿

海　棠

甚春来、冷烟凄雨，朝朝迟了芳信。蓦然作、暖晴三日，又觉万姝[①]娇困。天怎忍。潘令老，不成也没看花分[②]。才情减尽。怅玉局飞仙，石湖绝笔，辜负这风韵。　倾城色，懊恼佳人薄命。墙头岑寂谁问。东风日莫无聊赖，吹得燕支成粉。君细认。花共酒，古来二事天尤吝。年光去迅。漫绿叶成阴，青苔满地，做取异时恨。

---

* 〔项笺〕"后村刘克庄"小传云："克庄字潜夫，莆田人，以荫仕。淳祐中，赐同进士出身，官至龙图阁直学士。有《后村集》，《后村别调》一卷。"

① 万姝，项刻本作"万株"。

② 柯刻本、项刻本校记云："'天怎忍'，一作'霜点鬓'。'不成也没看花分'，一作'年年不带看花分'。"

卜算子

海棠为风雨所损[①]

片片蝶衣轻，点点猩红小。道是天工不惜花，百种千般巧。　　朝见树头繁，莫见枝头少。道是天工果惜花，雨洗风吹了。

清平乐

顷在维扬，陈师文参议家舞姬绝妙，为赋此。[②]

宫腰束素。只怕能轻举。好筑避风台护取。莫遣惊鸿飞去。　　一团香玉温柔。笑颦俱有风流。贪与萧郎眉语，不知舞错《伊州》。

生查子

灯夕戏[③]陈敬叟

繁灯夺霁华，戏鼓侵明灭。物色旧时同，情味中年

① 损，毛抄本、柯刻本、项刻本、徐刻本作“败”。

② 为赋此，毛抄本、柯刻本、项刻本、徐刻本作“为赋此词”。

③ 戏，柯刻本、项刻本作“献”。

别。　　浅画镜中眉，深拜楼中月。人散市声收，渐入愁时节。

《花庵绝妙词选》云：“陈以庄，名敬叟，号月溪，建安人。刘后村《陈敬叟集序》云：敬叟诗‘才气清拔，力量宏放’‘为人旷达如列御寇、庄周，饮酒如阮嗣宗、李太白，笔札如谷子云，草隶如张颠、李潮，乐府如温飞卿、韩致光。余每叹其所长非复一事’‘为谷城黄子厚之甥，故其诗酷似云’。”

《词旨·警句》：“贪与萧郎眉语，不知舞错《伊州》。”（《清平乐》）

《瀛奎律髓》注：“宝庆初，史弥远废立之际，钱唐书肆陈起宗之能诗，凡江湖诗人俱与之善，刊《江湖集》以售，刘潜夫《南岳稿》与焉。宗之赋诗有云‘秋雨梧桐皇子府，春风杨柳相公桥’，本改刘屏山句也，或嫁‘秋雨’‘春风’之句为敖器之所作，言者并《梅》诗论列，劈《江湖集》板，二人皆坐罪。初，弥远议下大理逮治，郑丞相清之在琐闼，白弥远，中辍，而宗之坐流配。于是诏禁士大夫作诗，如孙花翁之徒，改业为长短句。绍定癸巳，弥远死，诗禁解。潜夫为《访梅》绝句云：‘梦得因桃却左迁，长源为柳忤当权。幸然不识桃并李，也被梅花累十年。’此可备梅花大公案也。”

吴 潜* 潜字毅夫，号履斋，宁国人。嘉定十年，进士第一。淳祐中，观文殿大学士，封庆国公，改封许国公。景定初，安置循州。卒赠少师。有《履斋诗馀》三卷。

满江红

金陵乌衣园

柳带榆钱，又还过、清明寒食。天一笑，满园罗绮，满城箫笛。花树得晴红欲染，远山过雨青如滴。问江南池馆有谁来，江南客。　　乌衣巷，今犹昔②。乌衣事，今难觅。但年年燕子，晚烟斜日。抖擞一春尘土债，悲凉万古英雄迹。且芳樽随分趁芳时，休虚掷。

《景定建康志》云："乌衣园，在城南二里，乌衣巷之东。""一堂扁曰'来燕'，岁久倾圮。咸淳元年，马公光祖撤而新之，堂后植桂，亭曰'绿玉香中'，梅花弥望，堂曰'百花头上'。其馀亭馆曰'更屐'，曰'颖立'，曰'长春'，曰'望岑'，曰'挹华'，曰'更好'。左右位置森列，佳花美木，芳荫蔽亏，非复曩时寒烟衰草之陋矣。"

---

* 〔项笺〕"履斋吴潜"小传云："潜字毅夫，宁国人。嘉定十年，进士第一。淳祐中，观文殿大学士，封庆国公，改封许国公。景定初，安置循州。卒赠少师。有《履斋诗馀》三卷。"

② 昔，底本原作"惜"，据毛抄本、柯刻本、项刻本、徐刻本改。

南柯子

池水凝新碧，阑花驻老红。有人独倚画桥东。手把一枝杨柳、系春风。　　鹊伴[1]游丝坠，蜂粘落蕊空。秋千庭院小帘栊。多少闲情闲绪、雨声中。

〔项笺〕季苾《祭吴履斋》："文潞公不能不疏，温公不能不毁，赵忠简不能不迁，寇莱公不能不死，尔既无禄，岂天厌之。呜呼！后世而无先生者乎？孰能志之？后世而有先生者乎？孰能待之？尚飨。"

《景定建康志》：吴潜《雨花台再用前韵》[满江红]云："玛瑙冈头，左酾酒、右持螯食。怀旧处，磨东冶剑，弄青溪笛。望里尚嫌山是障，醉中要卷江无滴。这一堆心事总成灰，苍波客。　　叹俯仰，成今昔。愁易揽，欢难觅。正平芜远树，落霞残日。自笑频招猿鹤怨，相期蚤混渔樵迹。把是非得失与荣枯，虚空掷。"

《开庆四明续志》：吴潜《永遇乐·已未元夕》云："祝告天公，放灯时节，且收今雨。万户千门，六街三市，绽水晶云母。香车宝马，珠帘翠幕。不怕禁更敲五。《霓裳》曲，惊回好梦，误游紫宫朱府。　　沉思旧日京华，风景逗晓，犹听戏鼓。分镜圆时，断钗合处。倩笑歌与舞。如今闲院，蜂残蛾褪，消夜果边自语。亏人杀（去声），梅花纸帐，权将睡补。"《满江红·戊午二月十七日四明窗赋》云："芳景无多，又还是、乱红飞坠。空怅望，昭亭深处，家山桃李。柳眼花心都脱换，蜂须蝶翅难沾缀。谩相携、一笑竞良辰，春醪美。　　金兽爇，香风细。金凤拍，歌云腻。尽秦箫燕管，但逢场尔。只恐思乡情味恶，怎禁寒食清明里。问此翁、不止四宜休，翁归未？"

《豹隐纪谈》："徐参政清叟，微时赠建宁妓唐玉诗云：'上国新行巧样

① 伴，四库本作"绊"。

花，一枝聊插鬓云斜。娇羞未肯从郎意，故把芳容故故遮。'吴履斋丞相和以《贺新郎》词云：'可意人如玉。小帘栊、轻匀淡抹，道家妆束。长恨春归无寻处，全在波明黛绿。看冶叶、倡条浑俗。比似江梅清有韵，更临风、对月斜依竹。看不足，咏不足。　　曲屏半掩春山簇。正轻寒、夜深花睡，半欹残烛。缥缈九霞光里梦，香在衣裳剩馥。又只恐、铜壶声促。试问送人归去后，对一奁花影垂金粟。肠易断，恨难续。'

《至元嘉禾志》：吴潜《水调歌头·题烟雨楼》云："有客抱幽独，高立万人头。东湖千顷烟雨，占断几春秋。自有茂林修竹，不用买花沽酒，此乐若为酬。秋到天空阔，浩气与云浮。　　叹吾曹，缘五斗，尚迟留。练江亭下，长忆闲了钓鱼舟。矧更飘摇身世，又更奔腾岁月，辛苦复何求。咫尺桃源隔，他日拟重游。"

《齐东野语》："朔斋刘震孙知宛陵，毅夫丞相方闲居，刘日陪午桥之游。后以召还，吴饯之郊外，刘赋《摸鱼儿》词为别，末云：'怕绿野堂边，刘郎去后，谁伴老裴度。'毅夫为之挥泪。继遣一价，追和此词，并侑以小奁。启之，精金百星也。前辈怜才赏音如此。"

尹　焕* 焕字惟晓，山阴人。嘉定十年进士。自畿漕除右司郎官。有《梅津集》。

霓裳中序第一

茉　莉

青颦粲素靥。海国仙人偏耐热。餐尽香风露屑。便万里凌空，肯凭莲叶。盈盈步月。悄似怜、轻去瑶阙。人何在，忆渠痴小，点点爱轻撧。　　愁绝。旧游轻别。忍重看、锁香金箧。凄凉今夜[①]簟席。怕杳杳[②]诗魂，真化风蝶。冷香清到骨。梦十里、梅花霁雪。归来也，厌厌心事，自共素娥说。

《全芳备祖》云：素馨花，旧名那悉茗，一名野悉茗。昔刘铱有侍女名素馨，冢上生此花，因以得名。尹梅津《霓裳中序第一》云云。

---

* 〔项笺〕"梅津尹焕"小传云："焕字惟晓，越州人，官右司。《会稽续志·进士表》：'嘉定十年吴潜榜，尹焕。'《癸辛杂志》：'右司无子，螟蛉罗石二姓，越人为之语曰梅津一生辛勤，只办食萝一担。'有《梅津集》。"

① 今夜，毛抄本作"清夜"。

② 怕杳杳，毛抄本作"香香"。

眼儿媚[①]

垂杨袅袅蘸清漪，明绿染春丝。市桥系马，旗亭沽酒，无限相思。　　云梳雨洗风前舞，一好百般宜。不知为甚，落花时节，都是颦眉。

唐多令

苕溪有牧之之感

蘋末转清商。溪声供夕凉。缓传杯，催唤红妆。慢绾乌云新浴罢，拂拂[②]地、水沉香。　　歌短旧情长。重来惊鬓霜。怅绿阴、青子成双。说着前欢佯不睬[③]，飏莲子、打鸳鸯。

《齐东野语》云："尹梅津未第时，薄游苕霅籍中，适有所盼。后十年，问讯旧游，则久为宗子所据，且育子，而犹挂名籍中。于是假之郡将，久而始来，颜色瘁赧，不足膏沐，相对若不胜情。梅津为赋《唐多令》云。"

吴文英《梦窗甲稿·水龙吟·寿尹梅津》云："望春楼外沧波，旧年照眼

① 毛抄本有题云："柳"。
② 拂拂地，徐刻本作"裙拂地"。
③ 睬，毛抄本、柯刻本、徐刻本作"采"。

青铜镜。炼成宝月，飞来天上，银河流影。绀玉钩帘处，横犀麈、天香分鼎。记殷云殿琐，裁花剪露，曲江畔、春风劲。　　槐省。红尘昼静。午朝回、吟生晚兴。春霖绣笔，莺边清晓，金狨旋整。阆苑芝生貌，生绡对、绿窗深景。弄琼英数点，宫梅信早，占年光永。”

赵以夫[*] 以夫字用父，号虚斋，福之长乐人。嘉定中，正奏名，历知邵武军、漳州，皆有治绩。嘉熙初①，为枢密都承旨；二年，拜同知枢密院事，淳祐初罢。寻加资政殿学士，进吏部尚书，兼侍读，诏与刘克庄同纂修国史。

忆旧游慢

荷　花

望红蕖影里，冉冉斜阳，十里沙平。唤起江湖梦，向沙鸥住处，细说前盟。水乡六月无暑，寒玉散清冰。笑老去心情，也将醉眼，镇为花青。　　亭亭。步明镜，似月浸华清，人在秋庭。照夜银河落，想粉香湿露，恩泽亲承②。十洲缥缈何许，风引彩舟行。尚忆得西施，馀情袅袅烟水汀。

《虚斋乐府·徵詔·咏雪》云："玉壶冻裂琅玕折，骎骎逼人衣袂。暖絮张空飞，失前山横翠。欲低还起。似妆点、满园春意。记忆当时，剡中情味，一溪云水。　　天际绝行人，高吟处、依稀灞桥邻里。更剪剪梅花，落云阶月地。化工真解事。强勾引、老来诗思。楚天暮、驿使不来，怅曲阑独倚。"

---

* 〔项笺〕"虚斋赵以夫"小传云："以夫字用甫，长乐人。端平中，知漳州，有《虚斋乐府》二卷。戴复古《石屏续集》：'赵用甫提举梦中得"片云不隔梅花月"之句，时被命入朝，雪中送别，用其一句，补以成章。'"

① 初，四库本作"中"。

② 亲承，毛抄本作"初承"。

姚　镛* 镛字希声，号雪篷，剡溪人。赣州守。有《雪篷集》一卷。《剡录》云："姚镛，嘉定十年吴潜榜进士。"

谒金门

吟院静。迟日自行花影。薰透水沉云满鼎。晚妆窥露井。　　飞絮游丝无定。误了莺莺相等。欲唤海棠教睡醒。奈何春不肯。

* 〔项笺〕"雪篷姚镛"小传云："镛字希声，号敬庵，剡溪人，有《雪篷集》。《会稽续志·进士表》：'嘉定十年吴潜榜，姚镛。'《鹤林玉露》：'镛为吉州判，以平寇论功，不数年擢守赣州。久之，贬衡阳。'"

罗　椅* 椅字子远，号涧谷。《癸辛杂识》云："罗椅，庐陵人，富家子。壮年捐金结客，后为饶双峰高弟，又以荐登贾师宪之门。丙辰第进士。以秉义郎为江陵教，改潭教。及宰赣之信丰，迁提辖榷货。度宗升遐，失于入临，论罢。"

《宝祐四年登科录》："第二甲第三十人罗椅，字子远，小名天骥。第七十一。永感下。年四十三。十二月十五日寅时生。外氏孙。治赋，四举。娶刘氏。曾祖上达。祖维翰，宣政郎。父沂，宣义郎。本贯吉州庐陵县化仁乡。祖为户。"

柳梢青

萼绿华身。小桃花扇，安石榴裙。子野闻歌，周郎顾曲，曾恼夫君。　　悠悠羁旅愁人。似零落、青天断云。何处销魂。初三夜月，第四桥春。

《词旨·警句》："何处销魂，初三夜月，第四桥春。"（《柳梢青》）

《翰墨全书》：罗椅《八声甘州·孤山有感》云："甚匆匆岁月又人家，插柳记清明。政南北高峰，风传笑响，如泛箫声。吹散楼台烟雨，莺语谇、也春晴。何所无芳草，惟此青青。　　谁管孤山山下，任种梅月冷，荐菊泉清。看人情如此，沉醉不须醒。问何时、樊川归去，叹故乡、七十五长亭。君知否，洞云溪月，笑我飘零。"

* 〔项笺〕"涧谷罗椅"小传云："椅字子远，庐陵人，丙辰进士，以秉义郎为江陵教，改潭教。及宰赣之信丰，迁提辖榷货。度宗升遐，失于入临，论罢。"

方　岳* 岳字巨山，号秋崖，祁门人。绍定五年进士。两为文学掌故，官中秘书，出守袁州。有《秋崖先生词稿》。

江神子

牡　丹

窗绡深掩护芳尘。翠眉颦。越精神。几雨几晴。做得这些春。切莫近前轻着语，题品错，怕花嗔。　　碧壶难贮玉粼粼。碎香茵[1]。晚风频。吹得酒痕。如洗一番新。只恨谪仙浑懒事，辜负却，倚阑人。

《秋崖词稿·满江红·九日登冶城楼》云："且问黄花，陶令后、几番重九。应解笑、秋崖人老，不堪诗酒。宇宙一舟吾倦矣，山河两戒君知否。倚西风、无奈剑花寒，虬龙吼。　　江欲釂，谈天口。秋何负，持螯手。尽石麟芜没，断烟衰柳。故国山围青玉案，何人印佩黄金斗。倘只消、江左管夷吾，终须有。"

---

* 〔项笺〕"秋崖方岳"小传云："岳字巨山，祁门人。理宗朝两为文学掌故，官中秘书，出守袁州。有《秋崖小稿》。"

① 碎香茵，毛抄本作"醉香茵"，项刻本、四库本作"碎香茵"，柯刻本、徐刻本作"醉苔茵"。

杨伯嵒[*] 伯岩字彦瞻，号泳斋。杨和王诸孙，居临安。淳祐间，除工部郎，出守衢州。钱唐薛尚功之外孙，弁阳周公谨之外舅也。有《六帖补》二十卷、《九经补韵》一卷行世。

踏莎行

雪中疏寮借阁帖，更[①]以薇露送之。

梅观初花，蕙庭残叶。当时惯听山阴雪。东风吹梦到清都，今年雪比年前[②]别。　重酿宫醪，双钩官帖。伴翁一笑成三绝。夜深何用对青藜，窗前一片蓬莱月。

《法帖谱系》云："熙陵以武定四方，载櫜弓矢，文治之馀，留意翰墨，乃出御府历代所藏真迹，命侍书王著摹勒刻板，禁中厘为十卷。"此历代法帖之祖。

《格古要论》云："太宗搜访古人墨迹[③]，于淳化中，命侍书王著摹勒，作十卷，用枣木板刻置秘阁。上有银锭纹，用澄心堂纸、李庭珪墨拓打，以手揩之，墨不污手。亲王大臣各赐一本，人间罕得。"

《读书附志》云："《淳熙秘阁续法帖》十卷，淳熙十二年三月十九日，奉圣旨摹勒锺繇诸人帖。"

---

* 〔项笺〕"泳斋杨伯嵒"小传云："伯嵒字彦瞻，和王诸孙。淳祐间守衢州，除工部郎。著有《六帖补》《九经补韵》，即周公谨之外舅也。"

① 更，毛抄本作"友"。

② 年前，毛抄本、柯刻本、项刻本作"前年"。

③ 墨迹，四库本作"真迹"。

《武林旧事》云:“诸色酒名:蔷薇露、流香并御库。”

《中兴馆阁续录》云:“高似孙,字续古,鄞县人。淳熙十一年进士,庆元五年十月除秘书省校书郎,六年二月通判徽州。”按,似孙号疏寮。

周　晋[*] 晋字明叔，号啸斋。

点绛唇

访牟存叟南漪钓隐

午梦[①]初回，卷帘尽放春愁去。昼长无侣。自对黄鹂语。　　絮影蘋香，春在无人处。移舟去[②]。未成[③]新句。一砚梨花雨。

《癸辛杂识》云："牟端明园，本《郡志》南园，后归李宝谟，其后又归牟存斋。园中有硕果轩（大梨一株）、元祐学堂、芳菲二亭、万鹤亭（荼蘼）、双李亭、桴舫斋、岷峨一亩宫，前枕大溪，曰南漪小隐。"

《吴兴掌故集》云："牟子才，字存叟，其先井研人。爱吴兴山水清远，因家湖州之南门。"

清平乐

图书一室。香暖垂帘密。花满翠壶熏研席。睡觉满窗晴日。　　手寒不了残棋。篝香细勘唐碑。无酒无诗情

* 〔项笺〕"啸斋周晋"小传云："晋字明叔，爵里未详。"

① 午梦，毛抄本作"草梦"。

② 项刻本校云："按去字重不妨，但是脚韵则不能再用，此处疑误。"

③ 未成，毛抄本作"赤城"。

绪，欲梅欲雪天时。

《珊瑚网》："郭畀手书此词，跋云：'大德十一年，岁丁未，十月初十日，客寓燕山。奔走暮归，黄尘满面，挑灯读此词一过，想像江南，如梦中也。'"

柳梢青

杨　花

似雾中花，似风前雪，似雨馀云。本自无情，点萍成绿，却又多情。　　西湖南陌东城。甚管定、年年送春。薄幸东风，薄情游子，薄命佳人。

杨　缵[*] 缵字继翁，严陵人，居钱唐。宁宗杨后兄次山之孙，号守斋，又号紫霞翁。《图绘宝鉴》云："度宗朝，女为淑妃，官列卿。好古博雅，善琴，有《紫霞洞谱》传世，时作墨竹。"

八六子

牡丹次白云韵

怨残红。夜来无赖，雨催春去匆匆。但暗水、新流芳恨，蝶凄蜂惨，千林嫩绿迷空。　　那知国色还逢。柔弱华清扶倦，轻盈洛浦临风。细认得凝妆，点脂匀粉，露蝉耸翠，蕊金团玉成丛。几许愁随笑解，一声歌转春融。眼朦胧。凭阑干[①]、半醒醉中。

一枝春

除　夕

竹爆惊春，竞喧填夜起，千门箫鼓。流苏帐暖，翠鼎缓腾香雾。停杯未举。奈刚要、送年新句。应自有、歌字清

---

* 〔项笺〕"守斋杨缵"小传云："缵字继翁，严陵人，居钱唐，宁宗杨后兄次山之孙也，湖州倅大卿。度宗朝，女为淑妃。好古博学，善琴，工墨竹，号紫霞翁。《佩楚轩客谈》：'端淳荐绅四绝，杨继翁琴、赵文中棋、张温夫书、赵子固画。'"

① 凭阑干，毛抄本作"凭阑"。

圆，未夸上林莺语。　　从他岁穷日莫。纵闲愁、怎减刘郎风度。屠苏办了[①]，迤逦柳欺梅妒。宫壶未晓，早骄马[②]、绣车盈路。还又把、月夜花朝，自今细数。

《武林旧事》云："守岁之词虽多，极难其选，独守斋《一枝春》最为近世所称。"

被花恼

自度腔

疏疏宿雨酿寒轻，帘幕静垂清晓。宝鸭微温瑞烟少。檐声不动，春禽对语，梦怯频惊觉。欹珀枕、倚银床，半窗花影明东照。　　惆怅夜来风，生怕娇香混瑶草。披衣便起，小径回廊，处处多行到[③]。正千红万紫竞芳妍，又还似、年时被花恼。蓦忽地，省得而今双鬓老。

《词旨·词眼》："蝶凄蜂惨。"（《八六子》）

---

① 办了，柯刻本作"辨了"。
② 骄马，毛抄本、柯刻本、项刻本作"娇马"。
③ 多行到，毛抄本作"都行到"。

翁孟寅* 孟寅字宾旸，号五峰，钱唐人。《四朝闻见录》云："翁孟寅，其先本建之崇安人。祖中丞彦国，伪楚张邦昌僭帝时，尝提兵勤王，为李丞相纲之亚。父谦之，进士。孟寅首登临安乡书。"

齐天乐

元　夕

红香十里铜驼梦，如今旧游重省。节序飘零，欢娱老大，慵立灯光蟾影。伤心对景。怕回首东风，雨晴难准。曲巷幽坊，管弦一片笑相近。　飞棚浮动翠葆，看金钗半溜，春炉[①]红粉。凤辇鳌山，云收雾敛，迤逦铜壶漏迥。霜风渐紧，展一幅青绡，争悬[②]孤镜。带醉扶归，晓酲春梦稳。

烛影摇红

楼倚春城，琐窗曾共巢春燕。人生好梦逐春风，不似杨花健。旧事如天渐远。奈晴丝、牵愁未断。镜尘埋恨，带粉栖香，曲屏[③]寒浅。　环佩空归，故园羞见桃花面。轻烟

* 〔项笺〕"五峰翁孟寅"小传云："孟寅字宾旸，钱唐人。柴仲山与为文字友，见秋堂墓志。《武林旧事》：'龙井路崇德显庆院有翁五峰墓。'"

① 春炉，毛抄本作"春妒"。

② 争悬，毛抄本作"净悬"。

③ 曲屏，毛抄本作"曲岸"。

残照下栏杆，独自疏帘卷。一信狂风又晚。海棠花、随风满院。乱鸦归后[①]，杜宇啼时，一声声怨。

阮郎归

月高楼外柳花明。单衣怯露零。小桥灯影落残星。寒烟蘸水萍。　　歌袖窄，舞环轻。梨花梦满城。落红啼鸟两无情。春愁添晓酲。

吴文英《梦窗乙稿·江神子·送翁五峰自鹤江还都》云："西风一叶送行舟。浅迟留。舣汀洲。新浴红衣、绿水带香流。应是离宫城外晚，人伫立，小帘钩。　　新归重省别来愁。黛眉头。半痕秋。天上人间，斜月绣针楼。湖浪莫迷花蝶梦，江上约，负轻鸥。"

---

① 归后，毛抄本作"啼后"。

赵汝茪* 汝茪字参晦，号霞山。《宋史·宗室世系表》：“商王元份八世孙，善官子。”

梅花引

对花时节不曾欢。见花残。任花残。小约帘栊，一面受春寒。题破玉椾双喜鹊，香烬冷，绕云屏，浑是山。
待眠未眠事万千。也问天。也恨天。髻儿半偏，绣裙儿宽了又宽[①]。自取红毡。重坐暖金船。惟有月知君去处，今夜月，照秦楼，第几间。

梦江南

帘不卷，细雨熟樱桃。数点雾霞天又晓，一痕凉月酒初消。风紧[②]絮花高。　　萧闲处，磨尽少年豪。昨梦醉来骑白鹿，满湖春水段家桥。濯发听吹箫。

---

* 〔项笺〕“霞山赵汝茪”小传云：“汝茪字参晦。《宋史·宗室世系表》：‘商王元份八世孙，善官子。’”

① 又宽，毛抄本、柯刻本、徐刻本作“还宽”。

② 风紧，毛抄本作“风急”。

恋绣衾

柳丝空有万千条。系不住、溪头画桡。想今宵、也对新月，过轻寒、何处小桥。　玉箫台榭春多少。溜啼痕、盈脸未消。怪别来、燕支慵傅，被春风、偷在杏梢。

汉宫春

着破荷衣，笑西风吹我，又落西湖。湖间旧时饮者，今与谁俱。山山映带，似携来、画卷重舒。三十里、芙蓉步障，依然红翠相扶。　一目清无留处，任屋浮天上，身集空虚。残烧[①]夕阳过雁，点点疏疏。故人老大，好襟怀、消减全无。漫赢得、秋声两耳，冷泉亭下骑驴。

如梦令

小砑红绫笺纸。一字一行春泪。封了更亲题，题了又还拆起[②]。归未。归未。好个瘦人天气。

《词旨·警句》："怪别来、胭脂慵傅，被东风、偷在杏梢。"（《恋绣衾》）

---

① 残烧，毛抄本作"残烟"。

② 拆起，柯刻本作"折起"。

冯去非* 去非字可迁，号深居，南康都昌人。淳祐元年进士，干办淮东转运司。宝祐四年，召为宗学谕。

喜迁莺

凉生遥渚。正绿芰擎霜，黄花招雨。雁外渔灯，蛩边蟹舍，绛叶表秋①来路。世事不离双鬓，远梦偏欺孤旅。送望眼，但凭舷微笑，书空无语。　　慵看清镜里，十载征尘，长把朱颜污。借箸清油②，挥毫紫塞，旧事不堪重举。间阔故山猿鹤，冷落同盟鸥鹭。倦游也，便樯云柂月，浩歌归去。

吴文英《梦窗丙稿·烛影摇红·饯冯深居翼日深居初度》云："飞盖西园，晚秋恰胜春天气。霜花开尽锦屏空，红叶新装缀。时放清杯泛水。暗凄凉、东风旧事。夜吟不就，松影阑干，月笼③寒翠。　　莫唱阳关，但凭彩袖歌千岁。秋星入梦隔明朝，十载吴宫会。一棹回潮渡苇。正西窗、灯花报喜。柳蛮樱素，试酒争怜，不教不醉。"

---

* 〔项笺〕"深居冯去非"小传云："去非字可迁，南康都昌人。淳祐元年进士，干办淮东转运司。宝祐四年，召为宗学谕。长沙释道璨《柳塘集》有《哭冯深居常簿》诗。"

① 表秋，毛抄本作"裘秋"。

② 清油，毛抄本作"青油"。

③ 月笼，徐刻本作"月帘"。

许　棐[*] 棐字忱夫，海盐人。嘉熙中，隐居秦溪，于水南种梅数十树，自号梅屋。室中悬白香山、苏东坡二像事之。人有奇编，见无不录，以故环室皆书。著有《献丑集》一卷、《梅屋稿》三卷、《融春小缀》一卷、《樵谈》一卷、《梅屋诗馀》一卷。

鹧鸪天

翠凤金鸾绣欲成。沉香亭下款新晴。绿随杨柳阴边去，红踏桃花片上行。　莺意绪，蝶心情。一时分付小银筝。归来玉醉[①]花柔困，月滤纱窗[②]约半更。

琴调相思引

组绣盈箱锦满机。倩人缝作护花衣。恐花飞去，无复上芳枝。　已恨远山迷望眼，不须更画远山眉。正无聊赖，雨外一鸠啼。

---

* 〔项笺〕“梅屋许棐”小传云：“棐字忱夫，海盐人。《宋贤小集》：‘许梅屋嘉熙中隐居秦溪，于水南种梅数十树，自号梅屋。室中悬白香山、苏东坡二像事之。人有奇编，见无不录，故环室皆书。著有《献丑集》。’”

① 玉醉，毛抄本、柯刻本、项刻本作“欲醉”。

② 纱窗，毛抄本、柯刻本、徐刻本作“窗纱”。

后庭花

一春不识西湖面。翠羞红倦。雨窗和泪摇湘管。意长笺短。　　知心惟有雕梁燕。自来相伴。东风不管琵琶怨。落花吹遍。

《梅屋诗馀》:《满宫春》云:“懒挎香,慵弄粉。犹带浅醒微困。金鞍何处掠新欢,倩燕莺寻问。　　柳供愁,花献恨。衮絮猎红成陈。碧楼能有几番春,又是一番春尽。”《虞美人》云:“杏花窗底人中酒。花与人相守。帘衣不肯护春寒。一声娇嚏两眉攒。拥衾眠。　　明朝又有秋千约。恐未忺梳掠。倩谁传语画楼风。略吹丝雨湿春红。绊游踪。”《山花子》云:“挼柳揉花旋染衣。丝丝红翠扑春辉。罗绮丛中无此艳、小西施。　　腰细最便围舞帕,袖寒时复罩香匜。误点一痕残粉泪、怕人知。”

陆 叡* 叡字景思，号云西，会稽人。《会稽续志·进士表》："绍定五年徐元杰榜，陆叡，佃五世孙。"《景定建康志》："陆叡，淳祐中沿江制置使参议，除礼部员外，崇政殿说书。"

瑞鹤仙

湿云黏雁影。望征路、愁迷离绪难整。千金买光景。但疏钟催晓，乱鸦啼暝。花悰暗省，许多情、相逢梦境。便行云、都不归来，也合寄将音信。 孤迥。盟鸾心在，跨鹤程高，后期无准。情丝待剪，翻惹得、旧时恨。怕天教何处，参差双燕，还染残朱剩粉。对菱花、与说相思，看谁瘦损。

〔项笺〕《全芳备祖》载云西绝句二首："采药人归闻术气，寻山路远梦桃花。买来山酿全如水，亦解昏昏到日斜。""野槿扶疏当缚篱，山深不用掩山扉。客来踏破松梢月，鹤向主人头上飞。"

《词旨·警句》："对菱花、与说相思，看谁瘦损。"（《瑞鹤仙》）

---

* 〔项笺〕"云西陆叡"小传云："叡字景思，会稽人。《会稽续志·进士表》：'绍定五年徐元杰榜，陆叡。'盖师农佃之后也。"

萧泰来[*] 泰来字则阳，号小山，临江人。绍定二年进士，有《小山集》。《癸辛杂识》云："泰来，理宗朝为御史，附谢丞相。为右司李伯玉所劾，姚希得指为小人之宗。"

霜天晓角

梅

千霜万雪。受尽寒磨折。赖是生来瘦硬，浑不怕、角吹彻。　清绝。影也别。知心惟有月。元没春风情性，如何共、海棠说。

《庶斋老学丛谈》云："此作与王瓦全《梅词》命意措词略相似。"①

《词旨・警句》："清绝。影也别。知心唯有月。"(《霜天晓角》)

---

* 〔项笺〕"小山萧泰来"小传云："泰来字则阳，《老学丛谈》云：'临江人。'《癸辛杂识》：'泰来，理宗朝为御史，附谢丞相。为右司李伯玉所劾。'有《小山集》。"

① 〔项笺〕同此条。引自《庶斋老学丛谈》。

赵希迈* 希迈字端行①。号西里,永嘉人。《宋史·宗室世系表》:“燕王德昭九世孙,师僚第三子。”《续文献通考》云:“赵希迈,著有《西里稿》,高疏寮跋。”

八声甘州

竹西怀古

寒云飞、万里一番秋,一番搅离怀。向隋堤跃马,前时柳色,今度蒿莱。锦缆残香在否,枉被白鸥猜。千古扬州梦,一觉庭槐。 歌吹竹西难问,拚菊边醉着,吟寄天涯。任红楼踪迹,茅屋②染苍苔。几伤心、桥东片月,趁夜潮、流恨入秦淮。潮回处、引西风恨,又渡江来。

《诗话总龟》云:“蜀冈者,维扬之地也。蜀冈之南,有竹西亭。修竹疏翠,后即禅智寺也。取杜牧之‘斜阳竹西路,歌吹是扬州’。自蜀冈以南,景气顿异,北风至此遂绝。”

葛洞《江都志》云:“竹西亭,在城北五里禅智寺侧,向子固易曰‘歌吹’。经绍兴兵火,周淙重建,复旧名。”

---

* 〔项笺〕“西里赵希迈”小传云:“希迈字端行,永嘉人,燕王德昭九世孙,师僚第三子。薛师石《瓜庐集》中有《送赵端行廷对》诗。《续文献通考》:‘赵希迈,著有《西里稿》,高疏寮跋。’”

① 底本校记云:“词本作‘瑞行’,误。”

② 茅屋,毛抄本作“茅舍”。

赵崇嶓[*] 崇嶓字汉宗，号白云，南丰人。嘉定十六年进士，授石城令，改淳安。尝上疏极论储嗣未定及中人专横。官至大宗丞。有《白云稿》。《宋史·宗室世系表》："商王元份九世孙，汝悉长子。"

蝶恋花

一剪微寒禁翠袂。花下重开，旧燕添新垒。风旋落红香匝地。海棠枝上莺飞起。　薄雾笼春天欲醉。碧草澄波，的的情如水。料想红楼挑锦字。轻云淡月人憔悴。

菩萨蛮

桃花相向东风笑。桃花忍放东风老。细草碧如烟[①]。薄寒轻暖天。　折钗鸾作股。镜里参差舞。破碎玉连环。卷帘春睡残。

* 〔项笺〕"白云赵崇嶓"小传云："崇嶓字汉宗，南丰人，简王元份九世孙，汝悉长子。登嘉定十六年进士，授石城令。时寇贼横发，崇嶓以恩信结将士，计除元恶。改淳安县。尝上疏极论储嗣未定及中人专横，又尝以书上时相谢惠国论救御史洪天锡。官至朝散大夫、大宗丞。著有《白云稿》。"

① 细草碧如烟，毛抄本作"□静草如烟"，柯刻本作"静草碧如烟"。

赵希彭*① 希彭字清中，号十洲，四明人。《宋史·宗室世系表》："燕王九世孙，师郑长子。"《延祐四明志》："宝庆二年，王会龙榜进士。"

霜天晓角

桂

姮娥戏剧。手种长生粒。宝干婆娑千古，飘芳吹、满虚碧。　　韵色檀露滴。人间秋第一。金粟如来境界，谁移在、小亭侧。

秋蕊香

髻稳冠宜翡翠。压鬓彩丝金蕊。远山碧浅蘸秋水。香暖榴裙衬地。　　宁宁二八馀年纪。恼春意。玉云凝重步尘细。独立花阴宝砌。

〔项笺〕《随隐漫录》："赵十洲诗：'手执《黄庭》上石台，竹阴扫月遍苍苔。欲从此处即仙去，玉立清风待鹤来。'"

---

* 〔项笺〕"十洲赵希瀞"小传云："希瀞字清中，《宋史·宗室世系表》：'燕王九世孙，师郑长子。'《癸辛杂志》言其人仕四十年，虚静恬淡，寂寞无为。除南雄守，不赴。丙寅九日，端坐而逝，遗偈曰：'六十二年皮袋，放下了无挂碍。青天明月一轮，万古逍遥自在。'"

① 彭，柯刻本作"静"，底本校记云："一作瀞。"

王　澡[*] 澡字身甫，号瓦全。《庶斋老学丛谈》云："澡，四明人，有《瓦全集》。"《文献通考》："王澡，宁海人，太常博士。初名津，字子知。"

霜天晓角

梅

疏明瘦直。不受东皇识。留与伴春应肯，千红底、怎着得。　　夜色何处笛。晓寒无奈力。飞入寿阳宫里，一点点、有人惜[①]。

〔项笺〕《浙江通志》："王澡，一作宁海人，庆元进士，字身甫，官山阴令。一夕梦龙绕堂柱，次早视之，乃稚子绕焉。诘之，乃太祖子德芳之后，避金难，迁于越。同寡母依舅氏，以逋粮拘至。澡奇之，抚之如己子。值史弥远与杨后废济王竑，因郑清之访太祖后，遂拥立焉。即理宗也。时澡归老于家，理宗访诸廷臣，误以物故对，理宗嗟悼，亲书德庵二字，及遣祭至，而澡果卒矣。"

方岳《深雪偶谈》云："太常博士瓦全王先生有落梅小词云云，刘公潜夫已附于《后村集·诗话》中，予亦僭附之拙稿。虽然，先生文行表表，一词固何足为先生轩轾也。予少时即登门，以先公同生丙戌，且相友善之故，遂辱撰先公墓铭，志中有'文不逮岳，而岳强以铭'之语。当知前辈奖掖后进，有如此也。"

---

[*] 〔项笺〕"瓦全王澡"小传云："澡字身甫，官太常博士。《老学丛谈》：'澡，四明人，有《瓦全集》。'《文献通考》：'《王瓦全诗词集》二卷。宁海人，初名津，字子知。'"

[①] 柯刻本、项刻本校记云："《群芳备祖》误作'汪藻'。"

赵与铆[*][①] 与铆字庆御，号昆仑。《宋史·宗室世系表》："燕王十世孙，希汿第三子。"

谒金门

归去去。风急兰舟不住。梦里海棠花下语。醒来无觅处。　　薄幸心情似絮。长是轻分轻聚。待得来时春几许。绿阴三月莫。

---

* 〔项笺〕"昆仑赵与铆"小传云："与铆字庆御，《宋史·宗室世系表》：'燕王十世孙，希汿第三子。'"

① 铆，底本校记云："词本误作鏅。"

楼　槃* 槃字考甫，号曲涧。

霜天晓角

梅

月淡风轻。黄昏未是清。吟到十分清处，也不啻、二三更。　　晓钟天未明。晓霜人未行。只有城头残角，说得尽、我平生。

又

剪雪裁冰。有人嫌太清。又有人嫌太瘦，都不是、我知音。　　谁是我知音。孤山人姓林。一自西湖别后，辜负我、到如今。

---

* 〔项笺〕“曲涧楼槃”小传云：“槃字考甫，爵里未详。《秋崖小稿》有《书考甫梅花百咏》《因徐直孺寄考甫》诗。”

锺　过* 过字改之，号梅心，庐陵人。中宝祐三年乙卯解试。

步蟾宫

东风又送酴醾信。蚤吹得、愁成潘鬓。花开犹似[1]十年前，人不似、十年前俊。　水边珠翠香成阵。也消得、燕窥莺认。归来沉醉月朦胧，觉花气、满襟犹润。

《词旨·警句》："花开犹似十年前，人不似、十年前俊。"（《步蟾宫》）

《词眼》："燕窥莺认。"

---

* 〔项笺〕"梅心锺过"小传云："过字改之，爵里未详。"

① 犹似，毛抄本作"犹自"。

李肩吾* 肩吾字子我，号蠙洲，眉州人。精六书之学，尝著《字通》。为魏鹤山之客。虞集《字通序》云："李君在魏文靖公门下，有师友之道焉。"

挝球乐

风罥蔫红雨易晴。病花中酒过清明。绮窗幽梦乱于柳，罗袖泪痕凝似饧。冷地思量着，春色三停早二停。

风流子

双燕立虹梁。东风外、烟雨湿流光。望芳草云连，怕经南浦，葡萄波涨，怎博西凉。空记省，浅妆[①]眉晕敛，罥袖唾痕香。春满绮罗，小莺捎蝶，夜留弦索，幺凤求凰。　　江湖飘零久，频回首、无奈触绪难忘。谁信温柔牢落，翻堕愁乡。便[②]玉笺铜爵，花间陶写，瑶钗金镜，月底平章。十二主家楼苑，应念萧郎。

---

* 〔项笺〕"蠙洲李肩吾"小传云："肩吾字子我，眉州人，著有《字通》。《鹤山集》作'李从周，字肩吾。'"

① 浅妆，柯刻本作"残妆"。

② 便，毛抄本、柯刻本、项刻本作"使"，底本校记云："别本作使，非。"

清平乐

美人娇小。镜里容颜好。秀色侵人春帐晓。郎去几时重到。　　叮咛记取儿家。碧云隐映红霞。直下小桥流水，门前一树桃花[①]。

风入松

冬　至

霜风连夜做冬晴。晓日千门。香葭暖透黄钟管，正玉台、彩笔书云。竹外南枝意早，数花开对清樽。　　香闺女伴笑轻盈。倦绣停针。花砖一线添红景，看从今、迤逦新春。寒食相逢何处，百单五个黄昏。

乌夜啼

径藓痕沿碧甃檐。花影压红阑。今年春事浑无几，游冶懒情悭。　　旧梦莺莺沁水，新愁燕燕长干。重门十二帘休卷[②]，三月尚春寒。

---

① 柯刻本、项刻本校记云："世本后解同前解异。"

② 帘休卷，毛抄本作"休帘卷"。

清平乐

东风无用。吹得愁眉重。有意迎春无意送。门外湿云如梦。　　韶光九十悭悭。俊游回首关山。燕子可怜人去，海棠不分春寒。

鹧鸪天

绿色吴笺覆古苔。濡毫重拟赋幽怀。杏花帘外莺将老，杨柳楼前燕不来。　　倚玉枕，坠瑶钗。午窗轻梦绕秦淮。玉鞭何处贪游冶，寻遍春风十二街。

〔项笺〕《游宦纪闻》:"包逊在临安谒魏舍人了翁，因出《云萍录》令书。包六子皆从心，其间名忛者，舍人指曰:'此非从心，乃从十。'有馆客李丈，留心字学，待为叩之。少选李至，遂及此，云:'其义有二。从十乃众人之和，是谓"协和万邦"之协；从心乃此心之和，是谓"三后忛心"之忛。'李名肩吾，眉人。"

《词旨·警句》:"叮咛记取儿家。碧云隐映红霞。直下小桥流水，门前一树桃花。"(《清平乐》)

黄　简[*][①] 简一名居简，字元易，号东浦。文肇祉《虎丘志》云："黄居简，字元易，建安人，工诗。嘉熙中卒。通判翁逢龙葬之虎丘。"王鏊《姑苏志》云"漳潭陈氏北园，范石湖书扁，东浦黄简为记。"即其人也。

柳梢青

病酒心情。唤愁无限，可奈流莺。又是一年，花惊寒食，柳认清明。　　天涯翠巘层层。是多少、长亭短亭。倦倚东风，只凭好梦，飞到银屏。

玉楼春

龟纹晓扇堆云母。日上彩阑新过雨。眉心犹带宝觥醒，耳性已通银字谱。　　密奁[②]彩索[③]看看午。晕素分红能几许。妆成挼镜[④]问春风，比似庭花谁解语。

---

* 〔项笺〕"东浦黄简"小传云："简字元易，世本作兰，误。爵里未详。"

① 底本校记云："柯氏刊本作'阑'，高氏刊本作'兰'，俱误。"毛抄本作"兰"。

② 密奁，柯刻本作"蜜奁"。

③ 彩索，毛抄本作"缳索"。

④ 挼镜，毛抄本作"援镜"。

陈　策[*] 策字次贾，号南墅，上虞人。以功授武阶。

摸鱼儿

仲宣楼赋

倚危梯、酹春怀古，轻寒才转花信。江城望极多愁思，前事恼人方寸。湖海兴、算合付元龙，举白浇谈吻。凭高试问。问旧日王郎，依刘有地，何事赋幽愤。　　沙头路，休记家山远近。宾鸿一去无信。沧波渺渺空归梦，门外北风凄紧。乌帽整。便做得功名，难绿星星鬓。敲吟未稳。又白鹭飞来，垂杨自舞，谁与寄离恨。

李曾伯《可斋杂稿·仲宣楼记略》云："按《江陵志》，楼名昉于祥符，复于绍兴。淳祐十年贾公似道为制置使，重新是楼。夏六月，易镇全淮。覃怀李某继之如前画，越半期告成。蜡月二十有五日，爰集宾校置酒而落之。又《点绛唇·饯陈次贾》云：'懒上巍楼，楚江一望天无际。漫游萍寄。莫挽东流水。　　一片秋光，直到山阴里。人还记。戍边归未。更忆鲈鱼美。'又《齐天乐·和陈次贾为寿韵》云：'今年塞上秋来早。昴街尚馀芒曜。举目关河，惊心弧矢，顾我岂堪戎纛。几番风诰。愧保障何功，恩隆旒藻。笑指呼鹰，露花烟草忆刘表。　　头颅如许相与，岁寒犹赖有，白发公道。对月怀人，临风访古，往事凄凉难考。何时是了。莫驰志伊吾，贪名清庙。松菊归来，稽山招此老。'按淳祐中，可斋为荆州阃帅，次贾在宾幕，相与唱和。

---

* 〔项笺〕"南墅陈策"小传云："策字次贾，爵里未详。"

此词正作于仲宣楼落成之日也。”

《江陵志馀》云:“仲宣楼在城东南隅,凭墉结构,列榭参差。相传后梁高季兴所建望沙楼也,陈尧佐镇荆,乃易今名。然《登楼赋》注言:楼在江陵,梁孝元出江陵县还诗:‘朝出屠牛县,夕返仲宣楼。’《先贤传》亦云:‘荆州有王粲宅。’则楼属江陵,亦自有据,不必泥指当阳、襄阳为定案也。”

满江红

杨　花

倦绣人闲,恨春去、浅颦轻掠。章台路,雪黏飞燕,带芹穿幕。委地身如游子倦,随风命似佳人薄。叹此花去后更无花,情怀恶。　　心下事,谁堪托。怜老大,伤飘泊。把前回离恨,暗中描摸。又趁扁舟低欲去,可怜世事今非昨。看等闲飞过女墙来①,秋千索。

① 来,毛抄本作“东”。

黄　昇*① 昇字叔旸，号玉林。胡季直称②："玉林早弃科举，雅意读书，吟咏自适，游受斋称其诗为晴空冰柱。楼秋房闻其与魏菊庄友善，并以泉石清士目之。"有《绝妙词选》二十卷，《散花庵词》一卷。

清平乐

宫　词

珠帘寂寂。愁背银釭泣。记得少年初选入。三十六宫第一。　当时掌上承恩。而今冷落长门。又是羊车过也，月明花落黄昏。

《词旨·警句》："又是羊车过也，月明花落黄昏。"（《清平乐》）

《散花庵词·浪淘沙》云："秋色满层霄。剪剪寒飙。一襟残照两无聊。数尽归鸦人不见，落木萧萧。　往事欲魂消。梦想风标。春江绿涨水平桥。侧帽停鞭沽酒处，柳软莺娇。"

---

* 〔项笺〕"玉林黄昬"小传云："昬字叔旸，有《散花庵词》一卷。胡季直云：'玉林蚤弃科举，雅意读书，吟咏自适，游兴受斋称其诗为晴空冰柱。楼秋房闻其与魏菊庄友善，并以泉石清士目之。'有《玉林诗话》《中兴绝妙词选》。"

① 底本校记云："高氏刊本作'昬'，误。"柯刻本亦作"黄昬"。

② 称，徐刻本、四库本作"云"。

李振祖* 振祖号中山。《宝祐四年登科录》:"第四甲第十三人。李振祖,字起翁。第万一,慈侍下。年四十六,二月丁酉日丑时生。外氏赵。一举。娶刘氏。曾祖简能,御史。祖畋,承议郎。父宁。本贯福州闽县,祖为户。"

浪淘沙

春在画桥西。画舫轻移。粉香何处度涟漪。认得一船杨柳外,帘影垂垂。　　谁倚碧阑低。酒晕双眉。鸳鸯并浴燕交飞。一片闲情春水隔,斜日人归。

* 〔项笺〕"中山李振祖"小传云:"振祖,爵里未详。"

薛梦桂*

梦桂字叔载，号梯飙，永嘉人。宝祐癸丑姚勉榜进士。尝知福清县。《四朝闻见录》云："梦桂父公圭绍熙五年上书光宗，请建储。"《东嘉姓谱》云："薛梦桂仕至平江倅。"

醉落魄

单衣乍着。滞寒更傍东风作。珠帘压定银钩索。雨弄新晴，轻旋玉尘落。　　花唇巧借妆红约。娇羞才放三分萼。樽前不用多评泊。春浅春深，都向杏梢觉。

眼儿媚

绿　笺

碧筒新展绿蕉芽。黄露洒榴花。蘸烟染就，和云卷起[①]，秋水人家。　　只因一朵芙蓉月，生怕黛帘[②]遮。燕衔不去，雁飞不到[③]，愁满天涯。

---

* 〔项笺〕"梯飙薛梦桂"小传云："梦桂字叔载，尝为福清县。林希逸《竹溪稿》有《和梯飙薛宰镜中我》诗。"

① 卷起，毛抄本作"卷送"。

② 黛帘，毛抄本作"黛边"。

③ 不到，毛抄本作"难到"。

三姝媚

蔷薇花谢去。更无情、连夜送春风雨。燕子呢喃，似念人憔悴，往来朱户。涨绿烟深，早[1]零落、点池萍絮。暗忆年华，罗帐分钗，又惊春莫。　　芳草凄迷征路。待去也，还将画轮留住。纵使重来，怕粉容销腻，却羞郎觑。细数盟言犹在，怅青楼何处。绾尽垂杨，争似相思寸缕。

浣溪纱

柳映疏帘花映林。春光一半几销魂。新诗未了枕先温。　　燕子说将千万恨，海棠开到二三分。小窗银烛又黄昏。

① 早，毛抄本脱此字。

曾　揆* 揆字舜卿，号懒翁，南丰人。

西江月

檐雨轻敲夜夜，墙云低度朝朝。日长天气已无聊。何况洞房人悄。　　眉共新荷不展，心随垂柳频摇。午眠仿佛见金翘。惊觉数声啼鸟。

---

* 〔项笺〕“懒翁曾揆”小传云：“揆字舜卿，爵里未详。”

绝妙好词卷四

吴文英* 文英字君特，号梦窗，四明人。从吴履斋诸公游。有《梦窗甲乙丙丁稿》。

尹惟晓云："求词于吾宋，前有清真，后有梦窗，此非焕之言，天下之公言也。"

沈义甫云："梦窗深得清真之妙。其失在用事下语太晦处，人不可晓。"

张叔夏云："吴梦窗如七宝楼台，眩人眼目，拆碎下来，不成片段。"

八声甘州

陪庾幕诸公秋登灵岩

渺空烟四远，是何年、青天坠长星。幻苍崖云树，名娃金屋，残霸宫城。箭径酸风射眼，剑水①染花腥。时靸双鸳响，廊叶秋声。　宫里吴王沉醉，倩五湖倦客，独钓醒醒。问苍波无语，华发奈山青。水涵空阁凭高处，送乱鸦、斜日落渔汀。连呼酒，上琴台去，秋与云平。

---

* 〔项笺〕"梦窗吴文英"小传云："文英字君特，号梦窗，四明人。从吴履斋游。有《梦窗甲乙丙丁稿》。沈义甫曰：'梦窗深得清真之妙。其失在用事下语太晦处，人不可晓。'张玉田曰：'吴梦窗如七宝楼台，眩人眼目，拆碎下来，不成片段。'"

① 剑水，毛抄本作"腻水"。

《吴郡图经续记》云:“研石山,在吴县西二十一里。《越绝书》云:‘吴人于研石山置馆娃宫。’山顶有三池,曰月池,曰研池,曰玩花池。盖吴时所凿也。山上旧传有琴台,又有响屧廊,或曰鸣屐廊。廊以楩楠藉地,西子行则有声,故名。尝登灵岩之巅,俯瞰具区,烟涛浩渺,一目千里,而碧岩翠坞,点缀于沧波之间,诚绝景也。或云晋陆玩舍宅为寺,即灵岩寺也。”

《吴郡志》云:“灵岩山前有采香径,横斜如卧箭。”

声声慢

闰重九饮郭园

檀栾金碧,婀娜蓬莱,游云不蘸芳洲。露柳霜莲,十分点缀残秋。新弯画眉未稳,似含羞、低度墙头。愁送远[①],驻西台车马,共惜临流。　　知道池亭多宴,掩庭花、长是惊落秦讴。腻粉阑干,犹闻凭袖香留。输他翠涟拍甃,瞰新妆、时浸明眸[②]。帘半卷,带黄花、人在小楼。

《梦窗乙稿·绛都春》:“余往来清华池馆六年,赋咏屡以感昔伤今,益不堪怀,乃复作此解云。”“春来雁渚。弄艳冶又入,垂杨如许。困舞瘦腰,啼湿宫黄池塘雨。碧沿苍藓云根路。尚追想、凌波微步。小楼重上,凭谁为唱,旧时金缕。　　凝伫。烟萝翠竹,欠罗袖为倚,天寒日暮。强醉梅边,招得花奴来尊俎。东风须惹春云住。莫把飞琼吹去。便教移取薰笼,夜温绣户。”《花心动·郭清华新轩》云:“入眼青红,小玲珑、飞檐度云微湿。

① 愁送远,项刻本作“愁远送”。

② 时浸明眸,项刻本作“终日明眸”,四库本作“终日凝眸”。

绣槛[①]展春，金屋宽花，谁管采菱波狭。翠深知是深多少，都不放、夕阳红入。待妆缀，新漪涨翠，小圜荷叶。　此去春风满箧。应时锁蛛丝，浅虚尘榻。夜雨试灯，晴雪吹梅，趁取玳簪重盍。卷帘不解招新燕，春须笑、酒悭歌涩。半窗掩，日长困生翠睫。”按：郭园当即是郭清华池馆，惜人与地俱不可考矣。

青玉案

短亭芳草长亭柳。记桃叶、烟江口。今日江村重载酒。残杯不到，乱红青冢，满地闲春绣。　翠阴曾摘梅枝嗅。还忆秋千玉葱手。红索倦[②]将春去后。蔷薇花落，故园蝴蝶，粉薄残香瘦。

又

新腔一唱双金斗。正霜落、分甘手。已是红窗人倦绣。春词裁烛，夜香温被，怕减银壶漏。　吴天雁晓云飞后。百感情怀顿[③]疏酒。彩扇何时翻翠袖。歌边拚取，醉魂和梦，化作梅边[④]瘦。

---

① 槛，四库本作“檻”。

② 倦，毛抄本作“卷”。

③ 顿，毛抄本、柯刻本、项刻本作“赖”，底本校记云：“别本作‘赖’，非。”

④ 梅边，毛抄本作“梅花”。

好事近

飞露洒银床，叶叶怨梧啼碧[1]。蕲竹粉连香汗，是秋来陈迹。　　藕丝空缆宿湖船，梦阔[2]水云窄。还系鸳鸯不住，老红香月白。

唐多令

何处合成愁。离人心上秋。纵芭蕉、不雨也飕飕。都道晚凉天气好，有明月、倦[3]登楼。　　年事梦中休。花空烟水流。燕辞归、客尚淹留。垂柳不萦裙带住，漫长是、系行舟。

张叔夏云："此词疏快，不质实。"

高阳台

落　梅

宫粉雕痕，仙云堕影，无人野水荒湾。古石埋香，金沙

---

① 啼碧，毛抄本作"题碧"。

② 梦阔，毛抄本作"梦润"。

③ 倦，毛抄本、柯刻本、项刻本作"怕"。

锁骨连环。南楼不恨吹横笛，恨晓风、千里关山。半飘零，庭院[①]黄昏，月冷栏杆。　　寿阳宫里愁鸾镜，问谁调玉髓，暗补香瘢。细雨归鸿，孤山无限春寒。离魂难倩招清些，梦缟衣、解佩溪边。最愁人，啼鸟清明，叶底青圆[②]。

杏花天

重　午

幽欢一梦成炊黍。知绿暗、汀菰几度。竹西歌断芳尘去。宽尽经年臂缕。　　梅黄后、林梢更雨。小池面、啼红怨莫。当时明月重生处。楼上宫眉在否。

风入松

听风听雨过清明。愁草瘗花铭。楼前绿暗[③]分携路，一丝柳、一寸柔情。料峭春寒中酒，交加晓梦啼莺。　　西园日日扫林亭。依旧赏新晴。黄蜂频扑秋千索，有当时、纤手香凝。惆怅双鸳不到，幽阶一夜苔生。

① 庭院，毛抄本作“庭上”。
② 青圆，四库本作“清圆”。
③ 绿暗，毛抄本作“暗绿”。

朝中措

晚妆慵理瑞云盘。针线傍灯前。燕子不归帘卷，海棠一夜孤眠。　　踏青人散，遗钿满路，雨打秋千。尚有落花寒在①，绿杨未褪青绵。

西江月

青梅枝上晚花

枝袅一痕雪在，叶藏几豆春浓。玉奴最晚嫁东风。来结梨花幽梦。　　香力添薰罗被，瘦肌犹怯冰绡。绿阴青子老溪桥。羞见东邻娇小。

浪淘沙

灯火雨中船。客思绵绵。离亭春草又秋烟。似与轻鸥盟未了，来去年年。　　往事一潸然。莫过西园。凌波香断②绿苔钱。燕子不知春事改，时立秋千。

---

① 尚有落花寒在，毛抄本作"骨有落花寨在"。

② 香断，柯刻本、项刻本作"杳断"。

高阳台

丰乐楼分韵得如字

修竹凝妆，垂杨驻马，凭阑浅画成图。山色谁题，楼前有雁斜书。东风紧送斜阳下，弄旧寒、晚酒醒馀。自销凝，几许花前，顿老相如。　　伤春不在歌楼上，在灯前欹枕，雨外薰炉。怕有游船，临流可奈清癯。飞红若到西湖底，搅翠澜、总是愁鱼。莫重来、吹尽香绵，泪满平芜。

思嘉客

迷蝶无踪晓梦沉。寒香深闭小庭心。欲知湖上春多少，但看楼前柳浅深。　　愁自遣，酒孤斟。一帘芳景燕同吟。杏花宜带斜阳看，几阵东风晚又阴。

采桑子慢

九　日

桐敲露井，残照西窗人起。怅玉手、曾携乌纱，笑整风欹。水叶沉红，翠微云冷雁慵飞。楼高莫上，魂销正在，摇落江蓠。　　走马断桥，玉台妆榭，罗帕香遗。叹人老、长安灯外，愁换秋衣。醉把茱萸细看，清泪湿芳枝。重阳重处，寒花怨蝶，新月东篱。

三姝媚

过都城旧居有感

湖山经醉惯。渍春衫，啼痕酒痕无限。久客长安，叹断襟零袂，涴尘谁浣。紫曲门荒，沿败井、风摇青蔓。对语东邻，犹是曾巢，谢堂双燕。　　春梦人间须断。但怪得当时，梦缘能短。绣屋秦筝，傍海棠偏爱，夜深开宴。舞歇歌沉，花未减、红颜先变。伫久河桥，欲向[1]斜阳泪满。

〔项笺〕《听雨录》云："梦窗词佳不胜收，如'恨缕情丝春絮远'，如'叹孤身似燕，将花频绕'，如'年年古苑西风到，雁怨啼、渌水葓秋'，如'问阊门自古，送春多少'，皆刻骨幽思而出之澹妙，岂他手所能凑泊？"

〔项笺〕张炎《山中白云》有《声声慢·题梦窗自度曲霜花腴卷》词，又《醉落魄·题赵霞谷所藏吴梦窗亲书词卷》："镂花镌叶。满枝风露和香撷。引将芳思归吟箧。梦与魂消，闲了弄香蝶。　　小楼帘卷歌声歇。幽篁独处泉呜咽。短笺空在愁难说。霜角寒梅，吹碎半江月。"

《词旨·属对》："霜杵敲寒，风镫摇梦。""盘丝系腕，巧篆垂簪。""落叶霞飘，败窗风咽。""风泊波惊，露零秋冷。"《警句》："连呼酒，上琴台去，秋与云平。"(《八声甘州》)"帘半卷，带黄花、人在小楼。"(《声声慢》)"玉奴最晚嫁东风。来结梨花幽梦。"(《西江月》)"绿阴青子老溪桥。羞见东邻娇小。"

---

[1] 欲向，毛抄本作"欲去"。

(同上)“月落杯空无影。”(《齐天乐》)“不约舟移杨柳岸,有缘人映桃花见。”(《倦寻芳》)“渐老芙蓉,犹自带霜看[①]。”(同上)

《铁网珊瑚》:吴文英手书词稿《古香慢·自度腔夷则商犯无射宫赋沧浪看桂》云:“怨娥坠柳,离佩摇葓,霜讯南浦。谩忆桥扉,倚竹袖寒日暮。还问[②]月中游,梦飞过、金风翠羽。把残云剩水万顷,暗熏冷麝凄苦。渐浩渺、凌山高处。秋澹无光,残照谁主。露粟侵肌,夜约羽林轻误。剪碎惜秋心,更肠断、珠尘藓路。怕重阳,又催近、满城细雨。”

沈伯时《乐府指迷》云:“余自幼好诗。壬寅秋,始识静翁于泽滨。癸卯,识梦窗。暇日相与倡酬,率多填词,因讲论作词之法。然后知词之作难于诗。盖音律欲其协,不协则成长短之诗。下字欲其雅,不雅则近乎缠令之体。用字不可太露,露则直突而无深长之味。发意不可太高,高则狂怪而失柔婉之意。思此,则知所以为难。”

周公谨《蘋洲渔笛谱·玉漏迟·题吴梦窗词集》云:“老来欢意少。锦鲸仙去,紫箫声杳。怕展金奁,依旧故人怀抱。犹想乌丝醉墨,惊俊语、香红围绕。闲自笑。与君共是,承平年少。　雨窗短梦谁凭,是几番宫商,几番吟啸。泪眼东风,回首四桥烟草。载酒倦游处,已换却、花间啼鸟。春悄。几天涯、暮云残照。”

张炎《山中白云·声声慢·题梦窗自度曲霜花腴卷后》云:“烟堤小舫,雨屋深灯,春衫惯染京尘。舞柳歌桃,心事暗恼东邻。浑疑夜窗梦蝶,到如今、犹宿花深。待唤起,甚江篱摇落,化作秋声。　回首曲终人远,黯销魂、忍看朵朵芳云。润墨空题,惆怅醉魄难醒。独怜水楼赋笔,有斜阳、还怕登临。愁未了,听残莺、啼过柳阴。”

① 徐刻本有按语云:“楙按:《词综》作‘带霜重看’。”

② 还问,徐刻本作“还同”。

翁元龙* 元龙字时可，号处静。《娥江题咏》云句章人。杜成之云："时可之作，如絮浮水，如荷湿露，萦旋流转，似沾非着。"

水龙吟

雪霁登吴山见沧阁，闻城中箫鼓声

画楼红湿斜阳，素妆褪出山眉翠。街声暮起，尘侵灯户，月来舞地。宫柳[①]招莺，水荭[②]飘雁，隔年春意。黯梨云、散作人间好梦，琼箫在、锦屏底。　　乐事轻随流水。暗兰消作花心计。情丝万轴，因春织就，愁罗恨绮。昵枕迷香，占帘看夜，旧游经醉。任孤山剩雪，残梅渐懒，跨东风骑。

《西湖游览志》云："吴山石龟巷内宝奎寺，宋相乔行简故第，后舍为寺。有理宗书'见沧'二字，勒之崖石。"

《两湖麈谈》云："吴山下宝奎寺，门径幽深，树石清雅，乃宋相乔行简故第。其西偏坡陀可眺立大江，一望在目。有巨石，上刻'见沧'二字，其旁款玺云'御书之宝'。相传宋理宗书。"

---

* 〔项笺〕"处静翁元龙"小传云："元龙字时可，爵里未详。杜成之云：'时可词如絮浮水，如荷湿露，萦旋流转，似沾非着。'"

① 宫柳，毛抄本、柯刻本作"官柳"。

② 水荭，毛抄本作"水洪"，柯刻本、项刻本作"水红"。

风流子

闻桂花怀西湖

天阔玉屏空。轻云[①]弄、淡墨画秋容。正凉挂半蟾，酒醒窗下，露催新雁，人在山中。又一片好秋，花占了、香换却西风。箫女夜归，帐栖青凤，镜娥妆冷，钗坠金虫。　　西湖花深窈，闲庭砌、曾占席地歌钟。载取断云归去，几处房栊。恨小帘灯暗，粟肌消瘦，薰炉[②]烟减，珠袖[③]玲珑。三十六宫清梦，还与谁同。

醉桃源

柳

千丝风雨万丝晴。年年长短亭。暗黄看到绿成阴。春由他送迎。　　莺思重，燕愁轻。如人离别情。绕湖烟冷罩波明。画船移玉笙。

---

① 轻云，毛抄本、柯刻本作“轻阴”。

② 薰炉，毛抄本作“带炉”。

③ 珠袖，毛抄本作“珠钿”。

谒金门

莺树暖。弱絮欲成芳茧。流水惜花流不远。小桥红欲满。　　原上草，迷离苑。金勒晚风嘶断。等得日长春又短。愁深山翠浅。

绛都春

秋晚海棠与黄菊盛开

花娇半面。记蜜烛夜阑，同醉深院。衣袖粉香，犹未经年如年远。玉颜不趁秋容换。但换却、春游同伴。梦回前度，邮亭倦客，又拈笺管。　　慵按《梁州》旧曲，怕离柱断弦，惊破金雁。霜被睡浓，不比花前[①]良宵短。秋娘羞占东篱畔。待说与、深宫幽怨。恨他情淡。陶郎旧缘较浅。

《词旨·属对》："种石生云，移花带月。"(《齐天乐》)《词眼》："愁罗恨绮。"(《水龙吟》)

《花草粹编》：翁处静《瑞龙吟》云："清明近。还是递趱东风，做成花信。芳时一刻千金，半晴半雨，醉春未准。　　雁归尽。离字向人欲写，暗云难

① 花前，毛抄本作"花时"。

认。西园猛忆逢迎，翠纨障面，花间笑隐。　　曲径池莲平砌，绛裙曾与，濯香湔粉。无奈燕幕莺帘，轻负娇俊。青榆巷陌，蹋马红成寸。十年梦、秋千吊影。袜罗尘褪，事往凭谁问。昼长病酒添新恨。烟冷斜阳晚，山黛远，曲曲阑干凭损。柳丝万尺，半堤风紧。”

郑　楷[*] 楷字持正，号眉斋，三山人。尝著《文房拟制表》一卷，载元人樊雪舟士宽所辑《文章善戏》。

诉衷情

酒旗摇曳柳花天。莺语软于绵。碎绿未盈芳沼，倒影蘸秋千。　　奁玉燕，套金蝉。负华年。试问归期，是酴醾后，是牡丹前。

* 〔项笺〕"眉斋郑楷"小传云："楷字持正，爵里未详。"

黄孝迈* 孝迈字德文，号雪舟。

刘克庄《后村集·跋雪舟长短句》云："十年前曾评君乐章，耄矣，复观新腔一卷。赋梨花云：'一春花下，幽恨重重。又愁晴，又愁雨，又愁风。'《水仙》云：'自侧金卮，临风一笑，酒容吹尽。恨东风、忙去薰桃染柳，不念淡妆人冷。'又云：'惊鸿去后，轻抛素袜，杳无音信。细看来、只怕蕊仙不肯，让梅花俊。'《暮春》云：'店舍无烟，关山有月，梨花满地。二十年好梦，不曾圆合，而今老、都休矣。'其清丽，叔原、方回不能加；其绵密，骎骎秦郎'和天也瘦'之作。"

湘春夜月

近清明。翠禽枝上消魂。可惜一片清歌，都付与黄昏。欲共柳花低诉，怕柳花轻薄，不解伤春。念楚乡旅宿，柔情①别绪，谁与温存。　　空樽夜泣，青山不语，残月当门。翠玉楼前，惟是有、一波湘水，摇荡湘云。天长梦短，问甚时、重见桃根。这次第，算人间、没个并刀，剪断心上愁痕。

---

* 〔项笺〕"雪舟黄孝迈"小传云："孝迈字德父。刘克庄曰：'十年前曾评君乐章，耄矣，复观新腔一卷。赋梨花云："一春花下，幽恨重重。又愁晴，又愁雨，又愁风。"《水仙》云："自侧金卮，临风一笑，酒容吹尽。恨东风、忙去薰桃染柳，不念淡妆人冷。"又云："惊鸿去后，轻抛素袜，杳无音信。细看来、只怕蕊珠仙，不肯让、梅花俊。"《暮春》云："店舍无烟，关山有月，梨花满地。二十年好梦，不曾圆合，而今老、都休矣。"其清丽，叔原、方回不能加；其绵密，骎骎秦郎"和天也瘦"之作。'"

① 柔情，毛抄本作"愁情"。

水龙吟

闲情小院沉吟，草深柳密帘空翠。风檐夜响，残灯慵剔，寒轻[1]怯睡。店舍无烟，关山有月，梨花满地。二十年好梦，不曾圆合，而今老、都休矣。　　谁共题诗秉烛，两厌厌、天涯别袂。柔肠一寸，七分是恨，三分是泪。芳信不来，玉箫尘染，粉衣香退。待问春、怎把千红，换得一池绿水。[2]

① 寒轻，毛抄本作"寒衾"。

② 底本有眉批云："似此足称清丽。次游。"

江　开* 开字开之，号月湖。

浣溪沙

手捻花枝忆小蘋。绿窗空锁旧时春。满楼飞絮一筝尘。　素约未传双燕语，新愁[①]还入卖花声。十分春事倩行云。

杏花天

谢娘庭院通芳径。四无人、花梢转影。几番心事无凭准。等得青春过尽。　秋千下、佳期又近。算毕竟、沉吟未稳。不成又是教人恨。待倩杨花去问。

《词旨·警句》："不成又是教人恨。待倩杨花去问。"（《杏花天》）

---

* 〔项笺〕"月湖江开"小传云："开字开之，爵里未详。"

① 新愁，徐刻本作"离愁"。

谭宣子[*] 宣子字明之，号在庵。

谒金门

人病酒。生怕日高催绣。昨夜新番花样瘦。旋描双蝶凑。　　闲凭绣床呵手。却说春愁还又。门外东风吹绽柳。海棠花厮勾。

江城子

咏　柳

嫩黄初染绿初描。倚春娇。索春饶。燕外莺边，想见万丝摇。便作无情终软美，天赋与，眼眉腰。　　短长亭外短长桥。驻金镳。系兰桡。可爱风流年纪可怜宵。办得重来攀折后，烟雨暗，不辞遥。

《花草粹编》：谭在庵《春声碎》云："津馆贮轻寒，脉脉离情如水。东风不管，垂杨无力，总雨鞶烟腻。阑干外，怕春燕掠天[①]，疏鼓叠、春声碎。

刘郎易憔悴。况是厌厌病起。花笺谩展，便写就新词、倩谁寄[②]。当此

* 〔项笺〕"在庵谭宣子"小传云："宣子字明之，爵里未详。"

① 掠天，四库本作"掠纹"。

② 倩谁寄，四库本作"倩谁将寄"。

际。浑似[1]梦峡啼湘，搅一寸、相思意。”《渔家傲》云：“深意缠绵歌宛转。横波停恨灯前见。最忆来时门半掩。春不暖。梨花落尽成秋苑。　叠鼓收声帆影乱。燕飞又起东风软。目力谩长心力短。消息断。青山一点和烟远。”

① 浑似，四库本作“浑如”。

陈逢辰* 逢辰字振祖，号存熙。

乌夜啼

月痕未到朱扉。送郎时。暗里一汪儿泪、没人知。
揾不住。收不聚。被风吹。吹作一天愁雨、损花枝。

西江月

杨柳雪融滞雨，酴醿玉软欺风。飞英簌簌扣雕栊。残蝶归来粉重。　　罨画扇题尘掩，绣花纱带寒笼。送春先自费啼红，更结疏云秋梦。

* 〔项笺〕“存熙陈逢辰”小传云：“逢辰字振祖，爵里未详。”

楼　采[*] 采字君亮。

瑞鹤仙

冻痕销梦草。又招得春归，旧家池沼。园扉掩寒峭。倩谁将花信，遍传深窈。追游趁早。便裁却、轻衫短帽。任残梅、飞满溪桥，和月醉眠清晓。　　年小[①]。青丝纤手，彩胜娇鬟，赋情谁表。南楼信杳。江云重、雁归少。记冲香嘶马，流红回岸，几度绿杨残照。想暗黄、依旧东风，灞陵古道。

玉漏迟

絮花寒食路。晴丝罥日，绿阴吹雾。客帽欺风，愁满画船烟浦。彩柱秋千散后，怅尘锁、燕帘莺户。从间阻。梦云无准，鬓霜如许。　　夜永绣阁藏娇，记掩扇传歌，剪灯留语。月约星期，细把花须频数。弹指一襟幽恨，谩空趁、啼鹃声诉。深院宇。黄昏杏花微雨[②]。

---

* 〔项笺〕“楼采”小传云：“采字君亮，爵里未详。”

① 年小，毛抄本作“年少”。

② 柯刻本、项刻本校云：“一作吴梦窗词。”

法曲献仙音

花匣幺弦，象奁双陆，旧日留欢情意。梦到[①]银屏，恨裁兰烛，香篝夜阑鸳被。料燕子重来地，桐阴锁窗绮。　倦梳洗。晕芳钿、自羞鸾镜，罗袖冷、烟柳画阑半倚。浅雨压荼蘼，指东风、芳事馀几。院落黄昏，怕春莺、惊笑憔悴。倩柔红约定，唤取玉箫同醉。

好事近

人去玉屏[②]闲，逗晓柳丝风急。帘外杏花细雨[③]，罥春红愁湿。　单衣初试麴尘罗，中酒病无力。应是绣床慵困，倚秋千斜立。

二郎神

露床转玉，唤睡醒、绿云梳晓。正倦立银屏，新宽衣带，生怯轻寒料峭。闷绝相思无人问，但怨入、墙阴啼鸟。嗟露屋锁春，晴风暄昼，柳轻梅小。　人悄。日长谩忆，秋千

① 梦到，毛抄本作“梦别”。
② 玉屏，毛抄本作“绿屏”。
③ 细雨，毛抄本、柯刻本作“微雨”。

嬉笑。怅烬冷炉薰，花深莺静，帘箔微红[1]醉袅。带结留诗，粉痕销帕，情远窃香年少。凝恨极、尽日凭高，目断淡烟芳草。

玉楼春

东风破晓寒成阵。曲锁沉香簧语嫩。凤钗敲枕玉声圆，罗袖拂屏金缕褪。　　云头雁影占来信。歌底眉尖萦浅晕。淡烟疏柳[2]一帘春，细雨遥山千叠恨。

《词旨·属对》："花匣幺弦，象奁双陆。"(《法曲献仙音》)"珠蹙花舆，翠翻帘额。""污粉难融，袖香新窃。"《词眼》："月约星期。"(《玉漏迟》)

---

① 微红，毛抄本作"薇红"。

② 疏柳，毛抄本作"衰柳"。

奚　㴲* 㴲字倬然，号秋崖。

芳　草

南屏晚钟

笑湖山，纷纷歌舞，花边如梦如薰。响烟惊落日，长桥芳草外，客愁醒。天风送远[①]，向两山、唤醒痴云。犹自有、迷林去鸟，不信黄昏。　　销凝。油车归后，一眉新月，独印湖心。蕊宫相答处，空岩虚谷应，猿语香林。正酣红[②]紫梦，便市朝、有耳[③]谁听。怪玉兔金乌不换，只换愁人[④]。

董嗣杲《西湖百咏》注云："南屏山在兴教寺后，旧多摩崖，剥落之馀，止存司马温公隶书'家人'卦，米元章书'琴台'二字。东坡访僧臻诗云：'我识南屏金鲫鱼，重来抚槛散斋馀。'今寺非昔比，山则苍翠自若。

---

* 〔项笺〕"秋崖奚㴲"小传云："㴲字倬然，爵里未详。贾似道生日，奚有《齐天乐》祝嘏词，一时盛传。"

① 天风送远，毛抄本、柯刻本、项刻本校作"天风吹送远"。

② 酣红，项刻本作"红酣"。

③ 有耳，毛抄本作"有声"。

④ 愁人，毛抄本作"游人"。

华胥引

中秋紫霞席上

澄空无际，一幅轻绡，素秋弄色。剪剪天风，飞飞万里，吹净遥碧[①]。想玉杵芒寒，听佩环无迹。圆缺何心，有心偏向[②]歌席。　　多少情怀，甚年年、共怜今夕。蕊宫珠殿，还吟飘香秀笔。隐约霓裳声度，认紫霞楼笛。独宿[③]归来，更无清梦成觅[④]。

《癸辛杂识》："贾秋壑，八月八日生辰，四方善颂者以数千计。悉俾翘馆誊考，第其甲乙，四方传诵，为之纸贵。奚倬然有《齐天乐》云：'金飚吹净人间暑。连朝弄凉新雨。万宝功成，无人解得，秋入天机深处。闲中自数。几心酌乾坤，手斟霜露。护了山河，共看玄影在银兔。　　而今神仙正好，向青空觅个，冲澹襟宇。常念群生，如何便肯，从我乘风去。夷游洞府。把月杼云机，教他儿女。水逸山明，此情天付与。'"

---

① 遥碧，毛抄本、柯刻本作"碧遥"，如此句读应为"飞飞万里吹净碧。遥想玉杵芒寒，听佩环无迹。"

② 偏向，毛抄本作"偏照"。

③ 独宿，毛抄本、柯刻本、徐刻本作"独鹤"。

④ 成觅，毛抄本作"堪觅"。

赵闻礼[*] 闻礼字立之，号钓月。

千秋岁

莺啼晴昼。南国春如绣。飞絮眼、凭阑袖。日长花片落，睡起眉山斗。无个事，沉烟一缕腾金兽。　千里空回首。两地厌厌瘦。春去也、归来否。五更楼外月，双燕门前柳。人不见，秋千院落清明后。

鱼游春水

青楼临远水。楼上东风飞燕子。玉钩珠箔，密密锁红关翠。剪胜裁幡春日戏。簇柳簪花元夜醉。闲忆旧欢，漫擦新泪。　罗帕啼痕未洗。愁见同心双凤翅。长安十日轻寒，春衫未试。过尽征鸿知几许，不寄萧郎书一纸。愁肠断也，个人知未。

风入松

曲尘风雨[①]乱春晴。花重寒轻。珠帘卷上还重下，怕东

---

* 〔项笺〕“钓月赵闻礼”小传云：“闻礼字立之，爵里未详。《全芳备祖》赵钓月句：‘西风昨夜催黄叶，秋亦无心在菊花。’”

① 风雨，毛抄本作“飞雨”。

风、吹散歌声。棋倦杯频昼永,粉香花艳清明。　　十分无处着[①]闲情。来觅娉婷。蔷薇误罥寻春袖,倩柔荑、为补香痕。苦恨啼鹃惊梦,何时剪烛重盟。

水龙吟

水仙花

几年埋玉蓝田,绿云翠水烘春暖[②]。衣薰麝馥,袜罗尘沁,凌波步浅。钿碧搔头,腻黄冰脑,参差难剪。乍声沉素瑟,天风佩冷,蹁跹舞,霓裳遍。　　湘浦盈盈月满。抱相思、夜寒肠断。含香有恨,招魂无路,瑶琴写怨。幽韵凄凉,莫江空渺,数峰清远。粲迎风一笑,持花酹酒,结南枝伴。

隔浦莲近

愁红飞眩醉眼。日淡芭蕉卷。帐掩[③]屏香润,杨花扑春云暖。啼鸟惊梦远。芳心乱。照影收奁晚。　　画眉懒。微醒带困,离情中酒相半。裙腰粉瘦,怕按《六幺》歌板。帘卷层楼探旧燕。肠断。花枝和闷重捻。

---

① 着,毛抄本作“看”。

② 翠水,底本作“翠小”,据毛抄本、柯刻本改。

③ 掩,毛抄本作“卷”。

贺新郎

萤

池馆收新雨。耿幽丛、流光几点，半侵疏户。入夜凉风吹不灭，冷焰微茫暗度。碎影落、仙盘秋露。漏断长门空照泪，袖纱寒、映竹无心顾[1]。孤枕掩，残灯炷。　练囊不照诗人苦。夜沉沉、拍手相亲，騃儿痴女。栏外扑来罗扇小，谁在风廊笑语。竞戏踏、金钗双股。故苑荒凉悲旧赏，怅寒芜衰草隋宫路。同磷火，遍秋圃。

《词旨·警句》:“珠帘卷上还重下，怕东风、吹散歌声。”(《风入松》)

① 顾，毛抄本作“叹”。

施　岳* 岳字仲山，号梅川。《武林旧事》云："施梅川，吴人，精于律吕。其卒也，杨守斋为树梅作亭，薛梯飚为志其墓，李筼房书，周草窗题盖。葬于西湖虎头岩下。"

沈义甫云："梅川音律有源流，故其声无舛误；读唐诗多，故语雅淡。"

水龙吟

翠鳌涌出[①]沧溟，影横栈壁迷烟墅。楼台对起，栏杆重凭，山川自古。梁苑平芜，汴堤疏柳，几番晴雨。看天低四远，江空万里，登临处、分吴楚。　　两岸花飞絮舞。度春风、满城箫鼓。英雄暗老，昏潮晓汐，归帆过橹。淮水东流，塞云北渡，夕阳西去。正凄凉、望极中原路杳，月来南浦。

清平乐

水遥花暝。隔岸炊烟冷。十里垂杨摇嫩影。宿酒和愁都醒。[②]

* 〔项笺〕"梅川施岳"小传云："岳字仲山，吴人，精于律吕。其卒也，杨守斋为树梅作亭，薛梯飚为志其墓，李筼房、周草窗题盖。葬于西湖虎头山石下。沈义甫曰：'梅川音律有源流，故其声无舛误；读唐诗多，故语雅淡。'"

① 涌出，毛抄本作"海出"。

② 底本校云："原本云'此下缺六首'。"

解语花

云容冱雪，莫色添寒，楼台共临眺。翠丛深窅。无人处、数蕊弄春犹小。幽姿谩好，遥相望、含情一笑。花解语，因甚无言，心事应难表。　　莫待墙阴暗老。称琴边月夜，笛里[①]霜晓。护香须早。东风度、咫尺画阑琼沼。归来梦绕。歌云坠、依然惊觉。想恁[②]时、小几银屏，冷未了。

兰陵王

柳花白。飞入青烟巷陌。凭高处，愁锁断桥，十里东风正无力。西湖路咫尺。犹阻仙源信息。伤心事，还似去年，中酒恹恹度寒食。　　闲窗掩春寂。但粉指留红，茸唾[③]凝碧。歌尘不散蒙香泽。念鸾孤金镜，雁空瑶瑟。芳时良夜[④]尽怨忆。梦魂省难觅。　　鳞鸿，渺踪迹。纵罗帕亲题，锦字谁织。缄情欲寄重城隔。又流水斜照，倦箫残笛。楼台相望，对莫色。恨无极。

---

① 笛里，毛抄本作“笛裹”。

② 恁，项刻本作“凭”。

③ 茸唾，毛抄本作“丛唾”。

④ 良夜，毛抄本、柯刻本、徐刻本作“凉夜”。

曲游春

清明湖上

画舸西泠路，占柳阴花影，芳意如织。小楫冲波[1]，度曲尘扇底，粉香帘隙。岸转斜阳隔。又过尽、别船箫笛。傍断桥、翠绕红围，相对半篙晴色。　　顷刻。千山暮碧。向沽酒楼前，犹系金勒。乘月归来，正梨花夜缟，海棠烟幂。院宇明寒食。醉乍醒，一庭春寂。任满身、露湿东风，欲眠未得。

步　月

茉　莉

玉宇薰风，宝阶明月。翠丛万点晴雪。炼霜不就，散广寒霏屑。采珠蓓、绿萼露滋，嗔[2]银艳、小莲冰洁。花魂在、纤指嫩痕，素英重结。　　枝头香未绝。还是过、中秋丹桂时节。醉乡冷境，怕翻成消歇。玩芳味、春焙旋熏，贮秾韵、水沉频爇。堪怜处，输与夜凉睡蝶。

弁阳老人原注云："茉莉，岭表所产。古今咏者不甚多，文公曾咏二绝

---

① 冲波，柯刻本作"衡波"。

② 嗔，毛抄本作"嗅"。

句，邹道卿亦曾题咏。此篇‘小莲冰洁’之句，状茉莉最佳。此花四月开，直至桂花时，尚有玩芳味。古人用此花焙茶，故云。”

〔项笺〕《词旨·属对》如施梅川“竹深水远，台高石出”“香茸沾袖，粉甲留痕”“就船换酒，随地扳花”等句，皆草窗所未选入者，今逸之矣。

《词旨·属对》：“竹深水远，台高石出。”“香茸沾袖，粉甲留痕。”“就船换酒，随地攀花。”

绝妙好词卷五

陈允平* 允平字君衡，一字衡仲，四明人。著有《西麓诗稿》一卷、《继周集》一卷、《日湖渔唱》二卷。

张叔夏云："词欲雅而正，志之所之，一为物役，则失其雅正之音，近代陈西麓所作平正，亦有佳者。"

绛都春

秋千倦倚，正海棠半坼，不奈春寒。殢雨弄晴，飞梭庭院绣帘闲。梅妆欲试芳情懒。翠颦愁入眉弯。雾蝉香冷，霞绡泪揾，恨袭湘兰。　悄悄池台步晚，任红醺杏靥，碧沁苔痕。燕子未来，东风无语又黄昏。琴心不度香云[①]远。断肠难托啼鹃。夜深犹倚，垂杨二十四阑。

《日湖渔唱》自注云："旧上声韵，今改平声。"

---

* 〔项笺〕"西麓陈允平"小传云："允平字君衡，鄞县人。著有《西麓诗稿》一卷、《日湖渔唱》二卷。周公谨有《送陈君衡被召·高阳台》词。张玉田曰：'近代陈西麓所作平正，亦有佳者。''词欲雅而正，志之所之，一为物役，则失其雅正之音。耆卿可不必论，虽美成亦有所不免。'"

① 香云，毛抄本作"春云"。

瑞鹤仙

燕归帘半卷。正漏约琼签，笙调玉琯。蛾眉画来浅甚，春衫懒试，夜灯慵剪。香温梦暖。诉芳心、芭蕉未展。眇双波、望极江空①，二十四桥凭遍。　　葱蒨银屏彩凤，雾帐金蝉，旧家坊院。烟花弄晚。芳草恨、断魂远。对东风无语，绿阴深处，时见飞红数片。算多情，尚有黄鹂，向人睍睆。

思佳客

锦幄②沉沉宝篆残。惜春无语倚栏杆。庭前芳草空惆怅，帘外飞花自往还。　　金屋静，玉箫闲。一樽芳酒驻红颜。东风落尽酴醾雪，满地清香夜不寒。

恋绣衾

多情无语敛黛眉。寄相思、偏仗柳枝。待折向、樽前唱，奈东风、吹做絮飞。　　归来醉抱琵琶睡。正酒醒、香尽漏移。无赖是、梨花梦，被月明、偏照翠帏。

---

① 江空，毛抄本作“空江”。

② 锦幄，毛抄本作“锦屋”。

唐多令

休去采芙蓉。秋江烟水空。带斜阳、一片征鸿。欲顿闲愁无顿处，都着在、两眉峰。　心事寄题红。画桥流水东。断肠人、无奈秋浓。回首层楼归去懒，早新月、挂梧桐。

满江红

和清真韵

目断[①]烟江，相思字、难凭雁足。从别后，翠眉慵妩，素腰如束。困倚牙床春绣懒，钏金斜隐香腮肉。昼渐长，谁与对文枰，翻新局。　枝上鹊，心期卜。芳草暗，西厢曲。谢多情海燕，伴愁华屋。明月空圆双蝶梦，彩云难驻孤鸾宿。任画帘不卷玉钩闲，杨花扑。

秋蕊香

晚酌宜城酒暖。玉软嫩红潮面。醉中窈窕度娇眼。不识愁深愁浅。　绣窗一缕香绒线。系双燕。海棠满地夕阳远。明月笙歌别院。

---

① 目断，毛抄本作“月断”。

一落索

欲寄相思愁苦。倩流红去。泪花写不断[①]离怀，都化作、无情雨。　　渺渺莫云江树。淡烟横素。六桥飞絮。夕阳西尽，总是春归处。

垂　杨[②]

银屏梦觉。渐浅黄嫩绿，一声莺小。细雨轻尘，建章初闭东风悄。依然千树长安道。翠云锁、玉窗深窈。断肠人、空倚斜阳，带旧愁多少。　　还是清明过了。任烟缕露条，碧纤青嫋。恨隔天涯，几回惆怅苏堤晓。飞花满地谁为扫。甚薄幸、随波缥缈。纵[③]啼鹃、不唤春归，人自老。

〔项笺〕《居易录》云："西麓《吴山雪霁》云：'九天宫阙春风满，陆地楼台夜月寒。铁笛一声吹雁落，片云不到玉阑干。'《江南谣》云：'柳絮飞时话别离，梅花开后待郎归。梅花开后无消息，更待明年柳絮飞。'先生词家大宗，而诗复精诣如此，不易得也。"

《词旨·警句》："燕子未来，东风无语又黄昏。琴心不度春云远，断肠难托啼鹃。夜深犹倚，垂杨二十四阑。"(《绛都春》)"寄相思、偏仗柳枝。待折向、樽前唱，怕东风、吹作絮飞。"(《恋绣衾》)

---

① 不断，徐刻本作"不尽"。

② 毛抄本、四库本有题云："怀古。"

③ 项刻本校记云："《词律》无'纵'字。"

《日湖渔唱·齐天乐·泽国楼偶赋》云:“湖光偶在阑干外,凭虚远迷三楚。旧柳犹青,平芜自碧,几度朝昏烟雨。天涯倦旅。爱小却游鞭,共挥谈麈。顿觉尘清,宦情高下等风絮。　芝山苍翠缥缈,黯然仙梦杳,吟思飞去。故国楼台,斜阳巷陌,回首白云何处。无心访古。对双塔栖鸦,半汀归鹭。立尽荷香,月明人笑语。”《绮罗香·秋雨》云:“雁宇苍寒,蛩疏翠冷,又是凄凉时候。小揭珠帘,衣润唾花罗皱。饶晓鹭、独立衰荷,遡归燕、尚栖残柳。想黄花,羞涩东篱,断无新句到重九。　孤檠清梦易觉,肠断唐宫旧事,声迷宫漏。滴入愁心,秋似玉楼人瘦。烟槛外、催下梧桐,带西风、乱捎鸳甃。记画檐,灯影沉沉,共裁春夜韭。”

张炎《山中白云·解连环·拜陈西麓墓》云:“句章城郭。问千年往事,几回归鹤。叹贞元、朝士无多,又日冷湖阴,柳边门钥。向北来时,无处认、江南花落。纵荷衣未改,病损茂陵,终是萧索。　山中故人去却。但碑寒岘首,旧景如昨。怅二乔、空老春深,正歌断帘空,草昏铜雀。楚魄难招,被万叠、闲云迷着。料应是、听风听雨,朗吟夜壑。”(原注:山中楼扁“万叠云”。)

张　枢* 枢字斗南，号寄闲，西秦人，居临安。循王之后，善词名世。子炎，能传其家学。见邓牧《伯牙琴》。

瑞鹤仙

卷帘人睡起。放燕子归来，商量春事。风光又能几。减芳菲、都在卖花声里。吟边眼底。披嫩绿、移红换紫。甚等闲、半委东风，半委小溪流水。　　还是苔痕湔雨，竹影留云，待晴犹未①。兰舟静舣。西湖上、多少歌吹。粉蝶儿、守定落花不去，湿重寻香两翅。怎知人、一点新愁，寸心万里。

风入松

春寒懒下碧云楼。花事等闲休。红绵湿透秋千索，记伴仙、曾倚娇柔。重叠黄金约臂，玲珑翠玉搔头。　　薰炉谁熨暖衣篝。消遣酒醒愁。旧巢未着新来燕，任珠帘、不上琼钩。何处东风院宇，数声揭调②《甘州》。

---

* 〔项笺〕“寄闲张枢”小传云：“枢字斗南，爵里未详。”

① 犹未，毛抄本作“还未”。

② 揭调，项刻本作“揭谒调”。

南歌子

柳户朝云湿，花窗午篆清。东风未放十分晴。留恋海棠颜色、过清明。　　垒润栖新燕，笼深锁旧莺。琵琶可是不堪听。无奈愁人，把做断肠声。

谒金门

春梦怯。人静玉闺平帖。睡起眉心端正贴。绰枝双杏叶。　　重整金泥蹀躞。红皱石榴裙褶。款步花阴寻蛱蝶。玉纤和粉捻。

庆宫春

斜日明霞，残虹分雨，软风浅掠蘋波。声冷瑶笙，情疏宝扇，酒醒无奈秋何。彩云轻散，漫敲缺、铜壶浩歌。眉痕留怨，依约远峰，学敛双蛾。　　银床，露洗凉柯。屏掩香销，忍扫裀罗[①]。楚驿梅边，吴江枫畔，庾郎从此愁多。草虫[②]喧砌，料催织、回文凤梭。相思遥夜，帘卷翠楼，月冷星河。[③]

① 裀罗，毛抄本作“烟萝”。

② 草虫，毛抄本、柯刻本作“草蛩”。

③ 柯刻本、项刻本校云：“《词综》刻陈允平。”

壶中天

月夕登绘幅堂，与篔房各赋一解

雁横迥碧，渐烟收极浦，渔唱催晚。临水楼台乘醉倚，云引吟情闲远。露脚飞凉，山眉锁暝，玉宇冰奁满。平波不动，桂华底印[①]清浅。　　应是琼斧修成，铅霜捣就，舞霓裳曲遍。窈窕西窗谁弄影，红冷芙蓉深苑。赋雪词工，留云歌断，偏惹文箫怨。人归鹤唳，翠帘十二空卷。

周密《蘋洲渔笛谱·瑞鹤仙·湖上绘幅堂》云："翠屏围昼锦。正柳织烟绡，花明春镜。层栏几回凭。看六桥烟晓，两堤鸥暝。晴岚隐隐。映金碧、楼台远近。谩曾夸、万幅丹青，画幅画应难尽。　　那更。波涵月影，露浥莲妆，水描梅影。调朱弄粉，凭谁写，四时景。问玉奁西子，山眉波盼，多少浓施淡晕。算何如、付与吟翁，缓吟细品。"按，弁阳词绘幅堂在湖上，考《武林旧事》诸书不载，始末未详。

〔项笺〕《词旨·属对》："金谷移春，玉壶贮暖。""拥石池台，约花阑槛。"皆寄闲句，今逸其全。

《词旨·属对》："金谷移春，玉壶贮暖。""拥石池台，约花阑槛。"《警句》："甚等闲、半委东风，半委小溪流水。"(《瑞鹤仙》)"粉蝶儿、守定落花不去，湿重寻香两翅。"(同上)"云引吟情闲远。"(《壶中天》)《词眼》："移红换紫。"(《瑞鹤仙》)

陈允平《日湖渔唱·木兰花慢·和李篔房题张寄闲家圃韵》云："爱吟

---

① 底印，毛抄本作"低映"，柯刻本作"低印"。

休问瘦，为诗句、几凭阑。有可画亭台，宜春帐箔，如寄身闲。胸中四时胜景，小蓬莱、幻出五云间。一掬蘋香暗沼，半梢松影虚坛。　　相看。倦羽久知还。回首鹭盟寒。记步屧寻云，呼灯听雨，越岭吴峦。幽情未应共懒，把周郎旧曲谱新翻。帘外垂杨自舞，为君时按弓弯。”

李　演* 演字广翁，号秋堂。有《盟鸥集》。

摸鱼儿

太　湖

又西风、四桥疏柳，惊蝉相对秋语。琼荷万笠花云重，袅袅红衣如舞。鸿北去。渺岸芷汀芳，几点斜阳宇。吴亭旧树。又系我扁舟，渔乡钓里，秋色淡归鹭。　　长干路。草莽[①]疏烟断墅。商歌如写羁旅。丹溪翠岫登临事，苔屐尚黏苍土。鸥且住。怕月冷、吟魂婉冉空江暮。明灯暗浦。更短笛衔风，长云弄晚，天际画秋句。

声声慢[②]

轻鞯绣谷，柔屐烟堤，六年遗赏新续。小舫重来，惟有寒沙鸥熟。徘徊旧情易冷，但溶溶、翠波如縠。愁望远，甚云销月老，莫山自绿。　　嘶笑人生悲乐，且听我、樽前渔歌樵曲。旧阁尘封，长得树阴如屋。凄凉五桥归路，载寒

---

* 〔项笺〕"秋堂李演"小传云："演字广翁，有《盟鸥集》。建安朱静芳有《题李秋堂盟鸥集》诗：'相逢已恨十年迟，买酒吴山一夜时。明日送春仍送客，柳花风飏鬓边丝。'又有《送秋堂赴京口友人长篇》。"

① 草莽，四库本作"蔓草"。

② 毛抄本、柯刻本、项刻本、徐刻本、四库本有题云："问梅孤山。"

秀、一枝疏玉。翠袖薄，晚无言、空倚修竹。

《遂昌杂录》云："钱唐湖上旧多行乐处，西太乙宫、四圣观皆在孤山。西太乙成后，西出断桥，夹苏公堤，皆植花柳，时时有小亭馆可憩。宫有景福之门、迎真之馆、黄庭之殿，结构之巧、丹雘之丽，真擅蓬莱道山之胜。余童时尚记孤山之阴，一小亭在高阜上，曰'岁寒'。缭亭皆古梅，下临水，曰'挹翠阁'，上下皆栱斗砌成，极为宏丽。"

醉桃源

题小扇

双鸳初放[①]步云轻。香帘蒸未晴。杏钿暗泪结红冰。留春蝴蝶情。　　寒薄薄，日阴阴。锦鸠花底鸣。春怀一似草无凭。东风吹又生。

南乡子

夜宴[②]燕子楼

芳水戏桃英。小滴燕支浸绿云。待觅琼觚藏彩信，流春。不似题红易得沉。　　天上许飞琼。吹下蓉笙染玉尘。可惜素鸾留不得，更深。误剪灯花断了心。

---

① 初放，毛抄本作"初故"。

② 夜宴，毛抄本、柯刻本作"夜饮"。

八六子

次贺房韵

乍鸥边、一番腴绿，流红又怨蘋花。看晚吹约晴归路，夕阳分落渔家。轻云半遮。　　萦情[①]芳草无涯。还报舞香一曲，玉瓢[②]几许春华。正细柳青烟，旧时芳陌，小桃朱户，去年人面，谁知此日重来系马，东风淡墨欹鸦。黯窗纱。人归绿阴自斜。

祝英台近

次贺房韵

采芳蘋，萦去橹。归步翠微雨。柳色如波，萦恨满烟浦。东君若是多情，未应花老，心已在、绿成阴处。　　困无语。柔被[③]褰损梨云，闲修牡丹谱。妒粉争香，双燕为谁舞。年年红紫如尘，五桥流水，知送了、几番愁去。

---

① 萦情，毛抄本作“萦萦”。

② 玉瓢，四库本作“玉飘”。

③ 柔被，毛抄本作“素被”。

莫　仑*　仑字子山，号两山，江都人，寓家丹徒。度宗咸淳四年，陈文龙榜进士。见《正德丹徒县志》。

水龙吟

镜寒香歇江城路，今度见春全懒。断云过雨，花前歌扇，梅边酒盏。离思相欺，万丝萦绕，一襟销黯。但年光暗换，人生易感，西归水、南飞雁。　　也拟与愁排遣。奈江山、遮拦不断。娇讹梦语，湿荧[①]啼袖，迷心醉眼。绣毂华裀，锦屏罗荐，何时拘管。但良宵空有，亭亭霜月，作相思伴。

玉楼春

绿杨芳径莺声小。帘幕烘香桃杏晓。馀寒犹峭雨疏疏，好梦自惊人悄悄。　　凭君莫问情多少。门外江流罗带绕。直饶明月[②]便相逢，已是一春闲过了。

---

*　〔项笺〕“两山莫仑”小传云：“仑字子山，吴兴人。《癸辛杂志》：‘梁栋隆吉，镇江人，登第，授尉，与莫子山甚稔。一日，偶有客访子山，留饮，不及栋。栋憾之，遂告子山作诗有讥讪语。官捕子山入狱，久之，得脱而归，未几病死。予挽之诗云“秦邸狱成杯酒里，乌台祸起一诗间”，纪其实也。’”

①　湿荧，毛抄本作“盈荧”。

②　明月，毛抄本、柯刻本、项刻本、徐刻本作“明日”。

生查子

三两信凉风，七八分圆月。愁绪到今年，又与前年别。　　衾单容易寒，烛暗相将灭。欲识此时情，听取鸣蛩说。

卜算子

红底过丝明，绿外飞绵小。不道东风上海棠，白地春归了。　　月笛曲栏留，露舄芳池绕。争得闲情似旧时，遍索檐花笑。

《词旨·警句》："但良宵空有，亭亭霜月，作相思伴。"（《水龙吟》）

丁　宥* 宥字基仲，号宏庵。

水龙吟

雁风吹裂云痕，小楼一线斜阳影。残蝉抱柳，寒蛩入户，凄音忍听。愁不禁秋，梦还惊客，青灯孤枕。未更深、早是梧桐泫露，那更度、兰宵永。　空叹银屏金井，醉乡醒、温柔乡冷。征尘倦扑，闲花谩舞，何心管领。葱指冰弦，蕙怀春锦，楚梅风韵。怅芙蓉城杳，蓝云依黯，锁巫峰暝。

吴文英《梦窗甲稿·高山流水·丁基仲侧室善丝桐赋咏晓达音律备歌舞之妙》云："素弦一一起秋风。写柔情、都在春葱。徽外断肠声，霜霄暗落惊鸿。低颦处、剪绿裁红。仙郎伴、新制还赓旧曲，映月帘栊。似名花并蒂，日日醉春浓。　吴中。空传有西子，应不解、换徵移宫。兰蕙满襟怀，唾碧总喷花茸①。后堂深、想费春工。客愁重、时听蕉寒雨碎，泪湿琼钟。恁风流也称，金屋贮娇慵。"按，基仲《水龙吟》："葱指冰弦，蕙怀春锦。"又云："怅芙蓉城杳。"当是悼其侧室而作，观梦窗词可证也。

〔项笺〕《词旨·属对》："疏绮笼寒，浅云栖月。""蝉碧勾花，雁红攒月。"《警句》："清阴一架，颗颗蒲萄醉花碧。"

《词旨·属对》："疏绮笼寒，浅云栖月。""蝉碧勾花，雁红攒月。"《警句》："雁风吹裂云痕，小楼一线斜阳影。"(《水龙吟》)"清阴一架，颗颗蒲萄醉花碧。"(《六幺令》)

---

* 〔项笺〕"宏庵丁宥"小传云："宥字基仲，爵里未详。"

① 花茸，四库本作"花容"。

储　泳* 泳字文卿，号华谷，云间人，著《华谷祛疑说》。

齐天乐

东风一夜吹寒食，红片[①]枝头犹恋。宿酒初醒，新吟未稳，凭久栏杆留暖。将春买断，恨苔径榆阶，翠钱难贯。陌上秋千，相逢难认旧时伴。　　轻衫粉痕褪了，丝缘馀梦在，良宵偏短。柳线穿烟[②]，莺梭织雾，一片旧愁新怨。慵拈象管。待寄与深情，怎凭双燕。不似杨花，解随人去远。

---

* 〔项笺〕"华谷储泳"小传云："泳字文卿，云间人，著有《华谷祛疑集》。"

① 红片，毛抄本作"片红"。

② 穿烟，毛抄本、柯刻本作"轻烟"。

赵汝迕* 汝迕字叔午,一作叔鲁,号寒泉,乐清人。登嘉定进士,佥判雷州。谪官而卒。《宋史·宗室世系表》:"商王元份八世孙,善圻第三子。"

清平乐

初莺细雨。杨柳低愁缕。烟浦花桥[①]如梦里。犹记倚楼别语。　　小屏依旧围香。恨抛薄醉残妆。判却寸心双泪,为他花月凄凉。

---

* 〔项笺〕"寒泉赵汝迕"小传云:"汝迕字叔午。《前贤小集拾遗》作叔鲁,乐清人。登嘉定进士,佥判雷州,因'夜雨梧桐王子府,春风杨柳相公桥'诗触时相,谪官沦落而卒。《宋史·宗室世系表》:'简王元份八世孙,善折第三子。'"

① 花桥,毛抄本作"花娇"。

楼　扶*[①] 扶字叔茂，号梅麓。《景定建康志》云："楼扶，端平中沿江制置司干官。"《泰州志》云："淳祐间，知泰州军事。"《延祐四明志》云："灵应庙，鄞人楼扶为记。"

水龙吟

次清真梨花韵

素娥洗尽繁妆，夜深步月秋千地。轻腮晕玉，柔肌笼粉，缁尘敛避。霁雪留香，晓云[②]同梦，昭阳宫闭[③]。帐仙围[④]路杳，曲栏人寂，疏雨湿、盈盈泪。　　未放游蜂叶底。怕春归、不禁狂吹。象床困倚，冰魂微醒，莺声唤起。愁对黄昏，恨催寒食，满襟离思。想千红过尽，一枝独冷，把梅花比。

菩萨蛮

丝丝杨柳莺声近。晚风吹过秋千影。寒色一帘轻。灯残梦不成。　　耳边消息在。笑指花梢待。又是不归来。

---

* 〔项笺〕"梅麓楼扶"小传云："扶字叔茂，淳祐间尝知泰州军事。"

① 柯刻本、项刻本校云："世本误作'梅扶'。"

② 晓云，毛抄本作"晚云"。

③ 昭阳宫闭，毛抄本作"昭阳空闭"。

④ 仙围，毛抄本、柯刻本、项刻本、徐刻本作"仙园"。

满庭花自开。

〔项笺〕《全芳备祖》梅麓句:“夜深更拥寒衾坐,明月梅花共一窗。”

《延祐四明志》:“招宝山,宋梅麓楼公扶‘登山’《沁园春》云:‘开辟以来,便有此山,独当怒涛。正秋空万里,寒催雁信,尘寰一簇,轻算鸿毛。小可诗情,寻常酒量,到此应须分外豪。难为水,笑平生未有,此番登高。

飘飘。身踏金鳌。叹终日、风波无限劳。看樯乌缥缈,帆归远浦,廛鱼杂沓,网带馀潮。待约诗人,相将月夜,取次携杯持酒螯。乘槎意,问谁人领解,空立亭皋。’词镌崖石,今不存。”

史介翁[*] 介翁字吉父，号梅屋。

菩萨蛮

柳丝轻飏黄金缕。织成一片纱窗雨。斗合做春愁。困慵熏玉篝。　　暮寒罗袖薄。社雨[①]催花落。先自为诗忙。蔷薇一阵香。

---

* 〔项笺〕"梅屋史介翁"小传云："介翁字吉父，爵里未详。"

① 社雨，毛抄本作"杜宇"。

周端臣* 端臣字彦良，号葵窗。《武林旧事》云："御前应制。"

木兰花慢

送人之官九华[①]

霭芳阴未解，乍天气、过元宵。讶客袖犹寒，吟窗易晓，春色无聊。梅梢尚留顾藉，㿉[②]东风、未肯雪轻飘。知道诗翁欲去，递香要送兰桡。　　清标。会上丛霄。千里阻、九华遥。料今朝别后，他时有梦，应梦今朝。河桥柳愁未醒，赠行人、又恐越魂销。留取归来系马，翠长千缕柔条。

《方舆胜览》云："九华山在池州青阳县界，旧名九子山，李白以峰如莲花，改名九华。"

玉楼春

华堂帘幕飘香雾。一搦楚腰轻束素。翩跹舞态燕还惊，绰约妆容花尽妒。　　樽前谩咏《高唐赋》。巫峡云深留不住。重来花畔倚栏杆，愁满[③]栏杆无倚处。

---

* 〔项笺〕"葵窗周端臣"小传云："端臣字彦良，官御前应制。"

① 毛抄本题脱"九华"二字。

② 㿉，毛抄本、柯刻本、徐刻本作"滞"。

③ 愁满，毛抄本作"秋满"。

〔项笺〕“芳廷《采芝集·挽诗》:‘白首功成未十年,寡妻相吊浤江干。诗名似水声还远,世事如云梦已残。杨柳满堤人去后,海棠深巷雨初干。东风急起青山泪,惟有君书不忍看。”

杨子咸* 子咸号学舟。

木兰花慢

雨中荼蘼

紫凋红落后，忽十丈、玉虬横。望众绿帷中，蓝田璞碎，鲛室珠倾。柔条系风[①]无力，更不禁、连日峭寒清。空与蝶圆香梦，枉教莺诉春情。　　深深。苔径悄无人。栏槛湿香尘。叹宝髻蓬松，粉铅狼藉，谁管飘零。不愁素云易散，恨此花开后更无春。安得胡床月夜，玉醅满蘸瑶英。

* 〔项笺〕“学舟杨子咸”小传云：“子咸字与爵里未详。”

① 系风，毛抄本作“倚风”。

杨　恢* 恢字充之，号西村，眉山人。

二郎神

用徐幹臣韵

琐窗睡起，闲伫立、海棠花影。记翠楫银塘，红牙金缕，杯泛梨花冷。燕子衔来相思字，道玉瘦、不禁春病。应蝶粉半销，鸦云斜坠，暗尘侵镜。　还省。香痕碧唾，春衫都凝。悄一似荼蘼，玉肌翠帔[①]，消得东风唤醒。青杏单衣，杨花小扇，闲却晚春风景。最苦是、蝴蝶盈盈弄晚，一帘风静。

《挥麈馀话》云："徐伸字幹臣，三衢人。政和初，以知音律为太常典乐，出知常州。尝自制《转调二郎神》云：'闷来弹鹊，又搅碎、一帘花影。谩试着春衫，还思纤手，薰彻金虬烬冷。动是愁端如何向，但怪得、新来多病。嗟旧日沈腰，如今潘鬓，怎堪临镜。　重省。别时泪滴，罗襟犹凝。想为我厌厌，日高慵起，长托春酲未醒。雁足不来，马蹄难驻，门掩一庭芳景。空伫立、尽日阑干倚徧，昼长人静。'既成，会开封尹李孝寿来牧吾郡[②]。李以严治京兆，号李阎罗。道出郡下，幹臣大合乐燕劳之，喻群娼，令讴此词，必待其问乃止。娼如戒，歌至三四，李果询之。幹臣蹙頞云：'某顷有一侍

* 〔项笺〕"西村杨恢"小传云："恢字充之，别本作汤恢，误。"按徐刻本即作"汤恢"，毛抄本正文题名作"汤恢"，卷首目录中则作"杨恢"。

① 翠帔，毛抄本作"翠被"。

② 吾郡，徐刻本作"吴门"。

婢，色艺冠绝，前岁以亡室不容，逐去。今闻在苏州一兵官处，屡遣信欲复来，而今之主公靳之。感慨赋此，词中所叙，多其书中语。适有天幸，公拥麾于彼，不审能为我致之否？'李云：'此甚不难，可无虑也。'既次无锡，宾赞者请受谒次第。李云：'郡官当至枫桥。'桥距城十里而远。翌日，舣舟其所，官吏上下望风股栗。李一阅刺字，忽大怒云：'都监在法不许出城，乃亦至此，使郡中万一有火盗之虞，岂不殆哉！'斥都监下阶，荷校送狱。又数日，取其供牍判奏字。其家震惧求援，宛转哀鸣致恳，李笑云：'且还徐典乐之妾了来理会。'兵官者解其指，即日承命，然后舍之。"

倦寻芳

饧箫吹暖，蜡烛分烟，春思无限。风到楝花，二十四番吹遍。烟湿浓堆杨柳色，昼长闲坠梨花片。悄帘栊，听幽禽对语，分明如剪。　　记旧日，西湖行乐，载酒寻春，十里尘软。背后腰肢，仿佛画图曾见。宿粉残香随梦冷，落花流水和天远。但如今，病厌厌、海棠池馆。

满江红

小院无人，正梅粉、一阶狼藉。疏雨过，溶溶天气，早如寒食。啼鸟惊回芳草梦，峭风吹浅桃花色。漫玉炉沉水熨春衫，花痕碧。　　绿縠水，红香陌。紫桂棹，黄金勒。怅前欢如梦，后游何日。酒醒香消人自瘦，天空海阔春无极。又一林新月照黄昏，梨花白。

祝英台近

宿酲苏，春梦醒，沉水冷金鸭。落尽桃花，无人扫红雪。渐催煮酒园林，单衣庭院，春又到、断肠时节。　　恨离别。长忆人立荼蘼，珠帘卷香月。几度黄昏，琼枝为谁折。都将千里芳心，十年幽梦，分付与、一声啼鴂。

又

中　秋

月如冰，天似水，冷浸画栏湿。桂树风前，醲香半狼藉。此翁对此良宵，别无可恨，恨只[①]恨、古人头白。　　洞庭窄。谁道临水楼台，清光最先得。万里乾坤，元无片云隔。不妨彩笔云笺[②]，翠尊冰醽[③]，自管领、一庭秋色。

八声甘州

摘青梅荐酒，甚残寒、犹怯苎萝衣。正柳腴花瘦，绿云冉冉，红雪霏霏。隔屋秦筝依约，谁品春词。回首繁华梦，

---

① 只，毛抄本作“则”。

② 云笺，毛抄本作“银笺”。

③ 冰醽，毛抄本作“冰韵”。

流水斜晖。　　寄隐孤山山下，但一瓢饮水，深掩苔扉。羡青山有思，白鹤忘机。怅年华、不禁骚首，又天涯、弹泪送春归。销魂远，千山啼鴂，十里荼蘼。[①]

《词旨·警句》："燕子衔来相思字，道玉瘦、不禁春病。"（《二郎神》）"宿粉残香随梦冷，落花流水和天远。"（《倦寻芳》）"都将千里芳心，十年幽梦，分付与、一声啼鴂。"（《祝英台近》）"不妨彩笔云笺，翠尊冰酝，自管领、一庭秋色。"（《祝英台近》）

《浯溪集》：眉山杨恢游浯溪词云："碧崖倒影，浸一片、寒江如练。正岸岸梅花，村村修竹，唤醒春风笔砚。泝水舟轻轻如叶，只消得、溪风一箭。看水部雄文，太师健笔，月寒波卷。　　游倦。片云孤鹤，江湖都遍。慨金屋藏妖，绣屏包祸，欲与三郎痛辨。回首前朝，断魂残照，几度山花崖藓。无限都付窊尊，漠漠水天远。"按，此词甚佳，惜不着调名。

柴望《凉州鼓吹·祝英台近·丁巳暮春访杨西村湖上怀旧》云："小船儿，双去橹。红湿海棠雨。燕子归时，芳草暗南浦。自从翠袖香销，明珰声断，怕回首、旧寻芳处。　　向谁语。可怜金屋无人，冷落凤箫谱。翠入菱花，蛾眉为谁妩。断肠明月天涯，春风海角，恨不做、杨花飞去。"[②]

① 柯刻本、项刻本校云："按调少二字。"

② 〔项笺〕同此条。

何光大* 光大字谦履，号半湖。

谒金门

天似水。池上藕花风起。隔岸垂杨青到地。乱萤飞又①止。　露湿玉阑闲倚。人静自生凉意。泛碧沉朱供晚醉。月斜才去睡。

* 〔项笺〕"半湖何光大"小传云："光大字谦履，爵里未详。"

① 又，毛抄本作"人"。

赵　溍* 溍字元晋，号冰壶，潭州人。忠靖公葵子。咸淳中沿江制置使，知建康府。《宋季三朝政要》云："广王登极于福州，改元景炎，以赵溍为江西制置使，进兵邵武。"《山房随笔》云："赵静斋淮被执，死[①]于瓜洲。其兄冰壶溍自京口迁金陵，北兵至，弃家而遁，南徙不返，死葬海旁山上。"

临江仙

西湖春泛

堤曲朱墙近远，山明碧瓦高低。好风二十四花期。骄骢穿柳去，文艦挟春[②]飞。　箫鼓晴雷殷殷，笑歌香雾霏霏。闲情不受酒禁持。断桥[③]无立处，斜日[④]欲归时。

吴山青

水　仙

金璞明。玉璞明。小小杯柈翠袖擎。满将春色盛。　仙珮鸣。玉珮鸣。雪月花中过洞庭。此时人独清。

---

* 〔项笺〕"冰壶赵溍"小传云："溍字元晋，忠靖冀公子。咸淳中沿江制置使，知建康府。《山房随笔》云：'赵静斋淮被执，死于瓜洲。其兄冰壶自京口迁金陵，北兵至，弃家而遁，南从不返。死葬海旁山上。'"

① 死，徐刻本作"政"。

② 春，四库本作"波"。

③ 断桥，项刻本、四库本作"断肠"。

④ 斜日，毛抄本作"斜月"。

赵　淇* 淇字元建，葵次子。宋末直龙图阁、广南东路发运使，加右文殿修撰，尚书刑部侍郎。元至元间，行省承制署广东宣抚使。入见世祖，拜湖南道宣慰使。卒赠湖广行省参知政事，追封天水郡公，谥文惠。有文集二十卷。《图绘宝鉴》云："赵淇，号平远，又号太初道人，故合而曰'平初'，又号静华翁。"

谒金门

吟望直。春在栏杆咫尺。山插玉壶花倒立。雪明天混碧。　晓露丝丝琼滴。虚揭一帘云湿。犹有残梅黄半壁[①]。香随流水急。

《词旨·警句》："春在栏杆咫尺。"(《谒金门》)

* 〔项笺〕"平远赵淇"小传云："淇字元建，忠靖冀公葵次子。七岁以郊恩补承奉郎，举童子科。宋末直龙图、广南东路发运使，加右文殿修撰，尚书刑部侍郎。元至元间，行省承制署广东宣抚使。入见世祖，拜湖南道宣慰使。赠湖广行中书省参知政事护军，追封天水郡公，谥文惠。有文集二十卷，曰《太初记梦》。《图绘宝鉴》：'淇号平远，又号太初道人，故合而曰"平初"。又号静华翁。'"

① 半壁，毛抄本作"半璧"。

毛　珝* 珝字元白，号吾竹，柯山人。有《吾竹小稿》一卷。

浣溪纱

桂

绿玉枝头一粟黄。碧纱帐里梦魂香。晓风和月步新凉。　吟倚画栏怀李贺，笑持玉斧恨吴刚。素娥不嫁为谁妆。

* 〔项笺〕“吾竹毛珝”小传云：“珝字元白，柯山人，著有《吾竹小稿》。菏泽李龏叙曰：‘情深雅正，迹前事而写芳襟，有沈千运独挺一世之作。’”

潘希白[*] 希白字怀古，号渔庄，永嘉人。宝祐中登第，干办临安府节制司公事。德祐中，起史馆检校，不赴。

大有

九日

戏马台前，采花篱下，问岁华、还是重九。恰归来、南山翠色依旧。帘栊昨夜听风雨，都不似、登临时候。一片宋玉情怀，十分卫郎清瘦。　　红萸佩，空对酒。砧杵动微寒，暗欺罗袖。秋已无多，早是败荷衰柳。强整帽檐欹侧，曾经向、天涯搔首。几回忆、故国[①]莼鲈，霜前雁后。

〔项笺〕“《扬州府志》：潘希白有《送蒋朴之维扬》诗。”

---

* 〔项笺〕“鱼庄潘希白”小传云：“希白字怀古，永嘉人。宝祐中登第，干办临安府节制司公事。德祐中，起史馆检校，不赴。”

① 故国，四库本作“故园”。

李　珏[*] 珏字元晖，号鹤田，吉水人。年十二，通《书经》。召试馆职，除秘书正字，批差充干办御前翰林司主管御览书籍，除閤门宣赞舍人。初领应奉，赐紫袍、红靴、小金带。一朝士寄之诗云："上直朝朝紫禁深，归来无事只清吟。不须更借头衔看，便是当年李翰林。"有杂著四集、《钱唐百咏》行于世。年八十九而终。见成化《吉安府志》。

击梧桐

别西湖社友

枫叶浓于染。秋正老，江上征衫寒浅。又是秦鸿过，霁烟外，写出离愁几点。年来岁去，朝生暮落，人似吴潮展转。怕听阳关曲，奈短笛唤起，天涯情远。　　双屐行春，扁舟啸晚。忆着鸥湖莺苑。鹤帐梅花屋，霜月后，记把山扉牢掩。惆怅明朝何处，故人相望，但碧云半敛。定苏堤重来时候，芳草如剪。

《都城纪胜》云："文士有西湖诗社，非其他社集之比，乃行都士夫及寓居诗人，旧多出名士。"

---

* 〔项笺〕"鹤田李珏"小传云："珏字元晖，吉水人，著有《穆陵大事记》。《会稽续志·安抚题名》：'李珏，以朝散大夫、直宝谟阁，开禧三年到任，嘉定元年七月除右侍郎。'元人刘诜《题李鹤田〈穆陵大事记〉》：'宋自穆陵升遐，元气尽矣。时攒宫属官李珏纪其本末颇详，桥山剑舄，历历如见。异代览之，亦为凄然。'"

木兰花慢

寄豫章故人

故人知健否，又过了、一番秋。记十载心期，苍苔茅屋，杜若芳洲。天遥梦飞不到，但滔滔岁月水东流。南浦春波旧别，西山莫雨新愁。　吴钩。光透黑貂裘。客思晚悠悠。更何处相逢，残更听雁，落日呼鸥。沧江白云无数，约他年、携手上扁舟。鸦阵不知人意，黄昏飞向城头。

〔项笺〕《武林旧事》：“鹤田有《南郊纪事》诗”，赵希槹《抱拙小稿》有《送李鹤田东游后还乡》诗。《静志居诗话》：“浮远堂在君山，宋绍兴中建。淳熙间，李鹤田珏为江阴司法，题柱联云：‘此水自当兵十万，昔人曾有客三千。’”

利　登[*] 登字履道，号碧涧，金川人。著有《骳稿》一卷。

风入松

断芜幽树际烟平。山外更山青。天南海北知何极，年年是、匹马孤征。看尽好花结子，暗惊新笋成林。　岁华情事苦相寻。弱雪鬓毛侵。十千斗酒悠悠醉，斜河界、白月云心。孤鹤尽边天阔，清猿啼处山深。

* 〔项笺〕"碧涧利登"小传云："登字履道。《江湖集》：'利登，金川人，著有《骳稿》。'"

曹　邍* 邍字择可，号松山。《武林旧事》云："御前应制。"

玲珑四犯

荼蘼应制

一架幽芳，自过了梅花，犹占清绝。露叶檀心，香满万条晴雪。肌素静洗铅华，似弄玉、乍离瑶阙。看翠虬、白凤飞舞，不管莫鸦[①]啼鴂。　酒中风格天然别。记唐宫、赐尊芳冽。玉蕤唤得馀春住，犹醉迷飞蝶。天气乍雨乍晴，长是伴、牡丹时节。夜散琼楼宴，金铺深掩，一庭春月[②]。

---

* 〔项笺〕"松山曹邍"小传云："邍字择可，《武林旧事》：'御前应制，曹松山。'《咸淳临安志》：'冶平寺烟雨阁贾似道题名：期而不至者，曹邍。'"

① 莫鸦，毛抄本、柯刻本作"暮烟"。

② 春月，毛抄本作"香雪"。

刘　澜* 澜字养源，号江村。《瀛奎律髓》注云："刘澜，天台人。尝为道士，还俗。学唐诗，有所悟。干谒无成，丙子年卒。"

庆宫春

重登蛾眉亭感旧

春剪绿波，日明金渚，镜光尽浸寒碧。喜溢双蛾，迎风一笑，两情依旧脉脉。那时同醉，锦袍湿、乌纱欹侧[①]。英游何在，满目青山，飞下孤白。　　片帆，谁上天门，我亦明朝，是天门客。平生高兴，青莲一叶，从此飘然八极。矶头绿树，见白马、书生破敌。百年前事，欲问东风，酒醒长笛。

瑞鹤仙

海　棠

向阳看未足。更露立栏杆，日高[②]人独。江空佩鸣玉。问烟鬟霞脸，为谁膏沐。情闲景淑[③]。嫁东风、无媒自卜。凤台高、贪伴吹笙，惊下九天霜鹄。　　红蹙。花开不到，

---

* 〔项笺〕"江村刘澜"小传云："澜字养源，天台人。"

① 欹侧，毛抄本作"乱侧"。

② 日高，毛抄本作"月高"。

③ 情闲景淑，毛抄本作"清闲景寂"。

杜老溪庄，已公[1]茅屋。山城水国。欢易断、梦难续。记年时马上，人酣花醉，乐奏开元旧曲。夜归来，驾锦漫天[2]，绛纱万烛。

齐天乐

吴兴郡宴遇旧人

玉钗分向金华后，回头路迷仙苑。落翠惊风，流红逐水，谁信人间重见。花深半面。尚歌得新词，柳家三变。绿叶阴阴，可怜不似那时看。　　刘郎今度更老，雅怀都不到，书带题扇。花信风高，苕溪月冷，明日云帆天远。尘缘较短，怪一梦轻回，酒阑歌散。别鹤惊心，感时花泪溅。

---

① 已公，毛抄本作“巴公”。

② 漫天，毛抄本作“幔天”。

张龙荣* 龙荣字成子，号梅深。

摸鱼儿

又[①]吴尘、暗斑吟袖，西湖深处能浣。晴云片片平波影，飞趁棹歌声远。回首唤。仿佛记、春风共载斜阳岸。轻携分短。怅柳密藏桥，烟浓断径，隔水语音换。　　思量遍。前度高阳酒伴。离踪悲事何限。双峰塔露书空颖，情共莫鸦盘转。归思懒。悄不似、留眠水国莲花畔[②]。灯帘晕满。正蠹帙重缗[③]，沉煤半冷，风雨闭宵馆。

---

* 〔项笺〕"梅深张龙荣"小传云："龙荣字成子，爵里未详。"

① 又，毛抄本作"天"。

② 莲花畔，毛抄本作"莲畔"。

③ 重缗，毛抄本作"逢迎"。

绝妙好词卷六

李彭老[*] 彭老字商隐，号筼房。《景定建康志》："李彭老，淳祐中沿江制置司属官。"

木兰花慢

正千门系柳，赐宫烛、散青烟。看秀靥芳唇[①]，涂妆晕色，试尽春妍。田田。满阶榆荚，弄轻阴、浅冷似秋天。随处饧香杏暖，燕飞斜䩬秋千。　朱弦。几换华年。扶浅醉、落红[②]前。记旧时游冶，灯楼倚扇，水院移船。吟边。梦云飞远，有题红、都在薛涛笺。听绝残箫倦笛，夜堂明月窥帘。

壶中天

登寄闲吟台

青飙[③]荡碧，喜云飞寥廓[④]，清透凉宇。倦鹊惊翻台榭

---

* 〔项笺〕"筼房李彭老"小传云："彭老字商隐，爵里未详。"

① 芳唇，毛抄本作"芳辰"。

② 红，毛抄本作"花"。

③ 青飙，毛抄本、柯刻本、项刻本作"素飚"。

④ 寥廓，毛抄本作"零廓"。

迥，叶叶秋声归树。珠斗斜河，冰轮辗雾，万里青冥路。芗深屏翠，桂边满袖风露。　　烟外冷逼玻璃，渔郎歌杳，击空明归去。怨鹤知更莲漏悄，竹里筛金帘户。短发吹寒，闲情吟远，弄影花前舞。明年今夜，玉樽知醉何处。

高阳台

落　梅

飘粉杯宽，盛香袖小，青青半掩苔痕。竹里遮寒，谁念减尽芳云。幺凤叫、晚吹晴雪，料水空、烟冷西泠。感凋零。残缕遗钿，迤逦成尘。　　东园，曾趁花前约，记按筝筹酒，戏挽飞琼。环佩无声，草暗台榭春深。欲倩怨笛传清谱，怕断霞、难返吟魂。转销凝。点点[1]随波，望极江亭。

法曲献仙音

官圃赋梅，继草窗韵

云木槎枒[2]，水荇摇落，瘦影半临清浅。翠羽迷空，粉容羞晓，年华柱弦频换。甚何逊、风流在，相逢共寒晚。
总依黯。念当时、看花游冶，曾锦缆移舟，宝筝随辇。池苑

① 点点，毛抄本作“三点”。

② 枒，毛抄本作“牙”。

锁荒凉，嗟事逐、鸿飞天远。香径无人，甚苍藓黄尘自满。听鸦[1]啼春寂，暗雨萧萧吹怨。

一萼红

寄弁阳翁

过蔷薇。正风暄云淡，春去未多时。古岸停桡，单衣试酒，满眼芳草斜晖。故人老、经年赋别，灯晕里、相对夜何其。泛剡清愁，买花芳事，一卷新诗。　　流水孤帆渐远，想家山猿鹤，喜见重归。北皋[2]寻幽，青津问钓，多情杨柳依依。最难忘、吟边旧雨，数菖蒲、老是来期。几夕[3]相思梦蝶，飞绕蘋溪。

高阳台

寄题荪壁山房

石笋埋云，风篁啸晚，翠微高处幽居。缥缈[4]云签，人间一点尘无。绿深门户啼鹃外，看堆床、宝晋图书。尽萧闲，浴砚临池，滴露研朱。　　旧时曾写桃花扇，弄霏香秀笔，

---

① 鸦，徐刻本作“鸣”。

② 北皋，毛抄本作“兆皋”。

③ 几夕，毛抄本作“几多”。

④ 缥缈，毛抄本、柯刻本、项刻本作“缥简”。

春满西湖。松菊依然，柴桑自爱吾庐。冰弦玉麈风流在，更秋兰、香染衣裾。照窗明，小字珠玑，重见欧虞。

《佩楚轩客谈》云："金应桂，字一之。雅标度，能欧书，受知贾似道。居西湖南山中，筑苏壁山房，左弦右壶，中设图史，客至抚摩谛玩，清谈纚纚。每肩舆入城府，幅巾鹭衣，望之若神仙然。"①

探芳讯

湖上春游继草窗韵

对芳昼。甚怕冷添衣，伤春疏酒。正绯桃如火，相看自依旧。闲帘深掩梨花雨，谁问东阳瘦。几多时、涨绿莺枝，堕红鸳甃。　　堤上宝鞍骤。记草色薰晴②，波光摇岫。苏小门前，题字尚存否。繁华短梦随流水，空有诗千首。更休言、张绪风流似柳。

祝英台近

杏花初，梅花过，时节又春半。帘影飞梭，轻阴小庭院。旧时月底秋千，吟香醉玉，曾细听③、歌珠一串。　　忍重

---

① 〔项笺〕同此条。

② 薰晴，四库本作"春晴"。

③ 细听，毛抄本作"听细"。

见。描金小字题情，生绡合欢扇。老了刘郎，天远玉箫伴。几番莺外斜阳，栏杆倚遍，恨杨花、遮愁不断。

踏莎行

题草窗十拟后

紫曲迷香，绿窗梦月。芳心如对春风说。蛮笺象管写新声，几番曾试琼壶觖[①]。　　庾信书愁，江淹赋别。桃花红雨梨花雪。周郎先自足风流，何须更拟秦筝咽。

浪淘沙

泼火雨初晴。草色青青。傍檐垂柳卖春饧。画舫载花花解语，绾燕吟莺。　　箫鼓入西泠。一片轻阴。钿车罗盖竞归城。别有水窗人唤酒，弦月初生。

四字令

兰汤晚凉。鸾钗半妆。红巾腻雪吹香。擘莲房赌双。　　罗纨素珰。冰壶露床。月移花影西厢。数流萤过墙。

---

① 觖，底本、项刻本校记云："一作'缺'"，柯刻本校记云："'觖'，当作缺。"

生查子

罗襦隐绣茸，玉合销红豆。深院落梅钿，寒峭收灯后。　　心事卜金钱，月上鹅黄柳。拜了夜香休，翠被听春漏。

《词旨·属对》："紫曲迷香，绿窗梦月。""暗雨敲花，柔风过柳。"《警句》："明年今夜，玉樽知醉何处。"（《壶中天》）"闲帘深掩梨花雨，谁问东阳瘦。"（《探芳讯》）"几番莺外斜阳，栏干倚遍，恨杨柳、遮愁不断。"（《祝英台近》）

《乐府补题》：李彭老《天香·赋龙涎香》云："捣麝成尘，薰薇注露，风酣百和花气。品重云头，叶翻蕉样，共说内家新制。波浮海沫，谁唤觉、鲛人春睡。清润具饶片脑，芬氲半是沉水。　　相逢酒边雨外。火初温、翠炉香细。不似宝珠金缕，领巾红坠。荀令如今憔悴。销未尽、当时爱香意。烬暖灯寒，秋声素被。"《摸鱼儿·赋莼》云："过垂虹、四桥飞雨，沙痕初涨春水。腥波十里吴歈远，绿蔓半萦船尾。连复碎。爱滑卷青绡，香袅冰丝细。山人隽味。笑杜老无情，香羹碧涧，空只赋芹美。　　归期早，谁似季鹰高致，鲈鱼相伴菰米。红尘如海邱园梦，一叶又、秋风起。湘湖外。看采撷、芳条际晓随鱼市。旧游漫记。但望里江南，秦鬟贺镜，渺渺隔烟水。"

吴文英《梦窗乙稿·绛都春·为李筼房量珠贺》云："情粘舞线。怅驻马灞桥，天寒人远。旋剪露痕，移得春娇栽琼苑。流莺浪语烟中怨。恨三月、飞花零乱。艳阳归后，红藏翠掩，小坊幽院。　　谁见。新腔按彻，背灯暗、共倚筼屏葱蒨。绣被梦轻，金屋装深沉香换。梅花重洗春风面。正溪上、参横月转。并禽飞上金沙，瑞香雾暖。"

李莱老[*] 莱老字周隐，号秋崖。《新定续志》：“严州知州李莱老，咸淳六年任。”

惜红衣

寄弁阳翁

笛送西泠，帆过杜曲，昼阴芳绿。门巷清风，还寻故人书屋。苍华发冷，笑瘦影、相看如竹。幽谷。烟树晓莺，诉经年愁独。　　残阳古木。书画归船，匆匆又南北[①]。蘋洲鸥鹭素熟。旧盟续。甚日浩歌招隐，听雨弁阳同宿。料重来时候，香荡几湾红玉。[②]

青玉案

草窗词卷[③]

吟情老尽江南句。几千万、垂丝缕[④]。花冷絮飞寒食

* 〔项笺〕“秋崖李莱老”小传云：“莱老字周隐，彭老之弟。”

① 南北，毛抄本作“云北”。

② 柯刻本、项刻本校记云：“第五句较白石调多一字。”

③ 毛抄本题作“题草窗词卷”。

④ 垂丝缕，毛抄本作“垂杨缕”。

路。渔烟鸥雨。燕昏莺晚①，总入昭华②谱。　红衣妆靓凉生渚。环碧斜阳旧时树。拈叶分题觞咏处。荀香犹在，庾愁何许。云冷西湖赋。

扬州慢

琼花次韵

玉倚风轻，粉凝冰薄，土花祠冷无人。听吹箫月底，传暮草金城。笑红紫、纷纷成雨，溯空如蝶，肯堕珠尘。叹而今、杜郎还见，应赋悲春。　佩环何许，纵无情、莺燕犹惊。怅朱槛香消，绿屏梦杳，肠断瑶琼。九曲迷楼依旧，沉沉夜、想觅行云。但荒烟幽翠，东风吹作秋声。

《山房随笔》云："扬州琼花，天下只一本，士大夫爱重，作亭花侧，榜曰'无双'。德祐乙亥，北师至，花遂不荣。赵棠国炎有绝句吊曰：'名擅无双气色雄，忍将一死报东风。他年我若修花史，合传琼妃烈女中。'"

谒金门

春意态。闲却远山横黛。香径莓苔嗟粉坏。凤靴双斗

① 莺晚，徐刻本作"莺晓"。

② 昭华，四库本作"韶华"。

彩。　　折得花枝懒戴。犹恋[1]鸳鸯飞盖。旧恨新愁都只在。东风吹柳带。

浪淘沙

榆火换新烟。翠柳朱檐。东风吹得落花颠。帘影翠梭悬绣带，人倚秋千。　　犹忆十年前。西子湖边。斜阳催入画楼船。归醉夜堂歌舞月，拚却春眠。

生查子

妾情歌柳枝，郎意怜桃叶。罗带绾同心，谁信愁千结。　　楼上数残更，马上看新月。绣被怨春寒，怕学鸳鸯叠。

高阳台

落　梅

门掩香残，屏摇梦冷，珠钿糁缀芳尘。临水搴花，流来疑是行云。藓梢空挂凄凉月，想鹤归、犹怨黄昏。黯消凝。

① 犹恋，毛抄本作“犹忆”。

人老天涯，雁影沉沉。　断肠不在听横笛，在江皋解佩，翳玉飞琼。烟湿荒村。背春无限愁深。迎风点点飘寒粉，怅秋娘、满袖啼痕。更关情。青子悬枝，绿树成阴。

木兰花慢[①]

寄题苏壁山房

向烟霞堆里，着吟屋、最高层。望海日翻红，林霏散白，猿鸟幽深。双岑。倚天翠湿，看浮云收尽雨还晴。晓色千松逗冷，照人眼底长青。　闲情。玉麈风生。摹茧字，校鹅经。爱静翻缃帙，芸台棐几，荷制兰缨[②]。分明。晋人旧隐，掩岩扉月午籁沉沉。三十六梯树杪，溯空遥想[③]登临。

清平乐

绿窗初晓。枕上闻啼鸟。不恨王孙归不早。只恨天涯芳草。　锦书红泪千行。一春无限思量。折得垂杨寄与，丝丝都是愁肠。

---

① 徐刻本调名作“木兰花”。

② 缨，底本原作“樱”，据毛抄本、柯刻本、项刻本、徐刻本改。

③ 遥想，毛抄本、柯刻本作“遐想”。

台城路

寄弁阳翁

半空河影流云碎，亭皋嫩凉收雨。井叶还惊，江莲乱落，弦月初生商素。堂深几许。渐爽入云帱，翠绡千缕。纨扇恩疏，晚萤光冷照窗户。　　文园憔悴顿老，又西风、暗换丝鬓无数[1]。灯外残碪，琴边瘦枕，一一情伤迟暮。故人倦旅。料渭水[2]长安，感时吟苦。正自多愁，砌蛩终夜语。

浪淘沙

宝押[3]绣帘斜。莺燕谁家。银筝初试合琵琶。柳色春罗裁袖小，双戴桃花。　　芳草满天涯。流水韶华。晚风杨柳绿交加。闲倚栏杆无藉在，数尽归鸦。

杏花天

年时中酒风流病。正雨暗、蘼芜深径。人家寒食烟初

---

① 无数，毛抄本作“成数”。
② 渭水，毛抄本作“湘水”。
③ 押，毛抄本作“压”。

禁，狼藉梨花雪影。　西湖梦、红沉翠冷[①]。记舞板、歌裙断趁。斜阳苦与[②]黄昏近。生怕画船归尽[③]。

小重山

画檐簪柳碧如城。一帘风雨里、过清明。吹箫门巷冷无声。梨花月、今夜负中庭。　远岫敛修颦。春愁吟入谱、付莺莺。红尘没马翠埋轮。西泠曲、欢梦絮飘零。

《词旨·警句》："归醉夜堂歌舞月，拚却春眠。"（《浪淘沙》）《词眼》："渔烟鸥雨，燕昏莺晓。"（《青玉案》）

① 翠冷，毛抄本作"醉冷"。
② 苦与，毛抄本作"苦是"。
③ 底本此词有眉批云："情景兼能。"

应瀍孙[*] 瀍孙字尧成，号芝室。

霓裳中序第一

愁云翠万叠。露柳残蝉空抱叶。帘卷流苏宝结。乍庭户嫩凉，栏杆微月。玉纤胜雪。委素纨、尘锁香箧。思前事、莺期燕约。寂寞向谁说。　　悲切。漏签声咽。渐寒炧、兰釭未灭。良宵长是闲别。恨酒凝红绡，纷涴瑶玦。镜盟鸾影缺。吹笛①西风数阕。无言久，和衣成梦，睡损缕金蝶。

贺新郎

宿雾楼台湿。晓晴初、花明柳润，燕飞莺集。旧约重来歌舞地，留得艳香娇色。又梦草、东风吹碧。午困腾腾春欲醉，对文楸、玉子无心拾。看蝶舞，傍花立。　　酒痕未醒愁先入。记年时、翠楼寒浅，宝笙慵吸。想驻马河桥分别。恨轻竹、风帆烟笠。早尘暗、华堂帘隙。倚尽黄昏人独自，望江南、回雁归云急。凭付与，锦笺墨。

---

* 〔项笺〕“芝室应瀍孙”小传云：“瀍孙字尧成，爵里未详。”

① 吹笛，毛抄本作“吹怨笛”。

王亿之* 亿之字景阳，号松闲。

高阳台

双桨敲冰，低篷护冷，扁舟晓渡西冷。回首吴山，微茫遥带重城。堤边几树垂杨柳，早嫩黄、摇动春情。问孤鸿、何处飞来，共唤飘零。　轻帆初落沙洲暝。渐潮痕雨渍，面色风皴。旅思羁愁，偏能老大行人。姮娥不管征途苦，甚夜深、尽照孤衾。想玉楼、犹凭栏杆，为我销凝。

---

* 〔项笺〕"松间王亿之"小传云："亿之字景阳，爵里未详。柴望有《和王景阳越中寄友韵》诗。"

余桂英[*] 桂英字子发，号野云。

小桃红

芳草连天暮。斜日明汀渚。懊恨东风，恍如春梦，匆匆又去。早知人、酒病更诗愁，镇轻随飞絮①。　宝镜空留恨，筝雁浑无据。门外当时，薄情流水，如今何处。正相思、望断碧山云，又莺啼晚雨。

＊ 〔项笺〕“野云余桂英”小传云：“桂英字子发，爵里未详。”

① 镇轻随飞絮，毛抄本作“莫堕花飞絮”。

胡仲弓* 仲弓字希圣，号苇航，清源人。其弟仲参希道，有《竹庄小集》。仇山村多与苇航湖山酬和之作，盖亦杭之流寓也。

谒金门

蛾黛浅。只为晚寒妆懒。润逼镜鸾红雾满。额花留半面。　　渐次梅花开遍。花外行人已远。欲寄一枝嫌梦短。湿云和恨剪。

〔项笺〕胡仲参希道《竹庄小稿·与伯氏苇航夜坐》云："对床同话弟兄情，话到山林世念轻"云云。仇远《答苇航》诗："久矣相期物外游，长风吹不断闲愁。两山翼翼轻欲舞，双鬓飕飕白始休。蕉鹿梦回天地枕，莼鲈兴到水云舟。旧藏方镜明如水，看去看来又一秋。"

* 〔项笺〕"苇航胡仲弓"小传云："仲弓字希圣，钱唐人。"

尚希尹* 希尹字莘老，号畏斋。

浪淘沙

结客去登楼。谁系兰舟。半篙清涨雨初收。把酒留春春不住，柳暗江头。　老去怕闲愁。莫莫休休。晚来风恶下帘钩。试问落花随水去，还解西流。

* 〔项笺〕"畏斋尚希尹"小传云："希尹字莘老，爵里未详。"

柴　望[*]　望字仲山，号秋堂，又号归田，衢之江山人。嘉熙中为太学上舍，除中书省奏名。淳祐丙午元旦日蚀，诏求直言，乃撰《丙丁龟鉴》十一卷。起周威烈王五十年丙午，止后汉高祖天福十二年丁未，数其吉凶祸福于前，指其治乱得失于后。书成，上之，忤时相，诏下府狱。大尹赵节斋疏救，放归。景炎二年，以布衣特旨授迪功郎，史馆编校。宋亡，自号宋逋臣。与其从弟通判随亨、制参元亨、察推元彪，称柴氏四隐。有《道州台衣集》一卷、《凉州鼓吹》一卷。

念奴娇

春来多困，正晷[①]移帘影，银屏深闭。唤梦幽禽烟柳外，惊断巫山十二。宿酒初醒，新愁半解，恼得成憔悴。蓬松[②]云鬓，不忺鸾镜梳洗。　　门外满地香风，残梅零落，玉糁苍苔碎。乍暖乍寒浑莫拟。欲试罗衣犹未。斗草雕栏，买花深院，做踏青天气。晴鸠鸣处，一池昨夜春水。[③]

〔项笺〕《道州台衣集·和随亨春感韵》："风沙万里梦堪惊，地老天荒只

---

* 〔项笺〕"秋堂柴望"小传云："望字仲山，又号归田，江山人。嘉熙间为太学上舍，除中书省奏名。淳祐丙午元旦日蚀，诏求直言，乃撰《丙丁龟鉴》十一卷。起周威烈王五十年丙午，止后汉高祖天福十二年丁未，数其吉凶祸福于前，指其治乱得失于后。书成，上之，忤时相，诏下府狱。大尹赵节斋疏救，放归。景炎二年，三山孔大谏举奏荐，以布衣直疏前殿，特旨授迪功郎，史馆国史编校。宋亡，与其从弟通判随亨、制参元亨、察推元彪，称柴氏四隐。有《道州台衣集》，词一卷，名《凉州鼓吹》。"

① 晷，毛抄本作"是"。

② 蓬松，毛抄本、柯刻本作"鬔鬆"。

③ 项刻本词末有按语云："按秋堂《凉州鼓吹词》一卷仅十首，而此篇失载。"

此情。世上但知王蠋义，人间惟有伯夷清。堂前旧燕归何处，花外啼鹃月几更。莫讶凄凉当日事，剑歌泪尽血沾缨。”又《即事》：“澒洞风尘莽未明，天翻地覆劫将盈。翠华海上知何似，白首山中空自惊。哭向莺花非世界，梦迷弓剑绕皇陵。谁知薇蕨同杯酒，为酹兴亡终古灵。”《鼓吹词·念奴娇》：“登高回首，叹山河国破，于今何有。台上金仙空已去，零落逋梅苏柳。双塔飞云，六桥流水，风景还依旧。凤箫龙管，何人肠断重奏。　闻道凝碧池边，宫槐叶落，(舞马)衔杯酒。旧恨春风吹不断，新恨重重还又。燕子楼高，乐昌镜远，人比花枝瘦。万情万感，暗沾啼血襟袖。”

朱　藻* 藻号野逸。

采桑子

障泥油壁人归后，满院花阴。楼影沉沉。中有伤春一片心。　　闲穿绿树寻梅子，斜日笼明。团扇风轻。一径杨花不避人。

* 〔项笺〕“野逸朱藻”小传云：“藻字未详，缙云人。《浙江通志》：‘汉中簿，知浦城县，罢归。’”

黄　铸* 铸字晞颜，号乙山，邵武人。官柳州守。

秋蕊香令

花外数声风定。烟际一痕月净。水晶屏小欹翠枕。院静鸣蛩相应。　香销斜掩青铜镜。背灯影。空砧[①]夜半和雁阵。秋在刘郎绿鬓。

* 〔项笺〕"乙山黄铸"小传云："铸字晞颜，邵武人，登科，官止柳州太守。"

① 空砧，毛抄本作"寒砧"。

王同祖* 同祖字与之，号花洲，金华人。《景定建康志》："王同祖，奉议郎。淳祐中，建康府通判，次添差沿江制置司机宜文字。"有《学诗初集》一卷。

阮郎归

一帘疏雨细于尘。春寒愁杀人。桐花庭院近清明。新烟浮旧城。　寻蝶梦，怯莺声。柳丝如妾情。丙丁帖子画教成。妆台求晚晴。

* 〔项笺〕"花洲王同祖"小传云："同祖字与之，金华人，有《学诗初集》。其嘉熙庚子自序'同祖少侍家君宦游，弱冠入金陵幕府，目所触、意所感，寓于诗'云云，后署'书于建安郡斋'。"

王茂孙[*] 茂孙字景周，号梅山。

高阳台

春　梦

迟日烘晴，轻烟缕昼，琐窗雕户慵开。人独春闲，金猊暖透兰煤。山屏缓倚[①]珊瑚畔，任翠阴、移过瑶阶。悄无声、彩翅翩翩，何处飞来。　　片时千里江南路，被东风误引，还近阳台。腻雨娇云，多情恰喜徘徊。无端枝上啼鸠唤，便等闲、孤枕惊回。恶情怀。一院杨花，一径苍苔。

点绛唇

莲　房

折断烟痕，翠蓬初离鸳鸯浦。玉纤相妒。翻被专房误。　　乍脱青衣，犹着轻罗护。多情处。芳心一缕。都为相思苦。

---

* 〔项笺〕"梅山王茂孙"小传云："茂孙字景周，爵里未详。"

① 缓倚，毛抄本、柯刻本作"暖倚"。

王易简* 易简字理得,号可竹,山阴人。登进士,除瑞安簿,不赴,隐居城南。有《山中观史吟》。

齐天乐

客长安赋

宫烟晓散春如雾。参差护晴窗户。柳色初分,饧香未冷,正是清明百五。临流笑语。映十二栏杆,翠嚬红妒。短帽轻鞍,倦游曾遍断桥路。　　东风为谁媚妩。岁华频感慨,双鬓何许。前度刘郎,三生杜牧,赢得征衫尘土。心期暗数。总寂寞当年,酒筹花谱。付与春愁,小楼今夜雨。

酹江月

暗帘吹雨,怪西风梧井,凄凉何早。一寸柔情千万缕,临镜霜痕惊老。雁影关山,蛩声院宇,做就新怀抱。湘皋遗珮,故人空寄瑶草。　　已是摇落堪悲,飘零多感,那更长安道。衰草寒芜吟未尽,无那平烟残照。千古闲愁,百年往事不了。黄花笑。渔樵深处,满庭红叶休扫。

---

* 〔项笺〕"可竹王易简"小传云:"易简字理得,山阴人,尚书佐之玄孙。登进士,除温州瑞安主簿,不赴,隐居城南。读张子《东铭》,作疏义数百言。唐忠介震、黄吏部虞皆折辈行与交。易简笃伦义,尤多可述,有《山中观史吟》。"

庆宫春

谢草窗惠词卷

庭草春迟，汀蘋香老，数声珮悄苍玉。年晚江空，天寒日莫，壮怀聊寄幽独。倦游多感，更西北、高楼送目。佳人不见，慷慨悲歌，夕阳乔木。　　紫霞洞窅云深，袅袅馀音，凤箫谁续。桃花赋在，竹枝词远，此恨年年相触。翠椾芳字，谩重省、当时顾曲。因君凝伫，依约吴山，半痕蛾绿。

《词旨·警句》："参差护晴窗户。"（《齐天乐》）"心期暗数。总寂寞当年，酒筹花谱。付与春愁，小楼今夜雨。"（同上）《词眼》："翠嚬红妒。"（《齐天乐》）

《乐府补题》：王易简《摸鱼儿·赋莼》云："怪鲛宫、水晶帘卷，冰痕初断香缕。澄波荡桨人初到，三十六陂烟雨。春又去。伴点点荷钱，隐约吴中路。相思日暮。恨洛浦娉婷，芳钿剪翠，夜影照凄楚。　　功名梦，消得西风一度。高人今在何许。鲈香菰冷斜阳里，多少天涯意绪。谁记取。但枯豉红盐，溜玉凝秋箸。尊前起舞。算惟有渊明，黄花岁晚，此兴共千古。"《齐天乐·赋蝉》云："翠云深锁齐姬恨，纤柯暗翻冰羽。锦瑟重调，绡衣乍着，聊饮人间风露。相逢甚处。记槐影初凉，柳阴新雨。听尽残声，为谁惊起又飞去。　　商量秋信最早，晚来吟未彻，都是凄楚。断韵还连，馀悲似咽，欲和愁边佳句。幽期谁语。恨寒叶凋零，蜕痕尘土。古木斜晖，向人怀抱苦。"

张　桂* 桂字惟月，号竹山。循王从子恭简公四世孙。有文曰《惭稿》。

菩萨蛮

东风忽骤无人见。玉塘烟浪浮花片。步湿下香阶。苔黏金凤鞋。　　翠鬟愁不整。临水闲窥影。摘得野蔷薇。游蜂相趁归。

浣溪沙

雨压杨花路半干。蜂遗花粉在栏杆。牡丹开尽正春寒。　　懒品幺弦金雁并，瘦惊双钏玉鱼宽。新愁不放翠眉闲。

* 〔项笺〕“竹山张桂”小传云：“桂字惟月，爵里未详。”

张　磐* 磐字叔安，号梅崖。宋末为嵊令。有《梅崖集》。

绮罗香

渔浦有感

浦月窥檐，松泉漱枕，屏里吴山何处。暗粉疏红，依旧为谁匀注。都负了、燕约莺期，更闲却、柳烟花雨。纵十分、春到邮亭，赋怀应是断肠句。　　青青原上荠麦，还被东风无赖，翻成离绪。望极天西，惟有陇云江树。斜照带、一缕新愁，尽分付、暮潮归去。步闲阶、待卜①心期，落花空细数。

《会稽志》云：渔浦在萧山县西三十里。《十道志》云：舜渔处也。

浣溪沙

习习轻风破海棠。秋千移影上回廊。昼长蝴蝶为谁忙。　　度柳早莺分暖绿，过花小燕带春香。满庭芳草又斜阳。

《词旨·警句》："暗粉疏红，依旧为谁匀注。都负了、燕约莺期，更闲却、柳烟花雨。"（《绮罗香》）

---

* 〔项笺〕"梅崖张磐"小传云："磐字叔安，有《梅崖集》，爵里未详。"

① 待卜，毛抄本作"时卜"。

张　林* 林字去非，号樗岩。《至正金陵新志》云："张林，池州守，大军至，迎降。"

唐多令

金勒鞚花骢。故山云雾中。翠蘋洲、先有西风。可惜嫩凉时枕簟，都付与、旧山翁。　　双翠合眉峰。泪华分脸红。向樽前、何太匆匆。才是别离情便苦，都莫问、淡和浓。

柳梢青

灯　花

白玉枝头，忽看蓓蕾，金粟珠垂。半颗安榴，一枝浓杏，五色蔷薇。　　何须羯鼓声催。银釭里、春工四时。却笑灯蛾，学他蜂蝶，照影频飞。

《景定建康志》：樗岩张林《柳梢青·题金陵乌衣园》云："燕里花深，鹭汀云淡，客梦江皋。日日言归，淮山笑我，尘锁征袍。　　几回把酒凭高。阑干外、魂飞暮涛。只有南园，一番风雨，过了樱桃。"

---

* 〔项笺〕"樗岩张林"小传云："林字去非，爵里未详。"

朱昂孙*① 昂孙字令则，号万山。

真珠帘

春云做冷春知未。春愁在，碎雨敲花声里。海燕已寻踪，到画溪沙际。院落秋千杨柳外，待天气、十分晴霁[②]。春市。又[③]青帘巷陌[④]，红芳歌吹[⑤]。　须信。处处东风，又何妨对此，笼香觅醉。曲尽索馀情，奈夜航催离。梦满冰衾身似寄，算几度、吴乡烟水。无寐。试明朝、说与西园桃李。

---

* 〔项笺〕"万山朱鼎孙"小传云："鼎孙，字令则，鄞县人。"

① 底本校记云："昂，《广韵》所去切，音捒，明也。高氏刊本作'鼎'，误。"

② 晴霁，毛抄本作"新霁"。

③ 又，毛抄本作"有"。

④ 巷陌，毛抄本作"芬陌"。

⑤ 红芳歌吹，毛抄本作"红坊红吹"。

吴大有* 大有字有大，号松壑，嵊人。宝祐间游太学，率诸生上书言贾似道奸状。退处林泉，与林昉、仇远、白珽等七人以诗酒相娱。元初辟为国子检阅，不赴。有《松下偶抄》《雪后清音》《归来幽庄》等集。

点绛唇

送李琴泉

江上旗亭，送君还是逢君处。酒阑呼渡。云压沙鸥暮。　漠漠萧萧，香冻梨花雨。添愁绪。断肠柔橹。相逐寒潮去。

* 〔项笺〕"松壑吴大有"小传云："大有字有大，嵊县人。宝祐间游太学，率诸生上书言贾似道奸状。退处林泉，与林昉、仇远、白珽等七人以诗酒相娱。元祐间辟为国子检阅，不赴。"

张　炎[*] 炎字叔夏，西秦人。循王之后，居杭。号玉田，又号乐笑翁。有《词源》二卷、《山中白云》八卷。

郑所南云："识张玉田先辈，喜其三十年汗漫南北数千里，一片空狂怀抱，日日化雨为醉。自仰扳姜尧章、史邦卿、卢蒲江、吴梦窗诸名胜，互相鼓吹春声于繁华世界，能令后三十年西湖锦绣山水，犹生清响。"

仇山村云："《山中白云词》意度超玄，律吕协洽，当与白石老仙相鼓吹。"

舒阆风云："玉田诗有姜尧章深婉之风，词有周清真雅丽之思，画有赵子固潇洒之意。"

壶中天

养拙夜饮，客有弹箜篌者，即事以赋

瘦筇访隐，正繁阴闲锁，一壶幽绿。乔木苍寒图画古，窈窕人行韦曲。鹤响天高，水流花净，笑语通华屋。虚堂松外，夜深凉气吹烛。　　乐事杨柳楼心，瑶台月下，有生香堪掬。谁理商声帘户悄，萧飒悬珰鸣玉。一笑难逢，四愁休赋，任我云边宿。倚阑歌罢，露萤飞下秋竹。

---

* 〔项笺〕"玉田张炎"小传云："炎字叔夏，忠烈循王之后，自号乐笑翁，著有《山中白云词》《乐府指迷》。郑所南曰：'三十年汗漫南北数千里，一片空狂怀抱，自仰扳姜尧章、史邦卿、卢蒲江、吴梦窗诸名胜，互相鼓吹，令后三十年西湖锦绣山水，犹生清响。'仇山村曰：'《白云词》意度超凡，律吕协洽，当与白石老仙相鼓吹。'舒阆风曰：'诗有姜尧章深婉之风，词有周清真雅丽之思，书有赵子固潇洒之意。'"

渡江云

次赵元父韵

锦芗缭绕地，凉灯挂壁，帘影浪花斜。酒船归去后，转首河桥，那处认纹纱。重盟镜约，还记得、前度秦嘉。惟只有、叶题缄付，流不到天涯。　　惊嗟。十年心事，几曲栏杆，想萧郎[1]声价。闲过了、黄昏时候，疏柳啼鸦。浦潮夜涌平沙白，溯断鸿、知落谁家。书又远，空江片月芦花。

甘　州

饯草窗西归

记天风、飞珮紫霞边，顾曲万花深。怪相如游倦，杜陵愁老，还叹飘零。短梦恍然今昔，故国十年心。回首三三径，松竹成阴。　　不恨片帆[2]南浦，只恨剪灯听雨，谁伴孤吟。料瘦筇归后，闲锁北山云。是几番、柳边行色，是几番、同醉古园林。烟波远，笔床茶灶，何处逢君。

〔项笺〕《玉几山房听雨录》："玉田词如'杨花点点是春心。替风前、万花吹泪'，惊魂荡魄之句，惟白石老仙堪与并立。他若'老来犹似柳风流，先

① 萧郎，毛抄本作"萧娘"。
② 片帆，毛抄本作"片篷"。

露看花眼'，'夜沉沉。不信归魂，不到花深'，'听雁听风听雨，更听过、数声柔橹'，'能几游，看花又是明年'，《孤雁》云'写不成书，只寄得、相思一点'，此等句，岂寻常所能几及之？溪生谓'清真如杜，白石兼王、孟之长，与白石并有中原者，后起之玉田也'，谅哉！"

《词旨·乐笑翁奇对》："随花甃石，就泉通沼。""断碧分山，空帘剩月。""沙净草枯，水平天远。""接叶巢莺，平波卷絮。""晴光转树，晓气分岚。""鹤响天高，水流花净。""料理琴书，夷犹今古。""款竹门深，移花槛小。""扫花寻径，拨叶通池。""乱雨敲春，深烟带晚。""开帘过雨，隔水呼灯。""浪卷天浮，山邀云去。""岸角冲波，篱根聚叶。""波荡兰觞，邻分杏酪。""云映山辉，柳分溪影。""荷衣销翠，蕙带馀香。""香寻古字，谱掐歌声。""行歌趁月，唤酒延秋。""穿花觅路，傍柳寻邻。""门当竹迳，路管台城。""鬓丝湿雾，扇锦翻桃。""因花整帽，借柳维船。"《警句》："和云流出空山，甚年年净洗，花香不了。"(《南浦·春水》)"写不成书，只记得、相思一点。"(《解连环·孤雁》)"才放些情意，早瘦了、梅花一半。也知不作花看，东风何事吹散。"(《探春慢·雪霁》)"见说新愁，如今也到鸥边。"(《高阳台·西湖》)"莫开帘。怕见飞花，怕听啼鹃。"(同上)"须待月，许多情、都付与秋。"(《声声慢·西湖》)"几日不来，一片苍云未扫。"(《扫花游·疏寮东墅园》)"春风不奈垂杨柳，吹却絮云多少。"(《齐天乐·鉴曲渔舍会饮》)"带天香，吹动一身秋。"(《八声甘州·赠桂卿》)"茂树石床因坐久，又却被、清风留住。"(《真珠帘·近雅轩即事》)"忍不住、低低问春。"(《庆宫春·都下寒食》)"不知能聚愁多少。"(《霜叶飞·闻老妓歌》)

邓牧《伯牙琴》云："叔夏'春水'一词，绝唱今古，人以'张春水'目之。"

《至正直记》："钱唐张叔夏，尝赋'孤雁'词，有'写不成书，只寄得、相思一点'，人皆称之曰'张孤雁'。"

《词旨》："蕲王孙韩铸，字亦颜，学词于乐笑翁。一旦与周公谨买舟西湖，泊荷花而饮酒，杯半，公谨举似亦颜学词之意，翁指花云：'莲子结成花自落。'"

《珊瑚网》:“元姑苏汾湖居士陆行直辅之,有家妓名卿卿,以才色见称。友人张叔夏为作《古清平乐》赠之,云:‘候虫凄断。人语西风岸。月落沙平流水漫。惊见芦花来雁。　　可怜瘦损兰成。多情应为卿卿。只有一枝梧叶,不知多少秋声。’后二十一载,行直以翰林典籍致政归,则叔夏、卿卿皆下世矣。行直作《碧梧苍石图》,并书张词于卷端,且和之云:‘楚天云断。人隔潇湘岸。往事悠悠江水漫。怕听楼前新雁。　　深闺旧梦还成。梦中独记怜卿。依约相思碎语,夜凉桐叶声声。’”

赵崇嶓* 崇嶓字有得，号莲峃。《宋史·宗室世系表》："商王元份九世孙，汝愭子。"

东风第一枝

妒雪梅苏，迷烟柳醒，游丝轻飏新霁。卷帘看燕初归，步屟为花早起。春来犹浅，便做出、十分春意。喜风钗、才卸珠幡，早换巧梳[1]描翠。　　着数点、催花雨腻。更一阵、递香风细。小莺忺暖调声，嫩蝶试晴舞翅。清欢易失，怕轻负、年芳流水。好趁闲、共整吟鞯，日日访桃寻李。

* 〔项笺〕"莲峃赵崇嶓"小传云："崇嶓字有得，《宋史·宗室世系表》：'简王元份九世孙，汝□子。'"

① 巧梳，毛抄本作"巧梭"。

范晞文[*] 晞文字景文，号药庄。钱唐人。太学生。理宗时，与叶李上书诋贾似道，窜琼州。入元，以程钜夫荐，擢江浙儒学提举，转长兴丞。有《药庄废稿》，又《对床夜话》五卷，冯深居序。

意难忘

清泪如铅。叹咸阳送远，露冷铜仙。岩花纷堕雪，津柳暗生烟。寒食后、莫江边。草色更芊芊。四十年、留春意绪，不似今年。　　山阴欲棹归船。暂停杯雨外，舞剑灯前。重逢应未卜，此别转堪怜。凭急管、倩繁弦。思苦调难传。望故乡、都将往事，付与啼鹃。

---

* 〔项笺〕"药庄范晞文"小传云："晞文字景文，钱唐人。入元，以荐擢江浙儒学提举。有《药庄废稿》。林希逸《竹溪稿》云：'武资请解，盖亦武人娴文事，为难得也。'"

郑斗焕* 斗焕字丙文，号松窗。

新荷叶

乳鸭池塘①，晴波漾绿鳞鳞。宿藕根香，夏来生意还新。蚨钱小、钿花贴翠，相间萍星。一番雨过，一番暗展圆青②。　鱼戏龟游，看来犹未胜情。因忆年时，垂钓曾约轻盈。玉人何处，关情是、半卷芳心。帘风一棹，鸳鸯催起歌声。

---

* 〔项笺〕"松窗郑斗焕"小传云："斗焕字丙文，爵里未详。《全芳备祖》有郑斗焕维扬后土庙琼花诗。"

① 池塘，毛抄本作"湖塘"。

② 圆青，毛抄本作"圆清"。

曹良史* 良史字之才①,号梅南。钱唐人。有《梅南摘稿》。

江城子

夜香烧了夜寒生。掩银屏。理银筝。一曲春风,都是断肠声。杜宇欲啼杨柳外,愁似海,思如云。　背灯暗卸乳鹅裙。酒初醒。梦初醒。兰炷香篝②,谁为暖罗衾。二十四帘人悄悄,花影碎,月痕深。

方回《桐江集·跋曹梅南诗词三摘》云:“曹君良史,钱唐人。衣冠佳盛,湖傲山酣,则有《咸淳诗摘》;兵火变迁,江淮奔走,则有《梅南诗摘》。句如:‘云生画佛壁,叶落病僧房。’‘闲来闭门处,认得读书声。’‘墙围败屋知无主,风响荒林似有人’‘深树月昏神火出,断烟雪霁猎人回。’展转征旗战鼓十年间,笔力益老矣。至如《镂冰词摘》,则以诗之馀演为雕刻流丽之作,以至宝丹之字料,生姜臼之文法,寄于少游、美成之声调。”

---

* 〔项笺〕“梅南曹良史”小传云:“良史字之才,钱唐人。戴表元《剡源文钞》:‘杭人有文者,仇远仁近、白珽廷玉、屠约存博、张模仲实、孙晋康侯、曹良史之才、宋芬文芳。’马臻《霞外集·伤曹梅南》诗:‘仕路久忘贫自乐,好山未买事多魔。’”

① 之才,四库本作“子才”。

② 香篝,毛抄本作“熏篝”。

董嗣杲* 嗣杲字明德，号静传，杭人。后入道，改名思学，字无益。有《百花诗集》《西湖百咏》。

湘　月

莲幽竹邃。旧池亭几处，多爱君子。醉玉吹香还认取，忙里得闲标致。心逐云帆，情随烟笛，高会知谁继。宵筵会启。蓦然身外浮世。　　因见杜牧疏狂，前缘梦里。谩蹙双眉翠。香满屏山春满几，炉拥麝焦禽睡。月落梅空，霜浓窗掩，两耳风声起。艳歌终散，输他鹤帐清寐。

* 〔项笺〕“静传董嗣杲”小传云：“嗣杲字明德，后入道，改名思学，字无益。杭人，著有《西湖百咏》《百花诗集》。张炎《山中白云词》有《乙亥春复回西湖饮静传董高士楼》词，仇远《兴观集》有《送董静传挂冠四圣观》诗。”

绝妙好词卷七

周　密* 密字公谨，济南人，寓居吴兴，复居钱唐。宝祐间为义乌令。自号草窗，又号弁阳啸翁，又号萧斋，又号四水潜夫。诗名《蜡屐集》，词名《蘋洲渔笛谱》，杂著有《癸辛杂识》四卷、《齐东野语》二十卷、《志雅堂杂钞》一卷、《浩然斋视听钞》《弁阳客谈》《武林旧事》十卷、《澄怀录》二卷、《云烟过眼录》一卷。

国香慢

赋子固凌波图 夷则商

玉润金明，记曲屏小几，剪叶移根。经年汜人[①]重见，瘦影娉婷。雨带风襟零落[②]，步云冷、鹅管吹春。相逢旧京洛，素靥尘缁，仙掌霜凝。　　国香，流落恨。正冰销翠薄，谁念遗簪。水空天远，应念礬弟梅兄。渺渺鱼波望极，五十弦、愁满湘云。凄凉耿无语，梦入东风，雪尽江清。

---

* 〔项笺〕"草窗周密"小传云："密字公谨，济南人，流寓吴兴，复居钱唐癸辛街，宝祐间为义乌令。自号弁阳啸翁，又号萧斋，又号泗水潜夫。家藏名画法书颇多，善画梅竹兰石。词集名《蘋洲渔笛谱》，诗名《蜡屐集》，著有《中兴绝妙好词》《癸辛杂志》《齐东野语》《志雅堂杂钞》《浩然斋视听意钞》《弁阳客谈》《武林旧事》《澄怀录》《云烟过眼录》诸书。《剡源文钞》：'霅周公谨与杭杨承之大受有连，依之居，故公谨亦为杭人。'盖即癸辛街杨府瞰碧园也。"

① 汜人，毛抄本作"记人"。

② 零落，毛抄本作"零乱"。

《珊瑚网》:“赵孟坚《水墨双钩水仙卷》自跋云:‘余久不作此,又方病目未愈,子用征夙诺良亟,急起描写,转益拙俗,观者求于形似之外可尔。彝斋。’弁阳老人周密题《夷则商国香慢》云云。”

《乐郊私语》云:“赵孟坚子固,宋宗室也。入本朝,隐居嘉禾之广陈镇。时载以一舟,舟中琴书尊勺毕具,往往泊蓼汀苇岸,看夕阳赋晓月为事。从弟子昂自苕中来访,公闭门不纳,夫人劝之,始令从后门入。坐定,第问弁山笠泽佳否。子昂云佳。公曰:‘弟奈山泽佳何?’子昂惭退。”

《画鉴》云:“赵子固墨兰最妙,叶如铁,花茎亦佳。作石用笔如飞白书状,前人无此也。画梅、竹、水仙、松枝,皆入妙品,水仙为尤高。子昂专师其兰石,览者当自知其高下。”

《画禅室随笔》云:“子固水仙,欲与杨无咎梅花作敌。周草窗极重其品,曾刺舟严陵滩下,见新月出水,大笑云:‘此文公所谓绿净不可唾,乃我水仙出现也。’”

一萼红

登蓬莱阁有感

步深幽。正云黄天淡,雪意未全休。鉴曲寒沙,茂林[①]烟草,俯仰今古悠悠。岁华晚、漂零渐远,谁念我、同载五湖舟。磴古松斜,厓阴苔老,一片清愁。　　回首天涯归梦,几魂飞西浦,泪洒东州。故国山川,故园心眼,还似王粲登楼。最负他、秦鬟妆镜,好江山、何事此时游。为唤狂吟老监,共赋销忧。自注云:阁在绍兴,西浦、东州皆其地。

---

① 茂林,毛抄本作“茂陵”。

王象之《舆地纪胜》云："绍兴郡治在卧龙山上。蓬莱阁在郡设厅后，取元微之'我是玉皇香案吏，谪居犹得近蓬莱'句也。名公多题咏，沈绅诗云：'玉铉相公颁瑞地，金貂仙子挂冠乡。'钱公辅云：'一级一级烟云生，四面四面屏障迎。'秦观诗云：'路隔西陵三两水，门临南镇一千峰。'"

《会稽志》："张伯玉《州宅诗序》云：'越守王工部，至和中新葺蓬莱阁，成画图，来乞诗。工部乃王逵也。'"

扫花游

九日怀归

江蓠怨碧，早过了霜花，锦空洲渚。孤蛩自语。正长安乱叶，万家砧杵。尘染秋衣，谁念西风倦旅。恨无据。怅望极归舟，天际烟树。　　心事曾细数。怕水叶沉红，梦云离去。情丝恨缕。倩回纹为织，那时愁句。雁字无多，写得相思几许。暗凝伫。近重阳、满城风雨。

三姝媚

送圣与还越

浅寒梅未绽。正潮过西陵，短亭逢雁。秉烛相看，叹俊游零落，满襟依黯。露草霜花，愁正在、废宫芜苑。明月河桥，笛外樽前，旧情消减。　　莫诉离觞深浅。恨聚散匆匆，梦随帆远。玉镜尘昏，怕赋情人老，后逢凄惋。一样归心，又唤起、故园愁眼。立尽斜阳无语，空江岁晚。

法曲献仙音[①]

吊雪香亭梅

松雪飘寒，岭云吹冻，红破数椒[②]春浅。衬舞台荒，浣妆池冷，凄凉市朝轻换。叹花与人凋谢，依依岁华晚。　　共凄黯。问东风、几番吹梦，应惯识、当年翠屏金辇。一片古今愁，但废绿、平烟空远。无语消魂，对斜阳、衰草泪满。又西泠残笛，低送数声春怨。

《武林旧事》云：“集芳园在葛岭，元系张婉仪园，后归太后。殿内有古梅老松甚多。理宗赐贾平章，旧有清胜堂、望江亭、雪香亭等。”

高阳台

送陈君衡被召

照野旌旗，朝天车马，平沙万里天低。宝带金章，樽前茸帽风欹。秦关汴水经行地，想登临、都付新诗。纵英游，叠鼓清笳，骏马名姬。　　酒酣应对燕山雪，正冰河月冻，

① 毛抄本、柯刻本、项刻本调名作“献仙音”。
② 数椒，四库本作“数枝”。

晓陇云飞。投老残年，江南谁念方回。东风渐绿西湖柳，雁已还、人未南归。最关情，折尽梅花，难寄相思。

庆宫春

送赵元父过吴

重叠云衣，微茫鸿影，短篷稳载吴雪。霜叶敲寒，风灯摇晕[①]，棹歌人语呜咽。拥衾呼酒，正百里、冰河乍合。千山换色。一镜无尘，玉龙吹裂。　　夜深醉踏长虹，表里空明，古今清绝。高堂[②]在否，登临休赋，忍见旧时明月。翠销香冷，怕空负、年芳轻别。孤山春早，一树梅花，待君同折。

高阳台

寄越中诸友

小雨分江[③]，残寒迷浦，春容浅入蒹葭。雪霁空城，燕归何处人家。梦魂欲渡苍茫去，怕梦轻、还被愁遮。感流年，夜汐东还，冷照西斜。　　凄凄[④]望极王孙草，认云中烟树，鸥外春沙。白发青山，可怜相对苍华。归鸿自趁潮回去，笑

---

① 摇晕，毛抄本作“摇恶”。

② 高堂，毛抄本作“高台”。

③ 分江，毛抄本作“分红”。

④ 凄凄，毛抄本作“萋萋”。

倦游、犹是天涯。问东风，先到垂杨，后到梅花。

探芳信

西泠春感

步晴昼。向水院维舟，津亭唤酒。叹刘郎重到，依依漫怀旧。东风空结丁香怨，花与人俱瘦。甚凄凉，暗草沿池，冷苔[①]侵甃。　　桥外晚风骤。正香雪随波，浅烟迷岫。废苑尘梁，如今燕来否。翠云零落空堤冷，往事休回首。最消魂，一片斜阳恋柳。

水龙吟

白　荷

素鸾飞下青冥，舞衣半惹凉云碎。蓝田种玉，绿房迎晓，一奁秋意。擎露盘深，忆君清夜，暗倾铅水。想鸳鸯正结，梨云好梦，西风冷、还惊起。　　应是飞琼仙会。倚[②]凉飙[③]、碧簪斜坠。轻妆斗白，明珰照影，红衣羞避。霁月三更，粉云千点，静香十里。听湘弦奏彻，冰绡偷剪，聚相

① 冷苔，毛抄本作“泪苔”，四库本作“湿苔”。

② 倚，毛抄本、柯刻本作“遡”。

③ 凉飙，柯刻本作“冷飔”。

思泪。

《乐府补题》：宛委山房赋龙涎香，调《天香》；浮翠山房赋白莲，调《水龙吟》；紫云山房赋莼，调《摸鱼儿》；馀闲书院赋蝉，调《齐天乐》；天柱山房赋蟹，调《桂枝香》。倡和者为玉笥王沂孙圣与、蘋洲周密公谨、天柱王易简理得、友竹冯应瑞祥父、瑶翠唐艺孙英发、紫云吕同老和父、賔房李彭老商隐、宛委陈恕可行之、菊山唐珏玉潜、月洲赵汝钠真卿、五松李居仁师吕、玉田张炎叔夏、山村仇远仁近，皆宋遗民也。按，陈恕可别本作"练"，非。陈旅《安雅堂集》有陈行之墓志云："会稽陈恕可，古灵先生述古之后，有《乐府补题》一卷。"其为姓陈无疑。

效颦十解

四字令

拟花间

眉消[①]睡黄。春凝泪妆。玉屏[②]水暖微香。听蜂儿打窗。　　筝尘半床。绡痕半方。愁心欲诉垂杨。奈飞红正忙。

① 消，毛抄本作"梢"。

② 玉屏，毛抄本作"玉瓶"。

西江月

延祥观拒霜拟稼轩

绿绮紫丝步障，红鸾彩凤仙城。谁将三十六陂春。换得两堤秋锦。　　眼缬醉迷朱碧，笔花俊赏丹青。斜阳展尽赵昌屏。羞死舞鸾[①]妆镜。

《武林旧事》云："孤山路四圣延祥观，有韦太后沉香四圣像、小蓬莱阁、瀛屿堂、金沙井、六一泉。花寒水洁，气象幽古，三朝临幸。"

江城子

拟蒲江

罗窗晓色透花明。艳瑶笙。按瑶筝。试讯[②]东风。能有几分春。二十四阑凭玉暖，杨柳月，海棠阴。　　依依愁翠沁双颦。爱莺声。怕鹃声。人自多情。春去自无情。把酒问花花不语，花外梦，梦中云。

① 舞鸾，毛抄本作"舞花"。
② 试讯，毛抄本、柯刻本作"几讯"。

少年游

宫词拟梅溪

帘销宝篆[①]卷宫罗。蜂蝶扑飞梭。一样东风，燕梁莺院，那处春多。　　晓妆日日随香辇，多在牡丹坡。花深深处，柳阴阴处，一片笙歌。

好事近

拟东泽

新雨洗花尘，扑扑小庭香湿。早是垂杨烟老，渐嫩黄成碧。　　晚帘都卷看青山，山外更山色。一色梨花新月。伴夜窗吹笛。

西江月

拟花翁

情缕红丝冉冉，啼花碧袖荧荧。迷香双蝶下庭心。一

① 宝篆，毛抄本作“宝相”。

行愔愔帘影。　　北里红红短梦，东风燕燕[①]前尘。称销不过牡丹情。中半伤春酒病。

醉落魄

拟参晦

忆忆忆忆。宫罗[②]褶褶销金[③]色。吹花有尽情无极。泪滴空帘，香润柳枝湿。　　春愁浩荡湘波[④]窄。红兰梦绕江南北。燕莺都是东风客。移尽庭阴，风老杏花白。

朝中措

茉莉拟梦窗

彩绳[⑤]朱乘驾涛云，亲见许飞琼。多定梅魂才返，香瘢半掐秋痕。　　枕函钗缕，熏篝芳焙，儿女心情。尚有第三花在，不妨留待凉生。

---

① 燕燕，毛抄本、柯刻本作“雁雁”。

② 宫罗，毛抄本作“官罗”。

③ 销金色，毛抄本作“销生色”，柯刻本、项刻本、四库本作“销玉色”。

④ 湘波，毛抄本作“湘屏”。

⑤ 彩绳，毛抄本作“彩轮”。

醉落魄

拟二隐

馀寒正怯。金钗影卸[①]东风揭。舞衣丝损愁千褶。一缕杨丝，犹是去年折。　　临窗拥髻愁难说[②]。花庭一寸燕支雪。春花似旧心情别。待摘玫瑰，飞下粉黄蝶。

浣溪沙

拟梅川

蚕已三眠柳二眠。双竿初起画秋千。莺桃风响十三弦。　　鱼素不传新信息，鸾胶难续旧[③]姻缘。薄情明月几番圆。

甘　州

灯夕书寄二隐

渐萋萋芳草绿江南，轻晖弄春容。记少年游处，箫声巷

---

① 金钗影卸，毛抄本作"金沉影皱"。

② 难说，毛抄本、柯刻本作"谁说"。

③ 旧，毛抄本、柯刻本作"好"。

陌[1]，灯影帘栊。月暖烘炉戏鼓，十里步香红。欹枕听新雨，往事朦胧。　　还是江南春梦晓[2]，怕等闲愁见，雁影西东。喜故人好在，水驿寄诗筒。数芳程、渐催花信，送归帆、知第几番风。空吟想，梅花千树，人在山中。

踏莎行

与莫两山谈邗城旧事

远草情锺，孤花韵胜，一楼耸翠生秋暝。十年二十四桥春。转头明月箫声冷。　　赋药才高，题琼语俊，蒸香压酒芙蓉顶。景留人去怕思量，桂窗风露秋眠醒。

《词旨·警句》："梦魂欲渡苍茫去，怕梦轻、还被愁遮。"(《高阳台》)"休缀潘郎鬓影，怕绿窗、年少人惊。"(《声声慢·柳花》)"花深深处，柳阴阴处，一片笙歌。"(《少年游》)

《蘋洲渔笛谱·曲游春·游西湖》云："禁苑东风外，飏暖丝晴絮，春思如织。燕约莺期，芳情偏在，翠深红隙。漠漠香尘隔。沸十里、乱丝丛笛。看画船，尽入西泠，闲却半湖春色。　　柳陌。新烟凝碧。映帘底宫眉，堤上游勒。轻暝笼烟，怕梨云梦冷，杏香愁幂。歌管酬寒食。奈蝶怨、良宵岑寂。正恁醉月摇花[3]，怎生去得。"

《武林旧事》云："都城自过收灯，贵游巨室，争先出郊，谓之探春。水面

① 巷陌，毛抄本作"坊陌"。
② 江南春梦晓，毛抄本作"春江梦晓"。
③ 正恁醉月摇花，徐刻本作"正满湖碎月摇花"。

画楫，栉比如鳞，无行舟之路。游之次第，先南而后北，至午则尽入西泠桥里湖，其外几无一舸矣。弁阳老人有词云：'看画船[1]，尽入西泠，闲却半湖春色。'盖纪实也。"

马臻《霞外集·西湖春日壮游》诗云："画船过午入西泠，人拥孤山陌上尘。应被弁阳摸写尽，晚来闲却半湖春。"

《蓉塘诗话》：周草窗《西湖十景词·调寄木兰花慢》：《苏堤春晓》云："恰芳菲梦醒，漾残月、转湘帘。正翠崦收钟，彤墀放仗，台榭轻烟。东园。夜游乍散，听金壶逗晓歇花签。宫柳微开露眼[2]，小莺最泥春眠。　　冰奁。黛浅红鲜。临晓镜、竞晨妍。怕误却佳期，宿妆旋整，忙上雕軿。都缘探芳起早，看堤边、早有已开船。薇帐残香泪蜡，有人病酒厌厌。"《平湖秋月》云："碧霄澄暮霭，引琼驾、碾秋光。看翠阙风高，珠楼夜午，谁捣玄霜。苍茫。玉田万顷，趁仙槎、咫尺接天潢。仿佛凌波步影，露浓环佩衣凉。　　鸣珰。净洗新妆。随皓影、过西厢。正雾衣香润，云鬟绀湿，私语相将。鸳鸯。误惊晓梦，掠芙蓉、度影入银塘。十二阑干伫立，凤箫怨彻清商。"《断桥残雪》云："觅梅花信息，拥吟袖、暮鞭寒。自放鹤人归，月香水影，诗冷孤山。等闲。泮寒晛暖，看融成御水到人间。瓦陇竹根更好，柳边小驻游鞍。　　琅玕。半倚云湾。孤棹晚、载诗还。是醉魂醒处，画桥第二，奁月初三。东阑。有人步玉，怪冰泥、沁湿锦鸾斑。还见暗波涨绿，谢池梦草相关。"《雷峰夕照》云："塔轮分断雨，倒霞影、漾新晴。看满鉴春红，轻桡占岸，叠鼓收声。帘旌。半钩待燕，料香浓径远趱蜂程。芳陌人扶醉玉，路傍懒拾遗簪。　　郊坰。未厌游情。云暮合、谩销凝。想罢歌停舞，烟花露柳，都付栖莺。重闉。已催凤钥，正钿车、绣勒入争门。银烛擎花夜暖，禁街淡月黄昏。"《曲院风荷》云："软尘飞不到，过微雨、锦机张。正绿荫池幽，交枝径窄，临水追凉。宫妆。盖罗障暑，泛青蘋、乱舞五云裳。迷眼红绡绛彩，翠深偷见鸳鸯。　　湖光。两岸潇湘。风荐爽、扇摇香。算恼人偏是，萦丝露藕，连理秋房。涉江。采芳旧恨，怕红衣、夜冷落横塘。折得荷花忘

① 画船，原作"画桥"，据徐刻本、《武林旧事》改。

② 露眼，徐刻本作"霞眼"。

却，棹歌唱入斜阳。”《花港观鱼》云：“六桥春浪暖，涨桃雨、鳜初肥。正短棹轻簑，牵箭荇带，萦网莼丝。依稀。岸红遡远，泛仙舟、误入武陵溪。何处金刀脍玉，画船傍柳频催。　　芳堤。渐满斜晖。舟叶乱、浪花飞。听暮槲声合，鸥沉暗渚，鹭起烟矶。涟漪。夜深浪静，任烟寒、自载月明归。三十六鳞过却，素笺不寄相思。”《南屏晚钟》云：“疏钟敲暝色，正远树、绿愔愔。看渡水僧归，投林鸟聚，烟冷秋屏。孤云。渐沉雁影，尚残箫倦鼓别游人。宫柳栖鸦未稳，露梢已挂疏星。　　重城。禁鼓催更。罗袖怯、暮寒轻。想绮疏空掩，鸾绡翳锦，鱼钥收银。兰灯。伴人夜语，怕香消、漏永着温存。犹忆回廊待月，画阑倚徧桐阴。”《柳浪闻莺》云：“晴空摇翠浪，昼禽静、霁烟收。听暗柳啼莺，新簧弄巧，如度秦讴。谁抽。翠丝万缕，飏金梭、宛转织芳愁。风袅馀音甚处，絮花三月宫沟。　　扁舟。缆系轻柔。沙路远、倦追游。望断桥残日，蛮腰竞舞，苏小墙头。偏忧。杜鹃唤去，爱绵蛮、竟日挽春留。啼觉琼疏午梦，翠丸惊度西楼。”《三潭印月》云：“游船人散后，正蟾影、泻寒湫。看冷沁蛟眠，清宜兔浴，皓彩轻浮。扁舟。泛天镜里，遡流光澄碧浸明眸。栖鹭空惊碧草，素鳞远避金钩。　　临流。万象涵秋。怀渺渺、水悠悠。念汉皋遗佩，湘波步袜，空想仙游。风收。翠奁乍启，度飞星、倒影入芳洲。瑶瑟谁弹古怨，渚宫夜舞潜虬。”《两峰插云》云：“碧尖相对处，向烟外、挹遥岑。记舞鹫啼猿，天香桂子，曾去幽寻。轻阴。易晴易雨，看南峰淡日北峰云。双塔擎秋露冷，乱钟晓送霜清。　　登临。望眼增明。沙路白、海门青。正地幽天迥，水鸣山籁，风奏松琴。虚楹。半空聚远，倚阑干、暮色与云平。明月千岩夜午，遡风跨鹤吹笙。”

张炎《山中白云·一萼红·弁阳翁新居堂名志雅词名蘋洲渔笛谱》：“制荷衣。傍山窗卜隐，雅志可闲时。款竹门深，移花槛小，动人芳意菲菲。怕冷落、蘋洲夜月，想时将、渔笛静中吹。尘外柴桑，灯前儿女，笑语忘归。　　分得烟霞数亩，乍扫苔寻径，拨叶通池。放鹤幽情，吟莺欢事，老去却愿春迟。爱吾庐、琴书自乐，好襟怀、初不要人知。长日一帘芳草，一卷新诗。”

王沂孙* 沂孙字圣与，号碧山，又号中仙，会稽人。有《碧山乐府》二卷，又名“花外集”。《延祐四明志》：“至元中，王沂孙，庆元路学正。”

醉蓬莱

归故山

扫西风门径，黄叶凋零，白云萧散。柳换枯阴，赋归来何晚。爽气霏霏，翠蛾眉妩，聊慰登临眼。故国如尘，故人如梦，登高还懒。　　数点寒英，为谁零落，楚魄难招，暮寒堪揽。步屧荒篱[①]，谁念幽芳远。一室秋灯，一庭秋雨，更一声秋雁。试引芳樽，不知消得，几多依黯。

法曲献仙音

聚景亭梅[②]次草窗韵

层绿峨峨[③]，纤琼皎皎，倒压波痕清浅。过眼年华，动人

---

* 〔项笺〕“碧山王沂孙”小传云：“沂孙字圣与，越州山阴人，有《碧山乐府》一卷，又《花外集》。《词综》云：‘碧山《花外集》二卷，陆辅之载有“霜天晓角”等语，今集所无。’”

① 步屧荒篱，毛抄本作“步履芳篱”。

② 聚景亭梅，毛抄本作“聚景官梅”。

③ 峨峨，毛抄本作“莪莪”。

幽意[①]，相逢几番春换。记唤酒寻芳处，盈盈褪妆晚。已销黯。况凄凉、近来离思，应忘却、明月夜深归辇。荏苒一枝春，恨东风、人似天远。纵有残花，洒征衣、铅泪都满。但殷勤折取，自遣一襟幽怨。

董嗣杲《西湖百咏》注云："聚景园在清波门外。阜陵致养北宫，拓圃西湖之东，斥浮屠之庐九。曾经四朝临幸，继以谏官陈言，出郊之令遂绝。园今芜圮，惟柳浪桥、花光亭存。"

《梦粱录》："高似孙《过聚景园》诗云：'翠华不向苑中来，可是年年惜露台。水际春风寒漠漠，官梅却作野梅开。'

淡黄柳

甲戌冬，别周公谨丈於孤山中。次冬，公谨游会稽，相会一月。又次冬，公谨自剡还，执手聚别，且复别去。怅然于怀[②]，敬赋此解。

花边短笛。初结孤山约。雨悄风轻寒漠漠。翠镜秦鬟[③]钗别[④]。同折幽芳怨摇落。　素裳薄。重拈旧红萼。叹携手、转离索。料青禽一梦春无几，后夜相思，素蟾低照，谁扫花阴[⑤]共酌。

---

① 幽意，毛抄本作"山意"。
② 于怀，毛抄本作"具怀"。
③ 秦鬟，毛抄本作"秦环"。
④ 项刻本无"钗"字。
⑤ 花阴，毛抄本作"苔阴"。

〔项笺〕《樊榭词话》:“几字当用韵。”

一萼红

石屋探梅作

思飘飖。拥仙姝独步,明月照苍翘。花候犹迟,庭阴不扫,门掩山意萧条。抱芳恨、佳人分薄,似未许、芳魄化春娇。雨涩风悭,雾轻波细,湘梦迢迢。　　谁伴碧尊雕俎,唤琼肌[①]皎皎,绿发萧萧。青凤啼空,玉龙舞夜,遥睇[②]河汉光摇。未须赋、疏香淡影,且同倚、枯藓听吹箫。听久馀音欲绝,寒透鲛绡。

董嗣杲《西湖百咏》注云:“石屋在大仁院内,钱氏建。岩石虚广若屋,下有洞路。石上镌五百罗汉,屋上建阁三层。”

长亭怨

重过中庵故园

泛孤艇、东皋过遍。尚记当日,绿阴门掩。屐齿莓阶,酒痕罗袖事何限。欲寻前迹,空惆怅、成秋苑。自约[③]赏花

① 琼肌,毛抄本、柯刻本作“琼姬”。
② 遥睇,毛抄本、柯刻本作“遥盼”。
③ 自约,毛抄本作“日约”。

人，别后总、风流云散。　　水远。怎知流水外，却是乱山尤远。天涯梦短。想忘了、绮疏雕槛。望不尽、苒苒斜阳，抚乔木、年华将晚。但数点红英，犹识西园[①]凄婉。

庆宫春

水　仙

明玉擎金，纤罗飘带，为君起舞回雪。柔影参差，幽香[②]零乱，翠围腰瘦一捻。岁华相误，记前度、湘皋怨别。哀弦重听，都是凄凉，未须弹彻。　　国香，到此谁怜，烟冷沙昏，顿成愁绝[③]。花恼难禁，酒销欲尽，门外冰澌初结。试招仙魄，怕今夜、瑶簪冻折。携盘独出，空想咸阳，故宫落月[④]。

高阳台

残萼梅酸，新沟水绿，东风节序暄妍。独立雕栏，谁怜枉度华年。朝朝准拟清明近，料燕翎、须寄银笺。又争知、一字相思，不到吟边。　　双蛾不拂青鸾冷，任花阴寂寂，掩户闲眠。屡卜佳期，无凭却怨金钱。何人寄与天涯信，趁

① 西园，毛抄本作“西门”。
② 幽香，毛抄本、柯刻本作“幽芳”。
③ 愁绝，毛抄本作“幽绝”。
④ 项刻本校记云：“‘月’，一作‘叶’。”

东风、急整归船。纵飘零，满院杨花，犹是春前。

西江月

为赵元父赋雪梅图

褪粉轻盈琼靥，护香重叠冰绡。数枝谁带玉痕描。夜夜东风不扫。　　溪上横斜影淡，梦中落莫魂销。峭寒未肯放春娇。素被独眠清晓。

踏莎行

题草窗词卷

白石飞仙，紫霞凄调。断歌人听[①]知音少。几番幽梦欲回时，旧家池馆生青草。　　风月交游，山川怀抱。凭谁说与春知道。空留离恨满江南，相思一夜蘋花老。

醉落魄

小窗银烛。轻鬟半拥钗横玉。数声春调清真曲。拂拂朱帘，残影乱红扑。　　垂杨学画蛾眉绿。年年芳草迷金

① 人听，毛抄本作“重听”。

谷。如今休把佳期卜。一掬春情，斜月杏花屋。

〔项笺〕《山中白云·洞仙歌·观圣与〈花外词集〉有感》："野鹃啼月，便角巾还第。轻掷诗瓢付流水。最无端、小院寂历春空，门自掩、柳发离离如此。　　可惜欢娱地。雨冷云昏，不见当时谱银字。旧曲怯重翻，总是离愁，泪痕洒、一帘花碎。梦沉沉、知道不归来，尚错问桃根，诗魂醒未。"

《词旨·警句》："一掬春情，斜月杏花屋。"（《醉落魄》）"一室秋灯，一庭秋雨，更一声秋雁。"（《醉蓬莱》）"揉碎花心，吟碎淡黄雪。"（《醉落魄》）"翠篿一池秋水，半床露、半床月。"（《霜天晓角》）"恰似断魂江上柳。越春深越瘦。"（《谒金门》）《词眼》："挑云研雪。"

《花外集》：《八六子》云："扫芳林。几番风雨，匆匆老尽春禽。渐薄润、侵衣不断，嫩凉随扇初生。晚窗自吟。　　沉沉。幽径芳寻。晻霭苔香帘净，萧疏竹影庭深。谩淡却蛾眉，晨妆慵扫，宝钗虫拆，绣衾鸾破，当时暗水和云泛酒，空山留月听琴。料如今。门前数重翠阴。"《一萼红·赤城山中题梅花卷》云："玉婵娟。甚春馀雪在，犹未跨青鸾。疏萼无香，柔条独秀，应恨流落人间。记曾照、黄昏淡月，渐瘦影、移上小阑干。一点清魂，半枝寒色，芳意斑斑。　　重省嫩寒清晓，过断桥流水，问讯孤山。冰骨微销，尘衣不浣，相见还误轻攀。未须讶、东南倦客，掩铅泪、看了又重看。故国吴天树老，雨过风残。"《前调·初春怀旧》云："小庭阴。有苍苔老树，风物似山林。侵户清寒，捎池急雨，时听飞过鸣禽。扫花迳、残梅似雪，甚过了、人日更多阴。压酒人家，试灯天气，相次登临。　　犹记旧游亭馆，正垂杨引缕，嫩草抽簪。罗带同心，泥金半臂，花气低唱轻斟。又争信、风流一别，念前事、空惹恨沉沉。野服山笻醉赏，不似如今。"《疏影·咏梅》云："琼妃卧月。任素裳瘦损，罗带重结。石迳春寒，碧藓参差，相思曾步芳屧。篱根分破东风恨，又梦入、水孤云阔。算如今，也厌娉婷，带了一痕残雪。　　犹记冰奁半掩，冷枝画未就，归棹轻折。几度黄昏，忽到窗前，重想故人初别。苍虬欲卷涟漪去，谩蜕却、连环香骨。早又是，翠荫蒙茸，不似一枝清绝。"《声声慢》云："迎门高髻，倚扇清吭，娉婷未数西洲。浅拂朱铅，春风二月梢头。相逢靓妆俊语，有旧家、京洛风流。断肠句，试重拈彩笔，与赋闲愁。　记凌波去后，问明珰罗袜，却为谁留。枉梦相思，几回南浦行舟。莫辞玉尊起舞，怕重来、燕子空楼。漫惆怅，抱琵琶、闲过此秋。"

《乐府补题》：王沂孙《天香·赋龙涎香》云："孤峤蟠烟，层涛蜕月，骊宫夜采铅水。汛逝槎风，梦深薇露，化作断魂心字。红瓷候火，还乍识、冰环玉指。一缕萦帘翠影，依稀海山云气。　几回殢娇半醉。剪春灯、夜寒花碎。更好故溪飞雪，小窗深闭。荀令如今顿老，总忘却、尊前旧风味。谩惜馀薰，空篝素被。"《摸鱼儿·赋莼》云："玉帘寒、翠丝微断，浮空清影零碎。碧芽也抱春洲怨，双卷小缄芳字。还又似。系罗带相思，几点青钿缀。吴中旧事。怅酪乳争奇，鲈鱼谩好，谁与共秋醉。　江湖兴，昨夜西风又起。年年轻误归计。如今不怕归无准，却怕故人千里。何况是。正落日垂虹，怎赋登临意。沧浪梦里。纵一舸重游，孤怀暗老，馀恨渺烟水。"《齐天乐·赋蝉》云："绿阴千树西窗晓，厌厌昼眠惊起。嫩翼风微，流声露悄，半剪冰笺谁寄。凄凉倦耳。谩重拂琴丝，怕寻冠珥。梦短宫深，向人犹与诉憔悴。　残虹收尽过雨，晚来频断续，都是秋意。病叶难留，纤柯易老，空忆斜阳身世。山明月碎。甚已绝馀音，尚馀枯蜕。鬓影参差，断魂青镜里。"

周密《蘋洲渔笛谱·题中山词卷》云："结客千金，醉春双玉。旧游宫柳藏仙屋。白头吟老茂陵西，清平梦远沉香北。　玉笛天津，锦囊昌谷。春红转眼成秋绿。重翻花外侍儿歌，休听酒边供奉曲。"

张炎《山中白云·琐窗寒》："王碧山，又号中仙，越人也。能文工词，琢句峭拔，有白石意度，今绝响矣。余悼之玉笥山，所谓长歌之哀，过于痛哭。""断碧分山，空帘剩月，故人天外。香留酒殢。蝴蝶一生花里。想如今、醉魂未醒，夜台梦语秋声碎。自中仙去后，词笺赋笔，便无清致。

都是。凄凉意。怅玉笥埋云，锦袍归水。形容憔悴。料应也、孤吟山鬼。那知人、弹折素弦，黄金铸出相思泪。但柳枝、门掩枯阴，候虫愁暗苇。"

赵与仁[*] 与仁字元父，号学舟。《宋史·宗室世系表》："燕王德昭十世孙，希挺长子。"入元为辰州教授。

柳梢青

落　桂

露冷仙梯。霓裳散舞，记曲人归。月度层霄，雨连深夜，谁管花飞。　　金铺满地苔衣。似一片、斜阳未移。生怕清香，又随凉信，吹过东篱。

琴调相思引

冰箔纱帘小院清。晴尘不动地花平。昨宵风雨，凉到木樨屏。　　香月照妆秋粉薄，水云飞珮藕丝轻。好天良夜，闲理玉靴笙。

西江月

夜半河痕依约，雨馀天气冥濛。起行微月遍池东。水

---

* 〔项笺〕"学舟赵与仁"小传云："与仁字元父。《宋史·宗室世系表》：'燕王德昭十世孙，希挺长子。'入元为辰州教授。"

影浮花，花影动帘栊。　　量减难追醉白，恨长莫尽题红。雁声能到画楼中。也要玉人知道、有秋风。

清平乐

柳丝摇露。不绾兰舟住。人宿溪桥知那处。一夜风声千树。　　晓楼望断天涯。过鸿影落寒沙。可惜些儿秋意，等闲过了黄花。

好事近

春色醉荼蘼。昼永篆烟初绝[1]。临水杨花千树。尽一时飞雪。　　穿帘度竹弄轻盈。东风老犹劣。睡起凭阑无绪。听几声啼鴂[2]。

《词旨·警句》："昨宵风雨，凉到木樨屏。"（《琴调相思引》）

---

① 绝，毛抄本作"蕝"。

② 柯刻本此词后另有词牌名"浣溪纱"，小字注："缺词。"

仇　远* 远字仁近，号山村，钱唐人，居白龟池上。入元，仕为溧阳州学正。张翥、张雨、莫维贤皆出其门，有名当世。有《兴观集》一卷。

玉蝴蝶①

独立软红尘表，远吞翠雾，平挹纹澜。草长西垣，生怕隔断双鬟。树梢明、夕阳未冷，菱叶静、新雨初干。倚阑干。一声鹅管，人影高寒。　　休寻王孙桂隐，白云鸡犬，曾识刘安。羽扇纶巾，不知门外有人闲。袖素手、懒招黄鹄，写碧笺、空寄青鸾。且盘桓。听风听雨，山北山南。

生查子

钗头缀玉蚕，耿耿东窗晓。京洛少年游，犹恨归来早。　　寒食正梨花，古道多芳草。今夜试青灯，依旧双花小。

---

* 〔项笺〕"山村仇远"小传云："远字仁近，钱唐人，居白龟池。入元，仕为溧阳州学正。张翥、张雨、莫维贤皆游其门。"

① 是词底本原无，毛抄本于《好事近》(春色醉荼蘼)与《生查子》(钗头缀玉蚕)之间别有十三行，除第十三行有"北山南"三字外，其馀皆空阙文字，可知《生查子》(钗头缀玉蚕)其上为"北山南"三字结尾之词。今传仇远词集《无弦琴谱》中，惟有《玉蝴蝶》(独立软红尘表)一阕以"北山南"三字结尾，且柯刻本此处虽无"北山南"三字，然犹存调名"玉蝴蝶"三字，可证空阙处即此《玉蝴蝶》词。兹据《彊村丛书》本《无弦琴谱》补录此词。

八犯玉交枝

招宝山观月上

沧岛云连，绿瀛秋入，暮景却沉洲屿[①]。无浪无风天地白[②]，听得潮生人语。擎空孤柱。翠倚高阁[③]凭虚，中流苍碧迷烟雾。惟见广寒门外，青无重数。　　不知是水，不知是山，是树[④]。漫漫知是何处。倩谁问、凌波轻步。谩凝伫、乘鸾秦女。想庭曲、霓裳正舞。莫须长笛吹愁去。怕唤起鱼龙，三更喷作前山雨。

《延祐四明志》云："招宝山，在定海县东北八里，一名候涛山，为海控扼。"

吴莱《甬东山水古迹记》云："庆元东偪海有招宝山，或云他处见山有异气，疑下有宝；或云东夷以海货来互市，必泊此山。前至峡口，怪石嵌险离立，南曰金鸡，北曰虎蹲。又前为蛟门，峡东浪激，或大如五石斗瓮，跃入空中，却堕下碎为雰雨；或远如雪山冰岸，声势崩拥。秋风一作，海水又壮，排空触岸，杳不知舟楫所在。"

〔项笺〕钱惟善《江月松风集 · 挽山村诗》："诗穷八十年，江海正凄然。玉麈风生颊，青衫雪满颠。门墙张籍俊，墓表孟郊贤。出处人皆识，哀歌彻九泉。"

① 洲屿，项刻本校记云："一作'洲渚'。"
② 白，毛抄本作"自"。
③ 高阁，毛抄本作"高阔"。
④ 项刻本校记云："一作'不知是山是水，不知是树'。"

《乐府补题》：仇远《齐天乐·赋蝉》云："夕阳门巷荒城曲，清音早鸣秋树。薄剪绡衣，凉生鬓影，独饮天边风露。朝朝暮暮。奈一度凄吟，一番凄楚。尚有残声，蓦然飞过别枝去。　　齐宫往事谩省，行人犹与说，当时齐女。雨歇空山，月笼古柳，仿佛旧曾听处。离情正苦。甚懒拂冰笺，倦拈琴谱。满地霜红，浅莎寻蜕羽。"

《花草粹编》：仇山村《瑶华慢·咏雪》云："疏疏密密，纷纷漠漠，乍舞风无力。残砖断础，转眼化作，方珪圆璧。非花非絮，似逞巧、先投窗隙。立小楼、不见青山，万里鸟飞无迹。　　休怜冻梗冰苔，但飞入平林，都是春色。年华婉娩，谁信道、老却梁园词客。踏青近也，且一白、何须三白。把一白、分与梅花，要点寿阳妆额。"

张翥《蜕庵词·最高楼·为山村仇先生寿》云："方寸地，七十四年春。世事几浮云。躬行斋内蒲团稳，耆英会里酒杯频。日追游，时啸咏，任天真。　　喜女嫁男婚今已毕。便束帛安车那肯出。无一事、挂闲身。西湖鸥鹭长为侣，北山猿鹤莫移文。愿年年，汤饼会，乐情亲。"

项絪重刻绝妙好词原题跋附录

花气烘人尚暖，珠光出海犹寒。如今贺老见应难。解道江南肠断。　　谩击铜壶浩叹，空存锦瑟谁弹。庄生蝴蝶梦春还。帘外一声莺唤。调《西江月》，玉田生张炎叔夏。《山中白云词》

弁阳老人选此词，总目后又有目录。卷中词人，大半予所未晓者。其选录精允，清言秀句，层见叠出，诚词家之南董也。此本又经前辈细看批阅，姓氏下各朱标其出处里第，展玩之，心目了然。或曰弁阳老人即周草窗，未知然否。虞山钱遵王。钱氏《述古堂藏书题词》

词人之作，自《草堂诗馀》盛行，屏去《激楚》《阳阿》，而巴人之唱齐进矣。周公谨《绝妙好词》，选本中多俊语，方诸《草堂》所录，雅俗殊分。顾流布者少，从虞山钱氏钞得，嘉善柯孝廉南陔重锓之。作者百三十有二人，第七卷“仇仁近”残阙，目亦无存，可惜也。公谨自有《蘋洲渔笛谱》，其词足与陈衡仲、王圣与、张叔夏方驾。金风亭长朱彝尊。《曝书亭集》

绝妙好词笺原跋

词学，先君子究心有年[①]。是编因戊辰秋钱唐厉太鸿先生北来，假馆于舍。先君人事之暇，相与篝灯茗碗，商榷笺注；搜罗考订，颇瘁心力。成书于己巳夏，即殁之前数日也。正欲授梓，不谓疾作，遽尔见背。今春检阅遗稿，手迹宛然，读之涕泪交并。并因付剞劂，用副先志焉。乾隆庚午春三月上浣，男善长、善和谨识。

---

① 词学先君子究心有年，徐刻本作"先君子究心词学有年"。

附录一　绝妙好词续钞

余集《绝妙好词续钞》序

词至南宋而工，词律亦至南宋而密，此《绝妙词》之所以独传也。草窗编辑原本七卷，人不求备，词不求多，而蕴藉雅饬，远胜《草堂》《花庵》诸刻。又经樊榭笺疏，使词中本事、词外逸闻，历历可见，诚善本也。向阅宋人说部，见有与集中可引证者，随笔录出，用补樊榭之阙，惜不能重刻以广其传。而草窗所录词见于杂著者，多同时人所赋，为《绝妙词》之所未载，因别为一卷。而其人与事有可备采摭者，亦效樊榭之意，备录于篇，虽无当著述，要亦草窗之志也。秋室书。

绝妙好词续钞

翁孟寅 见卷三

摸鱼儿

卷西风、方肥塞草，带钩何事东去。月明万里关河梦，吴楚几番风雨。江上路。二十载、头颅凋落今如许。凉生弄尘。叹江左夷吾，隆中诸葛，谈笑已尘土。　　寒汀外，还见来时鸥鹭。重来应是春莫。轻裘岘首陪登眺，马上落花飞絮。拚醉舞。谁解道、断肠贺老江南句。沙津少驻。举目送飞鸿，幅巾老子，楼上正凝伫。

宾旸尝游维扬，贾师宪开帷阃，甚前席之。其归，又置酒以饯。宾旸即席赋此词呈师宪，大喜，举席间饮器凡数十万悉以赠之。

王　澡 见卷三

祝英台近

别　词

玉东西，歌宛转。未做苦离调。着上征衫，字字是愁抱。月寒鬓影刁萧，舵楼开缆，记柳暗、乳鸦啼晓。　短亭草。还是绿与春归，罗屏梦空好。燕语难凭，憔悴未渠了。可能妒柳羞花，起来浑懒，便瘦也、教春知道。

赵希迈 见卷三

满江红

三十年前，爱买剑、买书买画。凡几度，诗坛争敌，酒兵取霸。春色秋光如可买，钱悭也不曾论价。任粗豪、争肯放头低，诸公下。　今老大，空嗟呀。思往事，还惊诧。是和非未说，此心先怕。万事全将飞雪看，一间且问苍天借。乐馀龄、泉石在膏肓，吾非诈。

薛梦桂 见卷三

父大圭，绍熙间上书乞立储，在赵忠定诸人先。叔载，擢高科，通京籍，风度清远，所居西湖五云山，曰隔凡关，曰林壑瓮，通命之曰方厓小隐。诸名士无不纳交，俪语、古文，词笔洒落，不特诗也。

醉落魄

单衣乍着。滞寒更傍东风作。珠帘压定银钩索。雨弄新晴，轻旋玉尘落。　　花唇巧借妆梅约。娇羞才放三分萼。尊前不用多评泊。春浅春深，都向杏梢觉。

翁元龙 见卷四

元龙与吴君特为亲伯仲，作词各有所长，世多知君特，而知时可者甚少。

江城子

一年箫鼓又疏钟。爱东风。恨东风。吹落灯花，移在杏梢红。玉靥翠钿无半点，空湿透，绣罗弓。　　燕魂莺梦渐惺松。月帘栊。影迷濛。催趁年华，都在艳歌中。明日柳边春意思，便不与，夜来同。

西江月

画阁换黏春帖，宝筝抛学银钩。东风轻滑玉钗流。织线燕纹莺绣。　　隔帐灯花微笑，倚窗云叶低收。双鸳刺罢底尖头。剔雪闲寻豆蔻。

朝中措

茉　莉

花情偏与夜相投。心事鬓边羞。薰醒半床凉梦，能消几个开头。　　风轮漫卷，冰壶低架，香雾飕飕。更着月华相恼，木犀淡了中秋。

鹊桥仙

巧　夕

天长地久，风流云散。惟有离情无算。从分金镜不曾圆，到此夜、年年一半。　　轻罗暗网，蛛丝得意，多似妆楼针线。晓看玉砌淡无痕，但吹落、梧桐几片。

时可词如"拗莲牵藕线。藕断丝难断。弹水没鸳鸯。教寻波底香"，真《花间》语也。

张　枢 见卷五

玉田之父也。斗南笔墨萧爽，人物蕴藉，善音律，尝度依声集百阕，音韵谐美，真承平佳公子也。

恋绣衾

屏绡裛润惹篆烟。小窗闲、人泥昼眠。正雪暖、荼蘼架，奈愁春、尘锁雁弦。　　杨花做了香云梦，化池萍、犹泛翠钿。自不怨、东风老，怨东风、轻信杜鹃。

清平乐

凤楼人独。飞尽罗心烛。梦绕屏山三十六。依约水西云北。　　晓奁懒试脂铅。一緺鸾髻微偏。留得宿妆眉在，要教知道孤眠。

木兰花慢

歌尘凝燕垒，又软语、在雕梁。记剪烛调弦，翻香校谱，学品伊凉。屏山梦云正暖，放东风、卷雨入巫阳。金冷红条孔雀，翠间彩结鸳鸯。　　银釭。焰冷小兰房。夜悄怯更长。待采叶题诗，含情赠远，烟水茫茫。春妍尚如旧否，料啼痕、暗里浥红妆。须觅流莺寄语，为谁老却刘郎。

《次斗南韵》云："路穿压曲几回环，天地为炉不掩关。守分固于贫亦乐，任缘或以倦知还。门前认取朝宗水，屋上元非捷径山。若欲结茅相共住，云根可着两三间。"失载作者姓名。

斗南践敭朱华，为宣词令、阁门簿书，详知朝仪典故。其姑缙云夫人承恩穆陵，因得出入九禁，备见一时宫中燕幸之事。尝赋《宫词》七十首，尽载当时盛际，非其他想像而为者。今摭其十于此："尧殿融春大宴开，山呼才了乐声催。侍臣宣劝君恩重，宰相亲王对举杯。""观堂钟响待催班，步入朱廊十二间。宣坐赐茶开讲席，花砖咫尺对天颜。""月笼梅影夜深时，白玉排箫索独吹。传得官家暗宣使，黄金约臂翠花枝。""翠枝斜插滴金花，特髻低蟠贴水荷。应奉人多宣唤少，海棠花下看飞梭。""笙歌散后归深院，花柳阴中过曲廊。静掩金铺三十六，黄昏处处爇衙香。""燦锦堂西过夕阳，水风欲起芰荷香。内监催扫池边地，准备官家纳晚凉。""晚凉开宴近中秋，香染金风倚桂楼。花月新篇初唱彻，内人传旨索歌头。（穆陵制《花月篇》）""银簧乍艳参差竹，玉轴新调尺合弦。奏罢六幺花十八，水晶帘底赐金钱。”“回廊隔树帘帘卷，曲水穿桥路路通。禁漏滴斜花外日，御香薰暖柳边风。”“紫阁深严邃殿西，书林飞白揭宸奎。黄封缴进升平奏，直笔夫人看内批。”

李　演 见卷五

贺新凉

多景楼落成

笛叫东风起。弄尊前、杨花小扇，燕毛初紫。万点淮峰孤角外，惊下斜阳似绮。又婉娩、一番春意。歌舞相缪愁自猛，卷长波、一洗空人世。间热我，醉时耳。　绿芜冷叶瓜州市。最怜予、洞箫声尽，阑干独倚。落落东南墙一角，谁护山河万里。问人在、玉关归未。老矣青山灯火客，抚佳期、漫洒新亭泪。歌哽咽，事如水。

淳祐间丹阳太守重修多景楼，落成高宴，一时席上皆湖海名流。酒馀，主人命妓持红笺征诸客词。秋田李演广翁词先成，众人惊赏，为之阁笔。

刘　澜 见卷五

买陂塘

游天台雁荡东湖

御风来、翠乡深处，连天云锦平远。卧游已动蓬舟兴，那在芙蓉城畔。巾懒岸。任压顶嵯峨，满鬓丝零乱。飞吟水殿。载十丈青青，随波弄粉，菰雨泪如霰。　斜阳外，也有仙妆半面。无言应对花怨。西湖千顷腥尘暗。更忆鉴湖一片。何日见。试折藕占丝，丝与肠俱断。遐征渐倦。当颍尾湖头，绿波彩笔，相伴老坡健。

此养源绝笔也。

李彭老 见卷六

惜红衣

水西云北，记前回同载，高阳伴侣。一色荷花香十里，偷把秋期频数。脆管排云，轻桡喷雪，不信催诗雨。碧筒呼酒，秀笺题遍新句。　　谁念病损文园，岁华摇落，事与孤鸿去。露井邀凉吹短发，梦入蘋洲菱浦。暗草飞萤，乔枝翻鹊，看月山中住。一声清唱，醉乡知有仙路。

木兰花慢

送　客

折秦淮露柳，带明月、倚归船。看佩玉纫兰，囊诗贮锦，江满吴天。吟边。唤回梦蝶，想故山、薇长已多年。草得梅花赋了，棹歌远和离舷。　　风弦。尽入吟篇。伤倦客、对秋莲。过旧经行处，渔乡水驿，一路闻蝉。留连。漫听燕语，便江湖夜语隔灯前。潮返浔阳暗水，雁来好寄瑶笺。

祝英台近

载轻寒，低鸣橹。十里杏花雨。露草迷烟，萦绿过前浦。青青陌上垂杨，绾丝摇佩，渐遮断、旧曾吟处。　　听莺语。吹笙人远天长，谁翻水西谱。浅黛凝愁，远岫带眉妩。画阑闲倚多时，不成春醉，趁几点、白鸥归去。

清平乐

合欢扇子。扑蝶花阴里。半醉海棠扶不起。淡日秋千闲倚。　　宝筝弹向谁听。一春能几番晴。帐底柳绵吹满，不教好梦分明。

章台月

露轻风细。中庭夜色凉如水。荷香柳影成秋意。萤冷无光，凉入树声碎。　　玉箫金缕西楼醉。长吟短舞花阴地。素娥应笑人憔悴。漏歇帘空，低照半床睡。

青玉案

楚峰十二阳台路。算只有、飞红去。玉合香囊曾暗度。榴裙翻酒，杏帘吹粉，不识愁来处。　　燕忙莺懒青春莫。蕙带空留断肠句。草色天涯情几许。荼蘼开尽，旧家池馆，门掩风和雨。

张直夫尝为词序云："靡丽不失为国风之正，闲雅不失为骚雅之赋。摹拟玉台，不失为齐梁之工。则情为性用，未闻为道之累。"

楼茂叔云："裙裾之乐，何待晚悟；笔墨劝淫，咎将谁执？或者假正大之说而掩其不能，其罪我必焉。虽然，与知我等耳。"

李莱老 见卷六

秋崖与兄篔房竞爽，号龟溪二隐。

倦寻芳

缭墙黏藓，糁径飞梅，春绪无赖。绣压垂帘，骨有许多寒在。宝幄香消龙麝饼，钿车尘冷鸳鸯带。想西园，被一程风雨，群芳都碍。　　逗晓色、莺啼人起，倦倚银屏，愁沁眉黛。待拚千金，却恨好晴难买。翠苑欢游孤解佩。青门佳约妨挑菜。柳初黄，罩池塘、万丝愁霭。

点绛唇

绿染春波，绣罗金缕双鸂鶒。小桃匀碧。香衬蝉云湿。　　舞带歌钿，闲傍秋千立。情何极。燕莺尘迹，芳草斜阳笛。

西江月

海　棠

绿凝晓云冉冉，红酣清雾冥冥。银簪悬烛锦官城。困倚墙头半影。　　雨后遍饶艳冶，燕来同作清明。更深犹唤玉靴笙。不管西池露冷。

周　容 容字子宽，四明人。

小重山

谢了梅花恨不禁。小楼羞独倚、暮云平。夕阳微放柳梢明。东风冷、眉岫翠寒生。　无限远山青。重重遮不断、旧离情。伤春还上去年心。怎禁得、时节又烧灯。

张　湼 湼字清源。

祝英台近

一番风，连夜雨。收拾做春莫。艳冷香销，莺燕惨无语。晓来绿水桥边，青门陌上，不忍见、落红无数。　怎分付。独倚红药栏边，伤春甚情绪。若取留春，欲去去何处。也知春亦多情，依依欲住。子规道、不如归去。

章谦亨 谦亨字牧叔，吴兴人，铅山令。

玉楼春

守　岁

团栾小酌醺醺醉。厮捱着、没人肯睡。呼卢直到五更头，便铺了妆台梳洗。　庭前鼓吹喧人耳。蓦忽地、又添一岁。休嫌不足少年时，有多少、老如我底。

牧叔尝为浙东宪，风采为一时所称。然蕴藉滑稽，不同流俗。

又罗希声《水龙吟·除夕》一词："小童教写桃符，道人还了常年例。神前灶下，祓除清净，献花酌水。祷告些儿，也都不是，求名求利。但吟诗写字，分数上面，略精进、尽足矣。　　饮量添教不醉。好时节，逢场作戏。驱傩爆竹，软饧酥豆，通宵不睡。四海皆兄弟，阿鹊也、同添一岁。愿家家户户，和和顺顺，乐升平世。"此集中所无也。楙按：罗希声之下，余氏失抄"所书孙花翁"五字。

魏子敬

生查子

愁盈镜里山，心叠琴中恨。露湿玉阑秋，香伴银屏冷。　　云归月正圆，雁到人无信。孤损凤皇钗，立尽梧桐影。

刘兴伯云："此词题道途壁上，甚工。"

陈参政 参政北人，名未详。

木兰花慢

送陈石泉南还

归人犹未老。喜依旧、着南冠。正雪暗滹沱，云迷芒砀，梦落邯郸。乡心日行万里，幸此身、生入玉门关。多少秦烟陇雾，西湖净洗征衫。　　燕山。从不见吴山。回首一归难。慨故都禾黍，故家乔木，那忍重看。钧天紫城何处，问瑶池八骏几时还。谁在天津桥上，杜鹃声里阑干。

此词载之《志雅堂杂钞》,《词综》亦入选。

失　名

谒金门

休只坐。也去看花则个。明日满庭红欲堕。花还愁似我。　　索性痴眠一瘔。凭个梦儿好做。杜宇不知春已过。枝头声越大。

小重山

鼓报黄昏禽影歇。单衣犹未试、觉寒怯。尘生锦瑟可曾阅。人去也、闲过好时节。　　对景复愁绝。东风吹不散、鬓边雪。些儿心事对谁说。眠不得、一枕杏花月。

二词徐爱山尝称之,不知何人作也。

失　名

踏莎行

照眼菱花,剪情菰叶。梦云吹散无踪迹。听郎言语识郎心,当时一点谁消得。　　柳暗花明,萤飞月黑。临窗滴泪研残墨。合欢带上旧题诗,如今化作相思碧。

原注:此词与《谒金门》(人病酒)词并见赵闻礼《钓月集》,不详何人所作。今查“人病酒”词已见本集,作谭宣子词。

失　名

望远行

元　夕

又还到、元宵台榭。记轻衫短帽，酒朋诗社。烂漫向、罗绮丛中，驰骋风流俊雅。转头是、三十年话。　　量减才悭，自觉是、欢情衰谢。但一点难忘，酒痕香帕。如今雪鬓霜髭，嬉游不忺深夜。怕相逢、风前月下。

此词翁宾旸谓是孙季藩作，然花翁集中无之。

无名氏 太原府治宣诏亭壁间。

减字木兰花

并州霜早。禾黍离离成腐草。马困人疲。惟有郊原雀鼠肥。　　分明有路。好逐衡阳征雁去。鼓角声中。全晋山河一半空。

金贞祐中，太原已受兵，人情汹汹，府治宣诏亭壁上忽有此词。草窗云“盖鬼词”也。

王夫人 清惠宋昭仪，从谢太后北觐，题词于汴京夷山驿中。入元为女道士，号冲华。

满江红

太液芙蓉，浑不似、旧时颜色。曾记得、春风雨露，玉楼金阙。名播兰馨妃后里，晕潮莲脸君王侧。忽一声鼙鼓揭天来，繁华歇。　　龙虎散，风云灭。千古恨，凭谁说。对山河百二，泪盈襟血。客馆夜惊尘土梦，宫车晓碾关山月。问姮娥、于我肯从容，同圆缺。

《东园友闻》云："此词或传张璚英所赋。"

文天祥《和韵》："燕子楼中，又捱过、几番秋色。相思处、青春如梦，乘鸾仙阙。肌玉暗消衣带缓，泪珠斜透花钿侧。最无端、蕉影上窗纱，青灯歇。　　曲池合，高台灭。人间事，何堪说。向南阳阡上，满襟清血。世态便如翻覆手，妾身元是分明月。笑乐昌、一段好风流，菱花缺。"《代王夫人再用韵》："试问琵琶，胡沙外、怎生风色。最苦是、姚黄一朵，移根丹阙。王母欢阑琼宴罢，仙人泪满金盘侧。听行宫半夜雨淋铃，声声歇。　　彩云散，香尘灭。铜驼恨，那堪说。想男儿慷慨，嚼穿龈血。回首昭阳辞落日，伤心铜爵迎新月。算妾身、不愿似天家，金瓯缺。"邓光荐《和韵》："王母仙桃，亲曾醉、九重春色。谁信道、鹿衔花去，浪翻鳌阙。眉锁姮娥山宛转，髻梳坠马云欹侧。恨风沙吹透汉宫衣，馀香歇。　　霓裳散，庭花灭。昭阳燕，应难说。想春深铜雀，梦残啼血。空有琵琶传出塞，更无环佩鸣归月。又争知、有客夜悲歌，壶敲缺。"光荐名剡，号中斋，文信国客，庐陵人。

王昭仪《送水云归吴》序云："水云留金台一纪，琴书相与无虚日。秋风天际，束书告行，此怀怆然，定知夜梦先过黄河也。一时同人以'劝君更尽一杯酒，西出阳关无故人'分韵赋诗为赠。他时海上相逢，当各说神仙人语，又岂以声律为拘拘邪！"清惠诗："朔风猎猎割人面，万里归人泪如霰。江南江北路茫茫，粟酒千锺为君劝。"陈真淑诗："天山雪子落纷纷，醉拥貂裘坐夜分。明日马头南地去，琴边应是有文君"黄慧真诗："高叠燕山冰雪劲，万里长安风雨横。君衣云锦勒花骢，此酒一杯何日更。"何凤仪诗："十年燕客身如病，一曲剡溪心不竞。凭君寄语爱梅仙，天理现时人事尽。"周静真诗："燕山雪花大如席，马上吟诗无纸笔。他时若遇陇头人，折寄梅枝须一一。”叶静慧诗:“塞上砧声响似雷,怜君骑马向南回。今宵且向穹庐醉,后夜相思无此杯。”孔清真诗:“瘦马长吟蹇驴吼,坐听三军击刁斗。归人鞍马不须忙,为我更酾葡萄酒。”郑惠真诗:“琵琶拨尽昭君泣,芦叶吹残蔡女啼。归见林逋烦说似,唐僧三藏入天西。”方妙静诗:“万里秦城风淅淅,一望苏州云幂幂。君今得旨归故乡,反锁衡门勿轻出。”翁懿淑诗:“金门夜醉紫霞觞,乞得黄冠还故乡。一似陈抟归华岳,又如李泌过衡阳。”章妙懿诗:“一从骑马逐铃銮,过了千山又万山。君已归装向南去,不堪肠断唱阳关。”蒋懿顺诗:“十年牢落醉穹庐,不用归荣驷马车。他日傥思人在北,音书还寄雁来无。”林顺德诗:“归舟夜泊西兴渡,坐看潮来又潮去。江草江花春复春,山青水绿元如故。”袁正淑诗:“抱琴归去海东滨,莫逐成连觅子春。十里西湖明月在,孤山寻访种梅人。”清惠又有《捣衣诗呈水云》:“妾命薄如叶,流离万里行。黄尘燕塞外,愁听捣衣声。”又《李陵台和汪水云》:“李陵台上望,答子五言诗。客路八千里,乡心十二时。孟劳欣已税,区脱永相离。忽报江南使,新来贡荔支。”汪水云《秋日酬王昭仪诗》:“愁到浓时酒自斟,挑灯看剑泪痕深。黄金台迥少知己,碧玉调高空好音。万叶秋风孤馆梦,一灯旧雨故乡心。庭前昨夜梧桐语,劲气萧萧入短襟。”又女道士王昭仪仙游诗:“吴国生如梦,幽州死未寒。金闺诗卷在,玉案道书闲。苦雾蒙丹旐,酸风射素棺。人间无葬地,天上有仙山。”

严　蕊　蕊字幼芳,天台营妓,善琴奕歌舞、丝竹书画,色艺冠时。间作诗词,有新语,颇通古今。善逢迎,四方闻名,千里来访。

如梦令

赋红白桃花

道是梨花不是。道是杏花不是。白白与红红,别是东风情味。曾记。曾记。人在武陵微醉。

唐与正守台日，酒边尝命赋此，即成。与正赏之双缣。又七夕，郡斋开宴，坐有谢元卿者，命以己之姓为韵，赋一词，酒行词成《鹊桥仙》云："碧梧初坠，桂花才吐，池上水花微谢。穿针人在合欢楼，正月露、玉盘高泻。　蛛忙鹊懒，耕慵织倦，空做古今佳话。人间刚道隔年期，指天上、方才隔夜。"元卿为之心醉。时朱晦庵以使节行部至台，欲摭与正之罪，连及蕊，大受委顿，至彻阜陵之听。后朱改除，岳商卿为宪，命自陈，蕊略不构思，口占《卜算子》云："不是爱风尘，似被前缘误。花落花开自有时，总赖东君主。　去也终须去，住也如何住。若得山花插满头，莫问奴归处。"即日判从良。

乩　仙

鹊桥仙

七　夕

鸾舆初驾，牛车齐发。隐隐鹊桥咿轧。尤云殢雨正欢浓，但只怕、来朝初八。　霞垂彩幔，月明银烛。馥郁香喷金鸭。年年此际一相逢，未审是、甚时结煞。

宋庆之寓永嘉时，遇诏岁，乡士从之者颇众。适七夕会饮，有僧法辨善五星在坐，每以八煞为说，众人号为辨八煞。酒间，一士致仙扣试事，忽箕动神降，宋怪之，漫云："姑置此，且求七夕一词如何？"复请韵，宋指辨云："以八煞为韵。"忽运箕如飞，成此词，群夸其警敏。

附录

宣和中，李师师以能歌舞称。时周邦彦为太学生，时游其家。一夕，祐陵临幸，仓卒避去。既而赋小词，所谓"并刀如水，吴盐胜雪"者，盖纪此夕事也。未几，李被宣唤，遂歌于上前。问谁作，以邦彦对，遂与解褐，自此通显。既而朝廷赐酺，师师又歌《大酺》《六丑》二解，上顾教坊使袁绹问，绹曰："此起居舍人新知潞州周邦彦作也。"问《六丑》之义，莫能对，急召邦彦问之。对曰："此犯六调，皆声之美者，然绝难歌。"上喜，意将留行。且以近多祥瑞，将使播之乐章，命蔡元长微叩之。邦彦云："某老矣，颇悔少作。"会起居郎张果廉知邦彦尝于亲王席上作小词赠舞鬟云："歌席上，无赖是横波。宝髻玲珑欹玉燕，绣巾柔腻掩香罗。何况会婆娑。　无个事，因甚敛双蛾。浅淡梳妆疑是画，惺松言语胜闻歌。好处是情多。"为蔡道其事。上知之，由是得罪。

何籀作《宴清都》，有"天远山远水远人远"之语，一时号为何四远。然前有宋景文出知寿春过维扬赋《浪淘沙近》留别刘原父云："少年不管。流光如箭。因循不觉韶华换。至如今，始惜月满、花满、酒满。　扁舟欲解垂杨岸。尚同欢宴。日斜歌阕将分散。倚栏遥望，天远、水远、人远。"籀盖用此也。

汪彦章舟行汴河，见傍岸画舫有映帘而窥者，止见其额，赋词云："小舟帘隙，佳人半露梅妆额。绿云低映花如刻。恰似秋宵，一半银蟾白。"盖以月喻额也。辛幼安尝有句云："闻道绮陌东头，行人曾见，帘底纤纤月。"则以月喻足，无乃太媟乎！（按《龙洲词》"似一钩新月，浅碧笼云"，不但稼轩也。）

附录二　绝妙好词续钞补录

陆　游 见卷一

陆务观以史师垣荐，赐第。孝宗一日内宴，史与曾觌皆预焉。酒酣，一内人以帕子从曾乞词。时德寿宫有内人与掌果子者交涉，方付有司治之，觌因谢不敢曰："独不闻德寿宫有公事乎？"遂已。他日，史偶为务观道之，务观以告张焘子宫。张时在政府，翼日奏："陛下新嗣服，岂宜与臣下燕狎如此？"上愧问曰："卿得之谁？"曰："臣得之陆游，游得之史浩。"上由是恶游，未几去国。

钗头凤

红酥手。黄藤酒。满城春色宫墙柳。东风恶。欢情薄。一怀愁绪，几年离索。错错错。　春如旧。人空瘦。泪痕红浥鲛绡透。桃花落。闲池阁。山盟虽在，锦书难托。莫莫莫。

陆务观初娶唐氏，闳之口女也，于其母夫人为姑侄。伉俪相得，而弗获于其姑。既出，而未忍绝之，则为之别馆，时时往焉。姑知而掩之，虽先知挈去，然事不得隐，竟绝之，亦人伦之大变也。唐后改适同郡宗子士程。尝以春日出游，相遇于禹迹寺南之沈氏园。唐以语赵，遣致酒肴，翁怅然久之，为《钗头凤》一词，题园壁间云。实绍兴乙亥岁也。翁居鉴湖之三山，晚岁每入城，必登寺眺望，不能胜情。尝赋二绝云："梦断香销四十年，沈园花老不飞绵。此身行作稽山土，犹吊遗踪一怅然。"又云："城上斜阳画角哀，沈园无复旧池台。伤心桥下春波绿，曾是惊鸿照影来。"盖庆元己未岁也。未久，唐氏死。至绍熙壬子岁，复有诗。序云："禹迹寺南，有沈氏小园。四十年前，尝题小词一阕壁间。偶复一到，而园已三易主，读之怅然。”诗云：“枫叶初丹槲叶黄，河阳愁鬓怯新霜。林亭感旧空回首，泉路凭谁说断肠。坏壁辞题尘漠漠，断云幽梦事茫茫。年来妄念消除尽，回向蒲龛一炷香。”又至开禧乙丑岁暮，夜梦游沈氏园，又两绝句云：“路近城南已怕行，沈家园里更伤情。香穿客袖梅花在，绿蘸寺桥春水生。”“城南小陌又逢春，只见梅花不见人。玉骨久成泉下土，墨痕犹锁壁间尘。”沈园后属许氏，又为汪之道宅云。

蜀娼类能文，盖薛涛之遗风也。放翁客自蜀挟一妓归，蓄之别室，率数日一往。偶以病少疏，妓颇疑之。客作词自解，妓即韵答之云：“说盟说誓。说情说意。动便春愁满纸。多应念得脱空经，是那个先生教底。　不茶不饭，不言不语，一味供他憔悴。相思已是不曾闲，又那得工夫咒你。”或谤翁尝挟蜀尼以归，即此也。又传一蜀妓述送行词云：“欲寄意、浑无所有。折尽市桥官柳。看君着上征衫，又相将、放船楚江口。　后会不知何日又。是男儿、休要镇长相守。苟富贵、无相忘，若相忘、有如此酒。”亦可喜也。

吴　琚 见卷一

水龙吟

喜　雪

紫皇高宴萧台，双成戏击琼包碎。何人为把，银河水剪，甲兵都洗。玉样乾坤，八荒同色，了无尘翳。喜冰销太液，暖融鳷鹊，端门晓、班初退。　圣主忧民深意。转洪钧、满天和气。太平有象，三宫二圣，万年千岁。双玉杯深，五云楼迥，不妨频醉。细看来、不是飞花，片片是、丰年瑞。

淳熙八年正月元日，上坐紫宸殿，引见人使讫，即率皇后、皇太子、太子妃至德寿宫行朝贺礼讫，即率皇后、皇太子、太子妃至德寿宫行朝贺讫，官家恭请太上、太后来日就南内排当。初二日进早膳讫，遣皇太子到宫，恭请两殿并只用轿儿，禁卫簇拥入内，官家亲至殿门恭迎，亲扶太上降辇。午正二刻，就凌虚排当三盏，至萼绿华堂看梅。未初，雪大下，正是腊前，太上甚喜。官家云："今年正欠些雪，可谓及时。"太上云："雪却甚好，但恐长安有贫者。"上奏云："已令有司比去年数倍支散矣。"太上亦命提举官于本宫支拨官会，照朝廷数目发下临安府，支散贫民一次。又移至明远楼，张灯进酒。节使吴琚进喜雪《水龙吟》词云云。上大喜，赐镀金酒器二百两、细色段匹、复古殿香羔儿酒等。太后命本宫歌板色歌此曲进酒，太上尽醉。至更后，宣轿儿入便，上亲扶太上上辇还宫。

吴文英 见卷四

玉楼春

元　夕

茸茸狸帽遮梅额。金蝉罗剪胡衫窄。乘肩争看小腰身，倦态强随闲鼓笛。　　问称家住城东陌。欲买千金应不惜。归来困顿殢春眠，犹梦婆娑斜趁拍。

都城自旧岁冬孟驾回，则已有乘肩小女、鼓吹舞绾者数十队，以贡贵邸豪家幕次之玩。而天街茶肆，渐已罗列灯球等求售，谓之"灯市"。自此以后，每夕皆然。三桥等处，客邸最盛，舞者往来最多。每夕楼灯初上，则箫鼓已纷然自献于下。酒边一笑，所费殊不多。往往至四鼓乃还。自此日盛一日。吴梦窗《玉楼春》云云，深得其意态也。

坡翁尝作《女骷髅赞》，其后径山大慧师宗杲亦作《半面女骷髅赞》。吴君特尝戏赋《思佳客》词云："钗燕拢云睡起时。隔墙折得杏花枝。青春半面妆如画，细雨三更花欲飞。　　情轻爱别旧相知。断肠青冢几斜晖。乱红一任风吹起，结习空时不点衣。”

张　抡 抡字才甫，南渡故老，有《莲社词》一卷。

柳梢青

柳色初浓。馀寒似水，纤雨如尘。一阵东风，縠纹微皱，碧沼鳞鳞。　仙娥花月精神。奏凤管、鸾丝斗新。万岁声中，九霞杯内，长醉芳春。

乾道三年三月初十日，太上云：“传语官家，后园有几株好花，来日请官家过来闲看。”次日进早膳后，车驾与皇后、太子过宫，至清妍亭看荼蘼，就登御舟，绕堤闲游，与湖中一般。太上倚阑闲看，适有双燕掠水飞过，得旨令曾觌赋之，遂进《阮郎归》（词见后）。既登舟，知阁张抡进《柳梢青》云云。曾觌和进（词见后）。各有宣赐。

壶中天慢

牡　丹

洞天深处，赏娇红轻玉，高张云幕。国艳天香相竞秀，琼苑风光如昨。露洗妖妍，风传馥郁，云雨巫山约。春浓如酒，五云台榭楼阁。　圣代道洽功成，一尘不动，四境无鸣柝。屡有丰年天助顺，基业增隆山岳。两世明君，千秋万岁，永享升平乐。东皇呈瑞，更无一片花落。此词或谓是康伯可所赋，张抡以为己作。

淳熙六年三月十五日，车驾过宫，恭请太上、太后幸聚景园。次日，皇后先到宫候车驾至，从太上、太后至聚景园，遍游园中。再至瑶津西轩，都管使臣刘景长供进新制《泛兰舟》曲破，吴兴祐舞，各赐银绢。遂至锦壁赏大花，三面漫坡，牡丹约千馀丛，各有牙牌金字，上张大样碧油绢幕。又别剪好色样一千朵，安顿花架，并是水晶玻璃天青汝窑金瓶。就中间沉香卓儿一只，安顿白玉碾花商尊，约高二尺，径二尺三寸，独插“照殿红”十五枝。应随驾官人内官，并赐两面翠叶滴金牡丹一枝、翠叶牡丹沉香柄金彩御书扇各一把。是日知阁张抡进《壶中天慢》云云，赐金杯盘法锦等物。

临江仙

闻道彤庭森宝仗，霜风逐雨驱云。六龙扶辇下青冥。香随鸾扇远，日射赭袍明。　　帘卷天街人顶戴，满城喜气氤氲。等闲散作八荒春。欲知天意好，昨夜月华新。

九月十五日，明堂大礼。十三日值雨，未时奏请宿斋。北内送天花蘑菇、蜜煎山药枣儿、乳糖、巧炊、火烧、角儿等。十四日早，车驾诣景灵宫，回太庙宿斋。雨终日不止，午后太上遣提举至太庙传语官家：“连日祀事不易，所有十六日诣宫饮福，以阴雨泥泞劳顿，可免到宫行礼。天气阴寒，请官家善进御膳，频添御服。”圣旨遣阁长回奏：“上感圣恩，至日若登楼肆赦时，依旧诣宫行礼。若值雨不登门时，续当奏闻。”至晚，雨不止，宣谕大礼使赵雄：“来早更不乘辂，止用逍遥辇诣文德殿致斋，一应仪仗排立，并行放免，从驾官并常服以从。”并遣御药奏闻北内：“来日为值雨，更不乘辂，谨遵圣旨，更不过宫行饮福礼。”太上令传语官家：“既不乘辂，此间也不出去看也。”大礼使赵雄虽已得旨，犹不许放散。上闻之曰：“来早若不晴时，有何面目？”雄闻之曰：“纵使不晴得罪，不过罢相耳。”坚执不肯放散。至黄昏后雨止月明，上大喜，遣内侍李思恭宣谕大礼使，仍旧乘辂，候登门肆赦讫，诣宫行饮福礼。十五日晴色甚佳，车驾太庙乘辂还内，日映御袍，天颜甚喜，都民皆赞叹圣德。至巳时，太上直阁子官往斋殿传语官家：“且喜晴明，可见诚心感格。”赐御用匹缎、玉鞦辔、七宝篦刀子、事件、素食、果衣等，仍谕：

"连日劳顿，免行饮福礼。"今上就遣知省回奏："上感圣恩，天气转晴，皆太上皇帝圣心感格。容肆赦讫，诣宫行礼，并谢圣恩。"十六日登门肆赦毕，车驾诣宫小次降辇，提举传太上皇圣旨：特减八拜，仍免至寿圣处饮福。行礼毕，略至绛华堂进泛索。知阁张抡进《临江仙》词云云。

十一年六月初一日，车驾过宫，太上同至飞来峰，看放水帘后苑小厮儿三十人打息气、唱道情。太上云："此是张抡所撰鼓子词。"

曾　觌 觌字纯甫，汴人，绍兴中以寄班祗候与龙大渊同为建王内知客。孝宗受禅，以潜邸旧人除权知阁门事。淳熙初，除开府仪同三司，加少保，醴泉观使。有《海野词》一卷。

阮郎归

双　燕

柳阴庭院占风光。呢喃春昼长。碧波新涨小池塘。双双蹴水忙。　　萍散漫，絮飞扬。轻盈体态狂。为怜流去落花香。衔将归画梁。

柳梢青

和张才甫韵

桃靥红匀。梨腮粉薄，鸳径无尘。凤阁凌虚，龙池澄碧，芳意鳞鳞。　　清时酒圣花神。看内苑、风光更新。一部仙韶，九重鸾仗，天上长春。

壶中天慢

中　秋

素飚飏碧，看天衢稳送，一轮明月。翠水瀛壶人不到，比似世间秋别。玉手瑶笙，一时同色，小按霓裳叠。天津桥上，有人偷记新阕。　　当日谁幻银桥，阿瞒儿戏，一笑成痴绝。肯信群仙高宴处，移下水晶宫阙。云海尘清，山河影满，桂冷吹香雪。何劳玉斧，金瓯千古无缺。

淳熙九年八月十五日，驾过德寿宫起居，太上留坐曰："今日中秋，天气甚清，夜间必有好月色，可少留看月了去。"上恭领圣旨，晚宴香远堂，堂东有万岁桥，长六丈馀，并用吴璘进到玉石甃成，四畔雕镂阑槛，莹彻可爱，桥中心作四面亭，用新罗白罗木盖造，极为雅洁。大池十馀亩，皆是千叶白莲。凡御榻、御屏、酒器、香奁、器用，并用水晶。南岸列女童五十人奏清乐，北岸芙蓉冈一带，并是教坊工，近二百人。待月初上，箫韶齐举，缥缈相应，如在霄汉。既入座，乐少止。太上召小刘贵妃独吹白玉笙《霓裳中序》，上自起执玉杯，奉两殿酒，并以垒金嵌宝注碗杯盘等赐贵妃。侍宴官开府曾觌恭上《壶中天慢》云云。上皇曰："从来月词不曾用金瓯事，可谓新奇。"赐金束带、紫番罗水晶注碗一副。上亦赐宝盏古香。至一更五点还内。是夜隔江西兴，亦闻天乐之声。

周必大 必大字子充，一字宏道，庐陵人。绍兴二十一年进士，历官左丞相，封益国公，赠太师，谥文忠。有《省斋集》《平园续稿》，《近体乐府》一卷。

点绛唇

梅

踏白江梅，大都玉斲酥凝就。雨肥霜逗。痴騃闺房秀。　　莫待冬深，雪压风欺后。君知否。却嫌伊瘦。又怕伊僝僽。

又

赠小琼

秋夜乘槎，客星容到天孙渚。眼波微注。将谓牵牛渡。　　见了还非，重理霓裳舞。谁无误。几年一遇。莫讶周郎顾。

周平园尝出使，过池阳，太守赵富文彦博召饮。籍中有曹盼者，洁白纯静，或病其讷而不颖，公为赋梅以见意。酒酣，又出家姬小琼舞以侑欢，公又赋一阕云。范石湖尝云："朝士中姝丽有三杰。"谓韩无咎、晁伯知家姬及小琼也。禁中亦闻之。异时有以此事中伤公者，阜陵亦为一笑。

后一阕《词综》入选。

俞国宝　国宝，临川人。淳熙间太学生。有《醒庵遗珠集》。

风入松

题酒肆

一春长费买花钱。日日醉湖边。玉骢惯识西湖路，骄嘶过、沽酒楼前。红杏香中歌舞，绿杨影里秋千。　　暖风十里丽人天。花压鬓云偏。画船载取春归去，馀情寄、湖水湖烟。明日重携残酒，来寻陌上花钿。

西湖游幸。淳熙间，一日御舟经断桥，桥旁有小酒肆，颇雅洁，中设素屏，书《风入松》一词于上，光尧驻目称赏久之，宣问何人所作，乃太学生俞国宝醉笔也。上笑曰："此词甚好，但末句未免儒酸。"因为改定云"明日重扶残醉"，则迥不同矣。即日命解褐。

乩　仙

忆少年

凄凉天气，凄凉院宇，凄凉时候。孤鸿叫斜月，寒镫伴残漏。　　落尽梧桐，秋影瘦鉴，古画难就。重阳又近也，对黄花依旧。

湖学甲子岁科举后，士友有请仙问得失者，赋此词，此人竟失举。

王佐宣子帅长沙日，茶贼陈丰啸聚数千人，出没旁郡，朝廷命宣子讨之。时冯太尉湛谪居在焉，宣子乃权宜用之。谍知贼巢所在，乘日晡放饭少休时，遣亡命卒三十人，持短兵以前，湛自率五百人继其后，径入山寨。丰方抱孙独坐，其徒皆无在者。卒睹官军，错愕不知所为，亟鸣金啸集，已无及矣，于是成擒，馀党亦多就捕。宣子乃以湛功闻于朝，于是湛以劳复元官，宣子增秩。辛幼安（见卷一）以词贺之，有云："三万卷，龙头客。浑未得，文章力。把诗书马上，笑驱锋镝。金印明年如斗大，貂蝉元自兜鍪出。"宣子得之，疑为讽己，意颇衔之。殊不知陈后山亦尝用此语，送苏尚书知定州[①]云："枉读平生三万卷，貂蝉当复作兜鍪。"幼安正用此。然宣子尹京之时，尝有与执政云："佐本书生，历官出处自有本末，未尝得罪于清议。今乃蒙置诸士大夫所不可为之地，而与数君子接踵而进，除目一传，天下士人视佐为何等类？终身之累，孰大于此！"是亦宣子之本心耳。

隆兴间，魏胜战死淮阴，孝宗追惜之。一日，谕近臣曰："人才须用而后见，使魏胜不因边衅，何以见其才？如李广在文帝时，是以不用，使生高帝时，必将有大功矣。"其后放翁赠刘改之曰："李广不生楚汉间，封侯万户宜其难。"盖用阜陵语也。改之大喜，以为善名我。异时刘潜夫（见卷三）作

① 定州，原作"常州"，据《后山诗》改。

《沁园春》曲云:“使李将军遇高皇帝,万户侯何足道哉。”又祖放翁语也。

韩忠武王以枢就第,绝口不言兵,自号清凉居士。时乘小骡,放浪西湖泉石间。一日,至香林园,苏仲虎尚书方宴客,王径造之,宾主欢甚,尽醉而归。明日,王饷以羊羔,且手书二词以遗之。《临江仙》云:“冬日青山萧洒静,春来山暖花浓,少年衰老与花同。世间名利客,富贵与穷通。　荣华不是长生药,清闲不是死门风。劝君识取主人公。丹方只一味,尽在不言中。”《南乡子》云:“人有几何般。富贵荣华总是闲。自古英雄都是梦,为官。宝玉妻儿宿业缠。　年事已衰残。鬓发苍苍骨髓干。不道山林多好处,贪欢。只恐痴迷误了贤。”王生长兵间,初不能书。晚岁忽若有悟,能作字及小诗词,皆有见趣,信乎非常之才也。

开禧用兵,金人元帅纥石烈子仁领兵据濠梁,大书一词于濠之倅厅壁间。词名《上平南》,即《上西平》之调,云:“蚤锋摇,螳臂振,旧盟寒。恃洞庭彭蠡狂澜。天兵小试,万蹄一饮楚江干。捷书飞上九重天,春满长安。　舜山川,周礼乐,唐日月,汉衣冠。洗五州妖气关山。已平全蜀,风行何用一泥丸。有人传喜日边,都护先还。”子仁盖女真之能文者,故敢肆言无惮如此。

贾师宪当国日,卧治湖山,作堂曰半间,又治圃曰养乐,然名为就养,其实怙权固位,欲罢不能也。每岁八月八日生辰,四方善颂者以数千计。悉俾翘馆誊考,以第甲乙,一时传颂,为之纸贵,然皆谄词呓语也。偶得首选者数阕,戏书于此。陈惟善合《宝鼎》词云:“神鳌谁断,几千年再,乾坤初造。算当日,枰棋如许,争一着吾其衽左。谈笑顷,又十年生聚,处处邠风葵枣。江如镜,楚氛馀几,猛听甘泉捷报。　天衣细意从头补,烂山龙、华虫黼藻。宫漏永、千门角钥,截断红尘飞不到。街九轨,看千貂避路,庭院五侯深锁。好一部、太平六典,一一周公手做。赤舄绣裳,消得道斑斓衣好。尽庞眉鹤发,天上千秋难老。甲子平头才一过,未说汾阳考。看金盘、露滴瑶池,龙尾放班回早。”廖莹中群玉《木兰花慢》云:“请诸君着眼,来看我,福华编。记江上秋风,鲸鳌涨雪,雁徼迷烟。一时几多人物,只我公,只手护山川。争睹阶符瑞象,又扶红日中天。　因怀,下走奉橐鞬,磨盾夜无眠。知重开宇宙，活人万万，合寿千千。凫鹭太平世也，要东还越上是何年。消得清时钟鼓，不妨平地神仙。”陆景思《甘州》云：“满清平世界，庆秋成，看看斗米三钱。论从来活国，论功第一，无过丰年。办得闲民一饱，馀事笑谈间。若问平戎策，微妙难传。　　玉帝要留公住，把西湖一曲，分入林园。有茶炉丹灶，更有钓鱼船。觉秋风、未曾吹着，但砌兰、长倚北堂萱。千千岁，上天将相，平地神仙。”从橐《陂塘柳》云：“指庭前、翠云金雨，霏霏香满仙宇。一清透彻浑无底，秋水也无流处。君试数，此样襟怀，顿得乾坤住。闲情半许，听万物氤氲，从来形色，每向静中觑。　　琪花路。相接西池喜母，年年弦月时序。荷衣鞠佩寻常事，分付两山容与。天证取，此老平生，可问青天语。瑶卮缓举，要见我何心，西湖万顷，来去自鸥鹭。”郭应酉居安《声声慢》云：“捷书连昼，甘雨洒通宵，新来喜沁尧眉。许大担当，人间佛力须弥。年年八月八日，长记他三月三时，平生事，想只和天语，不遣人知。　　一片闲心鹤外，被乾坤系定，虹玉腰围。阊阖云边，西风万籁吹齐。归舟更归何处是，天教家在苏堤。千千岁，比周公，多个彩衣。”且侑以俪语云：“彩衣宰辅，古无一品之曾参；衮服湖山，今有半闲之姬旦。”所谓三月三日，盖颂其庚申蘋草坪之捷，而归舟乃舫斋名也。贾大喜，自仁和宰除官告院。既而语客曰：“此词固佳，然失之太俳，安得有着彩衣周公乎？”

尝记淳熙间王氏子与陶女名师儿共溺西湖，有人作“长桥月，短桥月”，正其事也。至载之周平园日记中。　　案花庵《中兴绝妙词选》：“吴礼之，字子和，钱塘人，有《顺寿老人词》五卷。王生陶氏月夜共沉西湖，赋《霜天晓角》吊之。”云：“连环易缺。难解同心结。痴騃佳人才子，情缘重、怕离别。　　意切人路绝。共沉烟水阔。荡漾香魂何处，长桥月、断桥月。”（是断桥可名短桥也。）

《石林词》“谁采蘋花寄与”与“又怅望、兰舟容与”，或以为重押韵，遂改为“寄取”。殊无义理。盖“容与”之“与”，自音“豫”，乃去声也。扬子云《河东赋》云：“灵舆安步，风流容与”，注：“天子之容服而安豫，与读为豫。”《汉·礼乐志》“练时日，澹容与”，注：“闲舒，皆去声。”

徐楙《绝妙好词续钞跋》

余氏秋室《绝妙好词续钞》一卷，盖继草窗之志也。戊子夏，予有重锓《词笺》之举，友人瞿子颖山将《续钞》重为编次，嘱附于后。其词太半从《浩然斋雅谈》辑出，馀惟《志雅堂杂钞》一阕，《癸辛杂识》《齐东野语》数阕，兼缀以词话。今检《武林旧事》，又抄录当时供奉诸作，而《雅谈》《杂识》《野语》中尚有未采者，亦在所勿弃。至若王迈、林外、甄龙友诸人之词，句既零星，语涉谐谑，不复录矣。知不免挂漏，聊以补余氏《续钞》之阙云尔。己丑秋八月十一日，问年道人徐楙识于秋声旧馆。

附录三　绝妙好词序跋提要

毛氏汲古阁抄本跋

《绝妙好词》一书，柯寓匏谓与竹垞选《词综》时，闻钱遵王藏有写本，从子煜为钱氏族婿，因得假归，传写版行。何义门谓竹垞诡得之，非也。今通行诸本皆由之出。己未岁尾，鹤逸先生出示所藏精钞本，有毛氏子晋、斧季诸印。遵王藏书半归季沧苇，此为毛氏所得，故《汲古秘本》有其目，而《延令书目》无之。卷二李鼐仲镇姓字，诸刻皆脱去，其《清平乐》(乱云将雨)一阕遂误属李泳。卷七脱简，赵与仁《好事近》词后存"浣溪沙"三字。仇远《生查子》前存"北山南"三字，知为《玉蝴蝶》之"独立软红"一阕。皆此本胜处。其它字句可諟正诸刻者，尤不胜枚举。然亦不免小有讹异，而卷四施岳缺三十二行、词六阕，并目亦佚去，盖目为后人补编，非弁阳老人原本也。是书自沈伯时时，已惜其版不存，墨本亦有好事者传之，今墨本不可复睹，此抄本珍若星凤矣。遂假录一过，拟续刊入《彊村丛书》中，而记其大略以归之。宣统十二年，岁次庚申，孟秋之月，归安朱孝臧跋。

跋中"是书自沈伯时时已惜其版不存"云云，检四印斋刻《乐府指迷》无此语，不知沈氏有他著作否，当考。辛未八月初二日记。

绎孝臧跋语，似指此钞本即遵王原本。①

柯煜小幔亭刻本卷首柯崇朴重刻绝妙好词序

往余与朱检讨竹垞有《词综》之选，摭拾散逸，采掇备至。所不得见者数种，周草窗《绝妙好词》其一也。嗣闻虞山钱子遵王藏有写本，余从子煜为钱氏族婿，因得假归。然传写多讹，迨再三参考，始厘然复归于正，爰镂板以行之。且为之叙曰：

文章之盛衰，岂不因乎其时哉？夫词始于唐，盛于宋。至南渡后，作者辈出，工之益众，然多而无所统则散。草窗周密以骚雅领袖，评骘时贤，表章恐后，人不数首，用拔其尤，询词林之大观矣。自有明三百年来，人竞帖括，置此道勿讲。即一二选韵谐声者，率奉《草堂诗馀》为指南，而兹编之弃掷，漶漫于残编断简中者，固已久也。圣朝鼎兴，人文蔚起，灵珠荆璧，霞烂云蒸。犹复四十馀年，始获睹于今。

① 今人张丽娟针对此三跋有按语云："汲古阁抄本有上述跋语，第一跋有署名，是民国九年(1920)朱孝臧所作。朱氏是遗老，落款为宣统十二年。后面两段跋没有署名，根据年代辛未(1931)推断，当为章钰所作。此抄本原为元和顾氏所藏，1930年归章钰四当斋，详见章钰《四当斋集》卷三《毛钞绝妙好词跋》。朱氏原跋'是书自沈伯时时已惜其版不存'云云实为张炎之语，见《词源·杂论》，朱氏误记。此外，朱氏跋语中'何义门(焯)谓竹垞诡得之'云云，这是长期以来的误会。其实说朱彝尊设计抄得钱氏的《读书敏求记》和《绝妙好词》的是吴焯，见于他的《读书敏求记》跋语。自道光徐楙刻《绝妙好词笺》时，张冠李戴作为《纪事》载入书中以来，学者未曾辨别，大都信以为真。其实不仅不是何焯(义门)所说，连这段故事本身也不可信。"见张丽娟校点：《绝妙好词》，沈阳：辽宁教育出版社，2001年版，第110—111页。

岂非物之隐见各有其时，而时固难得若此欤？则幸得之者，可不为之珍重而爱惜之欤？然徒珍重爱惜，而不与好学深思者乐得而共睹之，抑岂草窗编次之意欤？余所由付剞劂，而公诸同好也。其或卷帙残缺，都不可知，姑仍其旧为七卷，凡一百三十二人，计词三百八十二首。而述是书之本末如此。若其雅淡高洁，绝去淫哇尘腐之音，此在读者自得之，不复赘云。时康熙乙丑孟夏，嘉善柯崇朴寓匏氏题于静寄轩。

柯煜小幔亭刻本卷首柯煜序

粤稽诗降为词，六朝潜启其意，而体创于李唐，五代继隆其轨，而风畅于赵宋。柳屯田之“晓风残月”、苏学士之“乱石崩云”，世所共称，固无论已。建炎而后，作者斐然。数南渡之才人，无非妍手；咏西湖之丽景，尽是专家。薄醉尊前，按红牙之小拍；清歌扇底，度《白雪》之新声。况乎人间玉椀，阙下铜驼，不无荆棘之悲，用志黍离之感。文弦鼓其凄调，玉笛发其哀思。亦有登山临水，胜情与豪素争飞；惜别怀人，秀句共邮筒俱远。凡斯体制，有待纂编。于是草窗周氏，汇次成书。山玉川珠，供其采撷；蜀罗赵锦，藉彼剪裁。蔡家“幼妇”之碑，固应无愧；黄氏《散花》之集，讵可齐观？秀远为前此所无，规矩实后来之式。然而剑气长埋，珠光易匿。五百年之星移物换，金石尚尔销沉；一卷书之云散波流，简帙能无散佚？于今风雅，殆胜曩时。翡翠笔床，人宗石帚；琉璃砚匣，家拟梅溪。爰有好事之家，千金购其善本；嗜奇之士，古鼎质其秘书。

时岁甲子，访戚虞山，叔丈遵王，招携永日。郗方回之游谯，久钦逸少门风；卢子谅之婚姻，夙附刘琨世戚。觞咏之暇，签轴斯陈。谢氏五车，未足方其名贵；田弘万卷，犹当逊其珍奇。得此一编，如逢拱璧。不谓失传已久，犹能藏弆至今。讽咏自深，剞劂有待。河北胶东之纸，传此名篇；然脂弄墨之馀，成余素志。上偕诸父，俾我弟昆，共订鲁鱼，重新梨枣。从此光华不没，风景常新。非惟一日之赏心，允矣千秋之胜事。武唐柯煜序。时康熙乙丑端阳日。

清吟堂刻本卷首高士奇序

草窗周公谨集选宋南渡以后诸人诗馀，凡七卷，名之曰"绝妙好词"。公谨生于宋末，以博雅名东南，所作音节凄清，情寄深远，非徒以绮丽胜者。兹选披沙拣金，合一百三十二人，为词不满四百，亦云精矣。余尝论选家以今稽古，病在不亲，《穀梁》所谓"听远音者，闻其疾而不闻其舒"也。若同时之人，征搜该博，参互详审，其去疻痏、正谬悠，较之后代，难易什伯。宋人选宋词，如曾慥《乐府雅词》、赵粹夫《阳春白雪》，以及《谪仙》《兰畹》诸集，皆名存书逸，每为可惜。草窗所选，乃虞山钱氏秘藏钞本，柯子南陔得之，与其从父寓匏舍人及余考校缺误，缮刻以行。夫古书显晦，各有其时。皇上圣学渊奥，凡经史子集以及类说稗乘，罔不搜讨，宋元旧本，渐已毕出，彼曾、赵诸集，又岂无搜废簏而弃之者？是书之出，其嚆矢夫？康熙戊寅夏五，江村高士奇序于清吟堂。

清吟堂刻本焦循题识

草窗《绝妙好词》，余有扬州印本。此朱椒堂所赠者，为高江村所刻，叙称虞山毛氏秘藏抄本，柯子南陔得之，则此本为最初矣。嘉庆七年秋九月，江都焦循记于武林书院之诚本堂。

徐楙爱日轩刻本卷首绝妙好词题跋附录

花气烘人尚暖，珠光出海犹寒。如今贺老见应难。解道江南肠断。　　谩击铜壶浩叹，空存锦瑟谁弹。庄生蝴蝶梦春还。帘外一声莺唤。调《西江月》，玉田生张炎叔夏。《山中白云词》

弁阳老人选此词，总目后又有目录。卷中词人，大半予所未晓者。其选录精允，清言秀句，层见叠出，诚词家之南董也。此本又经前辈细看批阅，姓氏下各朱标其出处里第，展玩之，心目了然。或曰弁阳老人即周草窗，未知然否。虞山钱遵王。钱氏《述古堂藏书题词》

词人之作，自《草堂诗馀》盛行，屏去《激楚》《阳阿》，而巴人之唱齐进矣。周公谨《绝妙好词》,选本中多俊语,方诸《草堂》所录,雅俗殊分。顾流布者少,从虞山钱氏钞得,嘉善柯孝廉南陔重锓之。作者百三十有二人,第七卷'仇仁近'残阙,目亦无存,可惜也。公谨自有《蘋洲渔笛谱》,其词足与陈衡仲、王圣与、张叔夏方驾。金风亭长朱彝尊。《曝书亭集》

张玉田《乐府指迷》云:"近代词如《阳春白雪集》《绝妙词选》,亦有可观,但所取不甚精一,岂若草窗所选《绝妙好词》为精粹? 惜此板不存,墨本亦有好事者藏之。"据此,则是书在元时已为难得。有明三百年,乐府家未曾见其只字,徒奉沈氏《草堂选》为金科玉律,无怪乎雅道之不振也。幸虞山钱遵王氏收藏抄本,禾中柯孝廉南陔、钱唐高詹事江邨校刊以传,是书乃流布人间矣。近时购之颇艰,余最有倚声之癖,吴丈志上掇残帙以赠,仅得二卷,又借于符君幼鲁,属门人录成,乃为完好,聊志岁月于简端。时康熙六十一年十二月九日,钱唐厉鹗题于无尽意斋。

徐楙爱日轩刻本卷首绝妙好词纪事

何焯《读书敏求记跋》:"绛云未烬之先,藏书至三千九百馀部,而钱遵王此记,凡六百有一种,皆纪宋板元钞及书之次第、完阙、古今不同,手披目览,类而载之。遵王毕生之菁华萃于斯矣。书既成,扃之枕中,出入每自携。灵踪微露,竹垞谋之甚力,终不可见。竹垞既应召,后二年,典试江左,遵王会于白下。竹垞故令客置酒高谯,约遵王与偕。私以黄金、翠裘予侍书小史，启鐍，豫置楷书生数十于密室，半宵写成而仍返之。当时所录，并《绝妙好词》在焉。词既刻，函致遵王，渐知竹垞诡得，且恐其流传于外也。竹垞乃设誓以谢之。"又《跋》："遵王纂成此书，秘之笈中，知交罕得见者。竹垞检讨校士江南日，龚方伯遍召诸名士，大会秦淮河，遵王与焉。是夕，私以黄金、青鼠裘予其侍史，启箧得是编，命藩署廊吏钞录，并得《绝妙好词》。既而词先刻，遵王疑之，竹垞为之设誓以谢之，不授人也。"按柯崇朴《绝妙好词序》云："往余与朱检讨竹垞有《词综》之选，摭拾散逸，采掇备至，所不得见者数种，周草窗《绝妙好词》其一也。嗣闻虞山钱子遵王藏有写本，余从子煜为钱氏族壻，因得假归，然传写多讹，逮再三参考，始厘然复归于正，爰锓板以行之。"据此，则非先生所诡得矣。义门之言近诬。杨谦《朱竹垞先生年谱》：康熙二十年辛酉，五十三岁。

厉鹗，字太鸿，号樊榭，钱塘人。康熙五十九年举人，乾隆元年荐举博学鸿词，有《樊榭山房集》。征君性情孤峭，义不苟合，读书搜奇爱博，钩新摘异，尤熟于宋元以来丛书稗说。以孝廉需次县令，将入京，道经天津，查莲坡先生留之水西庄，觞咏数月，同撰周密《绝妙好词》笺，遂不就选，而归扬州，马秋玉兄弟延为上客。嗣后，往来竹西者凡数载。马氏小玲珑山馆多藏旧书善本，间以古器名画，因得端居探讨。所撰《宋诗纪事》《辽史拾遗》极为详洽，今皆录入《四库》书中。其先世家于慈溪，故以四明山樊榭为号。予于戊辰岁在长洲赵君饮谷小吴船遇之，辱为忘年交。嗣后征君过吴，必访余于朱氏蘋花水阁。凡三年，而征君下世。其词直接碧山、玉田，予录入《琴画楼词钞》。樊榭下世，葬于杭州西溪王家坞。因无子嗣，不久化为榛莽。后四十馀年，何君春渚琪游西溪田舍，见草堆中樊榭及姬人月上栗主在焉。取归，偕同人送武林门外牙湾黄山谷祠，扫洒一室以供之。予为撰"丈室花同天女散，摩围诗共老人参"句，以题其楹。李光甫方湛、蒋蒋邨炯、陶凫香梁诸子，皆有诗词记之。樊榭生于康熙三十一年五月初二日辰时，殁于乾隆十七年此十四字原本失写，今据栗主补入九月十一日辰时。月上姓朱氏，名满娘，乌程人，生于康熙五十八年三月二十四日辰时，殁于乾隆七年正月初三日戌时。并属蒋邨及项金门墉、许周生宗彦，各于忌日奉酒脯荐焉。

王昶《蒲褐山房诗话》蔡木龛焜云，厉征君子绣周有女，适桑弢甫先生之孙近仁。绣周亡后，其妻丁氏，龙泓先生女，无所归，奉厉氏先代栗主依于桑。桑家车桥，先与其甥倪米楼稻孙同居，而北郭之童佛庵铨又故与米楼善，性好奇，一日访米楼，值无人，遂于厉氏家庙中检征君暨月姬主怀归。月姬主为樊榭手书，樊榭主为丁龙泓手书也。童以告何春渚琪，诡言得之西溪田舍草堆中，何转告王述庵司寇，因率同人庋置湖市宋黄文节公祠，各醵百钱致祭。时为嘉庆六年四月六日也。不一载，其事即废。道光丁亥春正月二十二日，邑人公请其主，由黄公祠移供西溪之茭芦庵塔院内。颠末详载《厉征君祀志》。

四库全书总目提要

绝妙好词笺七卷兵部侍郎纪昀家藏本

《绝妙好词》，宋周密编。其笺则国朝查为仁、厉鹗所同撰也。密所编南宋歌词始于张孝祥，终于仇远，凡一百三十二家。去取谨严，犹在曾慥《乐府雅词》、黄升《花庵词选》之上。又宋人词集，今多不传，并作者姓名，亦不尽见于世，零玑碎玉，皆赖此以存，于词选中最为善本。初，为仁采摭诸书以为之笺，各详其里居出处，或因词而考证其本事，或因人而附载其佚闻，以及诸家评论之语，与其人之名篇秀句不见于此集者，咸附录之。会鹗亦方笺此集，尚未脱稿，适游天津，见为仁所笺，遂举以付之，删复补漏，合为一书。今简端并题二人之名，不没其助成之力也。所笺多泛滥旁涉，不尽切于本词，未免有嗜博之弊。然宋词多不标题，读者每不详其事。如陆淞之《瑞鹤仙》、韩元吉之《水龙吟》、辛弃疾之《祝英台近》、尹焕之《唐多令》、杨恢之《二郎神》，非参以他书，得其源委，有不解为何语者。其疏通证明之功，亦有不可泯者矣。密有《癸辛杂识》诸书，鹗有《辽史拾遗》诸书，皆已著录。为仁字心谷，号莲坡，宛平人。康熙辛卯举人。是集成于乾隆己巳，刻于庚午。鹗序称其尚有《诗馀纪事》如干卷，今未之见，殆未成书欤。

《国学典藏》丛书已出书目

周易［明］来知德 集注
诗经［宋］朱熹 集传
尚书 曾运乾 注
周礼［清］方苞 集注
仪礼［汉］郑玄 注［清］张尔岐 句读
礼记［元］陈澔 注
论语·大学·中庸［宋］朱熹 集注
孟子［宋］朱熹 集注
左传［战国］左丘明 著［晋］杜预 注
孝经［唐］李隆基 注［宋］邢昺 疏
尔雅［晋］郭璞 注
说文解字［汉］许慎 撰

战国策［汉］刘向 辑录
［宋］鲍彪 注［元］吴师道 校注
国语［战国］左丘明 著
［三国吴］韦昭 注
史记菁华录［汉］司马迁 著
［清］姚苧田 节评
徐霞客游记［明］徐弘祖 著

孔子家语［三国魏］王肃 注
（日）太宰纯 增注
荀子［战国］荀况 著［唐］杨倞 注
近思录［宋］朱熹 吕祖谦 编
［宋］叶采［清］茅星来等 注
传习录［明］王阳明 撰
（日）佐藤一斋 注评
老子［汉］河上公 注［汉］严遵 指归
［三国魏］王弼 注
庄子［清］王先谦 集解
列子［晋］张湛 注［唐］卢重玄 解
［唐］殷敬顺［宋］陈景元 释文
孙子［春秋］孙武 著［汉］曹操 等注

墨子［清］毕沅 校注
韩非子［清］王先慎 集解
吕氏春秋［汉］高诱 注［清］毕沅 校
管子［唐］房玄龄 注［明］刘绩 补注
淮南子［汉］刘安 著［汉］许慎 注
金刚经［后秦］鸠摩罗什 译 丁福保 笺注
维摩诘经［后秦］僧肇等 注
楞伽经［南朝宋］求那跋陀罗 译
［宋］释正受 集注
坛经［唐］惠能 著 丁福保 笺注
世说新语［南朝宋］刘义庆 著
［南朝梁］刘孝标 注
山海经［晋］郭璞 注［清］郝懿行 笺疏
颜氏家训［北齐］颜之推 著
［清］赵曦明 注［清］卢文弨 补注
三字经·百家姓·千字文
［宋］王应麟等 著
龙文鞭影［明］萧良有等 编撰
幼学故事琼林［明］程登吉 原编
［清］邹圣脉 增补
梦溪笔谈［宋］沈括 著
容斋随笔［宋］洪迈 著
困学纪闻［宋］王应麟 著
［清］阎若璩 等注

楚辞［汉］刘向 辑
［汉］王逸 注［宋］洪兴祖 补注
曹植集［三国魏］曹植 著
［清］朱绪曾 考异［清］丁晏 铨评
陶渊明全集［晋］陶渊明 著
［清］陶澍 集注
王维诗集［唐］王维 著［清］赵殿成 笺注
杜甫诗集［唐］杜甫 著［清］钱谦益 笺注
李贺诗集［唐］李贺 著［清］王琦等 评注

李商隐诗集［唐］李商隐 著
［清］朱鹤龄 笺注
杜牧诗集［唐］杜牧 著［清］冯集梧 注
李煜词集（附李璟词集、冯延巳词集）
［南唐］李煜 著
柳永词集［宋］柳永 著
晏殊词集·晏幾道词集
［宋］晏殊 晏幾道 著
苏轼词集［宋］苏轼 著［宋］傅幹 注
黄庭坚词集·秦观词集
［宋］黄庭坚 著［宋］秦观 著
李清照诗词集［宋］李清照 著
辛弃疾词集［宋］辛弃疾 著
纳兰性德词集［清］纳兰性德 著
六朝文絜［清］许梿 评选
［清］黎经诰 笺注
古文辞类纂［清］姚鼐 纂集
乐府诗集［宋］郭茂倩 编撰
玉台新咏［南朝陈］徐陵 编
［清］吴兆宜 注［清］程琰 删补
古诗源 ［清］沈德潜 选评
千家诗 ［宋］谢枋得 编
［清］王相 注 ［清］黎恂 注
瀛奎律髓［元］方回 选评
花间集 ［后蜀］赵崇祚 集
［明］汤显祖 评
绝妙好词［宋］周密 选辑
［清］项絪 笺 ［清］查为仁 厉鹗 笺

词综［清］朱彝尊 汪森 编
花庵词选［宋］黄昇 选编
阳春白雪［元］杨朝英 选编
唐宋八大家文钞［清］张伯行 选编
宋诗精华录［清］陈衍 评选
古文观止［清］吴楚材 吴调侯 选注
唐诗三百首［清］蘅塘退士 编选
［清］陈婉俊 补注
宋词三百首［清］朱祖谋 编选
文心雕龙［南朝梁］刘勰 著
［清］黄叔琳 注 纪昀 评
李详 补注 刘咸炘 阐说
诗品［南朝梁］锺嵘 著
古直 笺 许文雨 讲疏
人间词话·王国维词集 王国维 著

戏曲系列
西厢记［元］王实甫 著
［清］金圣叹 评点
牡丹亭［明］汤显祖 著
［清］陈同 谈则 钱宜 合评
长生殿［清］洪昇 著［清］吴人 评点
桃花扇［清］孔尚任 著
［清］云亭山人 评点

小说系列
儒林外史［清］吴敬梓 著
［清］卧闲草堂等 评

部分将出书目

公羊传
穀梁传
史记
汉书
后汉书
三国志
水经注
史通
日知录
文史通义
心经
文选
古诗笺
李白全集
孟浩然诗集
白居易诗集
唐诗别裁集
明诗别裁集
清诗别裁集
博物志
温庭筠词集
封神演义
聊斋志异